Halbe Leichen

Ein Lisa Becker Krimi

von Falko Rademacher

copyright © 2012 by Falko Rademacher, D-13597 Berlin

Personen und Handlung des Romans sind frei erfunden. Ähnlichkeiten mit lebenden oder verstorbenen Personen wären rein zufällig.

Bisher erschienen von Falko Rademacher

Ein Philip Eckstein Thriller

Ein Koffer voll Blut
Der Ami im Leichensack

Ein Lisa Becker Krimi

Halbe Leichen
Schöne Leichen
Der Vampir von Berlin

Kurz darauf wurde klar, dass es sich um eine Leiche handelte. Lebende Menschen hatten mehr Kopf.

Terry Pratchett, Weiberregiment

Eins

Es war mal wieder einer dieser ganz speziellen Tage, als der erste Mord geschah. Also konnte sich Lisa Becker nicht beschweren. Das fehlte ihr gerade noch: Gut gelaunt beim Dienst erscheinen, fröhlich pfeifend einen Kaffee eingießen, nur um dann zu hören: In Lichtenberg wurde ein Mann geköpft. Die Bude sieht aus, als wäre ein Schwein explodiert, der Mann ist völlig ausgeblutet. Fahr mal hin und guck dir das an, ja?

Nein, da war es schon besser, dass dies einer von jenen Tagen war, an denen es auch nicht mehr drauf ankam. Lisa hatte nicht richtig schlafen können, weil das haarige Monster aus dem ersten Stock wieder einmal blau war wie ein acht Wochen altes Discounter-Weißbrot und laut Selbstgespräche geführt hatte, in denen es sich größtenteils um das Ausländergesindel im allgemeinen und den Besitzer der Döner-Bude die Straße runter im speziellen gedreht hatte, der ihn anscheinend nicht hatte bedienen wollen. Komisch, warum bloß? Lisa hätte ihm einen ganzen Kasten Schultheiß geschenkt in der berechtigten Hoffnung, die Sau würde von irgendjemandem überfahren.

Als sich die Stereoanlage pünktlich um sechs Uhr dreißig einschaltete, lernte Lisa gleich den neuen Morningshow-Moderator von 104.6 RTL kennen, der die Messlatte für nervtötende Schwachmaten doch gleich noch mal ein paar Zentimeter höher hängte. Eine starke Leistung in einer Privatradio-Landschaft, die nur so strotzte vor chronisch gut-draufen Spaßgranaten, die alles für witzig hielten. Besonders sich selbst.

„Hey hey ihr Morgenmuffel, lasst doch mal die Sonne

rein und gießt euch einen Kaffee ein! Da fällt mir ein: Habt ihr schon gehört? Udo Jürgens hat 'ne Neue! Und ihr Ultraschallbild ist wirklich niedlich..."

„Halt bloß die Fresse, du Arschsack!" stöhnte Lisa über diesen uralten Witz. Sie schaltete per Infrarot um auf radioeins, was ihre Nerven beruhigte, döste noch ein bisschen rum zu den Klängen von Herbert Grönemeyer, stand dann auf und torkelte aus dem Schlafzimmer in Richtung Bad, um dort die morgendlichen Formalitäten zu erledigen. In der Diele bemerkte sie frustriert, dass sie wieder sowohl in der Küche als auch im Wohnzimmer das Licht hatte brennen lassen. Außerdem war die Tür aus dem Wohnzimmer zum kleinen Garten im Innenhof offen, was nur bedeuten konnte, dass die Einbrecher Berlins letzte Nacht Betriebsversammlung gehabt hatten, denn gestohlen war offensichtlich nichts. Trotzdem – was für eine Art Polizistin war sie eigentlich?

Ständig musste sie sich das fragen. Eine Minute später schon wieder. Lisa dachte beim Zähneputzen darüber nach, ob ihre elektrische Zahnbürste in irgendeiner Form auch als Vibrator zu gebrauchen sein könnte. Aber sie verwarf den verblüffend naheliegenden Gedanken aus hygienischen und gesellschaftlichen Gründen. Sie musste sich wirklich zusammenreißen. Lisa konnte sich nur schwer damit abfinden, dass ihr Beruf sie irgendwie gar nicht zu verändern schien. Dabei hatte sie das erwartet, als völlig selbstverständlich vorausgesetzt. Wenn jemand jeden Tag mit Verbrechern zu tun hat (oder zumindest alle paar Wochen mal), dann sollten doch private und profane Betrachtungen wie die Zweckentfremdung von Zahnbürsten oder die Kritik am Niveau der privaten Radiosender nicht mehr eine so große Rolle spielen. Es gab schließlich wichtigeres im Leben, nämlich die Stadt von Verbrechen zu säubern und so weiter, was man halt so macht bei der Polizei, wenn man nicht gerade Berichte schreibt, rumtelefoniert oder Akten sortiert, wie in etwa 90 Prozent der Zeit.

Lisa bürstete ihr rückenlanges, schwarzes Haar und versuchte, die Mähne so um die Schultern zu drapieren, dass ihr kleines Doppelkinn neutralisiert wurde. Sie war eigentlich ganz zufrieden mit sich, seit sie ihre neunundneunzigste Diät abgebrochen hatte. Sie fand sich hübsch, und es gab immer noch genug Männer, die das ähnlich sahen, das bekam sie durchaus mit. Leider waren das immer nur Typen, denen sie nicht einmal eine Obdachlosenzeitung abkaufen würde.

Während Lisa durch Diele und Wohnzimmer Richtung Küche schlurfte, philosophierte sie weiter über ihren Job. Es fühlte sich überhaupt nicht besonders an, bei der Kripo zu sein. Genauer gesagt beim Landeskriminalamt, was etwas albern war, denn Berlin brauchte offensichtlich kein LKA. In den meisten Bundesländern war diese Behörde ja nur dafür zuständig, den Polizeipräsidenten der einzelnen Kommunen auf den Senkel zu gehen. Aber hier gab es ja nur einen, und weil einfach jedes Bundesland ein LKA haben musste, durfte das Berlinerische selber hübsch rumermitteln und die richtige Polizeiarbeit den Uniformierten überlassen. Diese bestand aus: Gestohlene Autos protokollieren, sich von Fußballfans auf den Sack gegen lassen und sich von Steine und Flaschen werfenden Maskierten darüber informieren lassen, dass „ganz Berlin die Polizei hasst".

Lisas Job war weniger frustrierend, bei ihr ging es nur um Morde. Langweilig, immer derselbe Quatsch.

Entweder ein Raubmord, oder eine Schießerei oder Messerstecherei im Drogen-Milieu, Familientragödien mit besoffenem Ehemann und dergleichen. Große Rätsel waren das eigentlich nie, bedeuteten aber verdammt viel Arbeit. Lisas Mordkommission untersuchte gerade einen Todesfall im Stricher-Milieu. Dabei war noch nicht mal klar, ob das ein Mord war oder der Idiot einfach nicht wusste, wann es besser war, die Ketten zu lösen. Zehnmal pro Jahr starb jemand bei einem „autoerotischen Unfall", hinzu kamen 80 Drogentote. Lustiger Beruf.

Der Kaffee lief gerade durch, als es klingelte. Lisa latschte im Pyjama missmutig zur Tür, schaute gar nicht erst durch den Spion und öffnete. Sven strahlte sie an, widerlich wach und munter. Und versuchte krampfhaft, ihr nicht in den imposanten Ausschnitt zu starren.

„Hey wie geht's?"

„Komm halt rein."

Sven schob seinen dünnen Körper über die Schwelle in Richtung Küche, setzte sich routiniert an den Esstisch neben der kleinen Küche und bediente sich an der Kaffeemaschine. Lisa knabberte an ihrem Knäckebrot, das sie hasste, aber was sollte sie machen? 95 Kilo hatte die Waage zuletzt markiert, einfach unglaublich. Anscheinend nahm sie Fett-Moleküle über die Luft auf oder absorbierte sie durch Osmose. Wo sie doch kaum mal richtig aß. Höchstens in der Kantine mittags, wenn es wieder Schnitzel gab. Oder Bratwurst. Oder diesen fabelhaften Kartoffelsalat. Verdammt, Berlin stand ständig kurz vorm Haushalts-Notstand, weibliche Ratsmitglieder verkauften bereits ihre Körper auf dem Straßenstrich, aber die Kantine des LKA hatte trotzdem viel zu gutes Essen parat. Dafür durfte man mit veralteten

Computern, veralteten Waffen und veralteten Vorgesetzten auskommen.

„Was war denn das gestern Abend für ein Geräusch bei dir?" wollte Sven wissen, als er sich zu ihr setzte.

„Geräusch?" gähnte Lisa teilnahmslos.

„So ein Jaulen, wie ein Baby klang das. Und dann ein Kratzen und so ein Gepolter."

Lisa wurde langsam wach. „Bei mir?"

Sven trank die Tasse heißen Kaffee auf Ex aus. Mit der Nummer hätte er direkt auftreten können, auf billigen Jahrmärkten oder bei *Wetten dass*. Stattdessen war er freier Journalist, was fast genauso gut bezahlt wurde.

„Zumindest bei dir im Garten", nickte der Kaffee-Fakir, „das war eindeutig hier unten."

„Keine Ahnung", schulterzuckte Lisa. „ich hab die Tür aufgelassen wegen der Hitze. War vielleicht irgendein Tier."

„Oder einer der Männer, die bei dir an der Tür kratzen", grinste Sven so unbeholfen, wie immer, wenn er versuchte, einen Witz zu machen, der gleichzeitig eine Anmache war, ohne dass sie das merken sollte.

„Nein, die haben inzwischen alle einen Schlüssel", versetzte Lisa trocken, die es mochte, Sven zu irritieren. Sven hatte eine Menge liebenswerter Eigenschaften, Sinn für Humor zählte ganz sicher nicht dazu. Auch jetzt wieder nicht.

„Echt?" fragte er konsterniert.

„Nein."

„Oh, ach so, ich verstehe." Sven holte sich noch eine Tasse und setzte sich neben Lisa, die wieder in ihr morgendliches Brüten verfiel. Warum kam er eigentlich so oft runter zu ihr? Na ja, die Antwort darauf war schon klar, aber andererseits: Sie hatte ihm noch nie den Eindruck vermittelt, besonders scharf auf ihn zu sein, und sie wohnte jetzt schon seit zwei Jahren in diesem Haus in Kreuzberg. Sie Parterre, er im Dachgeschoss, sauber getrennt durch vier ganze Stockwerke. Inzwischen hätte er doch das Interesse verlieren müssen. Das taten Männer schließlich ständig, besonders diejenigen, mit denen sie eine Beziehung einging. Aber vielleicht lag es daran, dass sie ihn nicht ranließ? Sollte sie das eines Tages tun, wäre er nach vier Wochen wahrscheinlich fertig mit ihr. Insofern war es wohl klüger, ihn einfach als eine Art Hausfreund zu halten. So hatte sie immer einen, der ihr das Gefühl gab, schön zu sein.

„Nicht, dass du meinst, ich hätte was dagegen, dass du Männer triffst." Sven meinte mal wieder, sich entschuldigen zu müssen. Das tat er ständig. Er entschuldigte sich quasi für seine bloße Anwesenheit. Dafür gibt es keine Entschuldigung, würde ein Zyniker sagen. Aber das wäre unfair. Sven war ein angenehmer Umgang, so lange es nicht gerade um Politik, Tierschutz oder die imperialistischen amerikanischen Schweine ging. Dann konnte er nerven. Aber so richtig.

„Schon gut", brummte Lisa. „Aber ich muss jetzt mal so langsam." Sie stand auf.

„Nee, ist klar. Ich wollte nur sicher gehen, dass bei dir nicht eingebrochen wurde oder so."

„Dann hättest du eigentlich heute Nacht kommen müssen."

Sven wurde rot. Bei manchen Männern war das süß, aber nicht bei einem dürren Schlacks mit John-Lennon-Gedächtnis-Brille Ende dreißig, der frühmorgens in alter Jeans und Holzfällerhemd (im Winter:

Norwegerpullover) an deinem Esstisch sitzt und Konversation betreiben will, während dein Hirn kaum in der Lage ist, einen vernünftigen Satz zusammenzubasteln.

„Wollte ich auch erst. Aber ich wollte dich nicht wecken und so. Ich hab auch gedacht, das war sicher nur ein Tier."

Lisa sah ihn zum ersten Mal an diesem Morgen genauer an. Sie wunderte sich plötzlich über die Ringe unter seinen Augen. Er sah nie besonders gesund aus, was komischerweise häufig vorkam bei Vegetariern, aber bei ihm lag es an den vielen Zigaretten. In ihrer Wohnung rauchte er nie, aber wenn sie ihn oben besuchte, erinnerte sie sich wieder an das kleine, stickige Raucherzimmer an der Schule, wo sich die Coolsten von allen trafen, um Lässigkeit und Raucherhusten zu trainieren. Aber heute sah Sven noch schlimmer aus als sonst.

„Du bist doch deswegen nicht die ganze Nacht wach gewesen, oder? Du siehst aus, als hättest du überhaupt nicht geschlafen."

Sven wurde still. Er schien plötzlich mit seinen Gedanken ganz woanders. Er sah Lisa an, und sein Blick kam ihr vor wie eine Mischung aus Erschöpfung, Furcht und Ertapptsein.

Du meine Güte, dachte Lisa, *er ist wirklich die ganze Nacht deswegen wach geblieben.*

Dann sprang Sven auf und sagte einfach nur noch „Tschüs". Weg war er. Lisa wusste nicht, was sie davon halten sollte. Wie stand sie eigentlich zu Sven? Er sah doch recht gut aus, auf so eine alternative, ernsthafte Art. Ein paar Jahre älter als sie, aber nicht viel, sie war ja auch schon zweiunddreißig. Und sie hatte schon lange keinen mehr gehabt, jedenfalls nicht so mit allem drum und dran, zusammen ins Schwimmbad gehen, Kurzurlaub und dieser ganze Kram aus dem Standard-Beziehungsprogramm. Sie mochte ihn, na gut. Er war ein sensibler, warmherziger Typ, wäre sicher ein liebevoller Partner Querstrich Vater, eigentlich genau das, was sich Frauen wünschten. Oder wünschen sollten. Eigentlich. Im Prinzip. Hmm, tja.

Ihre Gedanken über Männer wurden schnell verdrängt von wichtigeren Themen, speziell der Wahl der richtigen Schuhe. Das Regal in der Diele quoll mal wieder über, sie musste unbedingt welche weggeben. Oder sich ein größeres Regal zulegen, so wie beim letzten Mal.

Noch wichtiger die Frage: Reinstecken oder nicht? Ihre dunkelblaue Hose hatte Stretch-Bund, das würde nicht unbequem werden, aber dann ließ sie ihre Bluse doch lieber wieder außerhalb flattern, dann fiel auch ihr BH nicht so auf. Als sie sie das letzte Mal reingesteckt hatte, war der Blick von Kollegen – und ganz besonders von Fabian – irgendwie uncharmanter Natur gewesen. Vermutlich bildete sie sich das nur ein, dachte sie, aber was sie sich ganz sicher nicht einbildete, war die deutliche Wölbung ihres Bauchs über dem Gürtel. Sie konnte ihn nicht dauernd einziehen, weil das wiederum mit einer geradezu grotesken Maximierung ihres Busens einherging, der so schon viel, viel zu groß war. Und das war ja offenbar das schlimmste, was man sich in der heutigen Gesellschaft vorstellen konnte. Natürlich waren große Brüste gefragt, aber die mussten an einer dünnen Frau rumbaumeln, sonst waren exakt die gleichen Brüste total ekelig. Lisa hatte aufgegeben, das kapieren zu wollen, und war noch nicht so weit, darüber erhaben zu sein. Da nutzte es ihr auch nichts, dass Marilyn Monroe Größe 42-44 getragen hatte.

Als sie fertig als junge, dynamische Powerfrau kostümiert war und den Schlüssel aus dem Schloss zog, hörte sie das Geräusch. Es klang wie eine komische Mischung aus Brummen und Rattern. Ganz leise schien es aus dem Wohnzimmer zu kommen. Neugierig schlich sich Lisa ins Wohnzimmer. Das Gebratter wurde eindeutig hinter dem Sofa erzeugt. Lisa wollte sich gerade über die Lehne beugen, als ihr etwas ins Gesicht sprang.

Sie sprang ihrerseits reflexartig zurück und ging hinter dem Sessel in Deckung. Mit einem gewissen Stolz stellte sie fest, dass das Polizeitraining immer noch nachwirkte. Ihre Waffe hatte sie im Büro gelassen, sonst hätte sie jetzt zumindest danach gegriffen. Stattdessen kam sie wieder hoch und beobachtete ihren Hausgast.

Das Tier war undefinierbar alt und etwa vier Kilo schwer, hatte schwarzes Fell, goldgelbe, klare Augen und wies alle Merkmale einer Europäischen Kurzhaarkatze auf. Es setzte sich auf seine Hinterpfoten und schaute Lisa interessiert, aber offenbar völlig unbefangen an. Und da war wieder dieses Geräusch. Die Katze schnurrte. Sie fühlte sich offenbar wohl. Nun, da war sie die einzige im Raum.

„Raus hier!" zischte Lisa böse. Katze bewegte sich nicht und schnurrte weiter. Lisa war sich nicht sicher, wie sie mit dem Fremdling umgehen sollte. Einen Kampf wollte sie sich so früh am Morgen mit niemandem liefern, schon gar nicht mit einem Tier, das wer weiß was für Krankheiten hatte. Andererseits konnte sie das Vieh nicht in der Wohnung lassen. Ansonsten käme sie am Abend zurück und würde nur noch zerfetzte Gardinen, zugepisste Möbel und sexuell missbrauchte Zimmerpflanzen vorfinden.

Lisa versuchte es im Guten. Sie öffnete die Balkontür sperrangelweit und lockte die Katze mit Schnalzgeräuschen.

„Na komm, du süßer kleiner Spatzenmörder", flötete sie, „beweg deinen Arsch nach draußen, nutzloses Monsterchen."

Katze schnurrte weiter, offenbar fasziniert von dieser komischen dicken Frau, und blieb sitzen. Lisa platzte der Kragen. Mit zwei Schritten war sie bei dem Tier, packte es mit beiden Händen und warf es einfach durch die Tür hinaus. Unsanft landete die Katze auf dem kleinen Stück Wiese. Sie hatte sich nicht im Mindesten gewehrt und protestierte auch jetzt nicht, schüttelte sich nur kurz, setzte sich hin und kratzte sich dann hinterm Ohr. Lediglich einen vorwurfsvollen Blick musste sich Lisa gefallen lassen.

„Hau ab!" brummte Lisa noch mal. Aber es tat ihr bereits leid. Katzen haben so was nun einmal drauf. Wie kann man ihnen böse sein? „Tschuldigung", murmelte Lisa leise, dann schloss sie die Glastür. Katze schaute Lisa nach, wie sie ins Innere der Wohnung verschwand. Dann trottete sie in Richtung Garagen und entwickelte eine neue Strategie.

Zwei

Irgendwo auf der Kleiststraße musste ein Unfall passiert sein. Wie üblich. Lisa saß in ihrem roten Polo und versuchte sich das Mantra vorzusummen, das Christiane ihr beigebracht hatte. Es gelang ihr nicht, sie hatte einfach nicht die Nerven dafür. Stattdessen entschied sie sich, den Motor ein paar Mal aufheulen zu lassen, was zu ihrer Überraschung zu nichts führte. Mehrere ihrer Stau-Mitinsassen taten das gleiche, manche hupten, einige fluchten, stiegen aus oder – wie Lisa glaubte zu bemerken – holten sich einen runter. Naja, wahrscheinlich spielten sie nur „Schlecht gelaunte Vögel" oder so was.

Lisa musste mal wieder an ihre Anfangszeit in Berlin denken. Was für ein Kulturschock. Berlin war was anderes als Bad Münstereifel, so viel stand mal fest. Der Verkehr war das eine. Wenn Lisa nicht von Berufs wegen einen Wagen hätte haben müssen, hätte sie ihren Polo sicher sofort abgeschafft. Jeder einzelne Autofahrer in Berlin war geistesgestört. Aber das war ja noch lange nicht alles. Wenn sie in ihrer Freizeit – glücklich, einen Parkplatz zu haben – lieber mit der BVG fuhr, konnte sie sich auf eines verlassen: In jeder Bahn, ganz egal zu welcher Uhrzeit, saß mindestens ein Besoffener. Das war schon erschreckend für eine Polizeischülerin aus der Eifel, deren Vater sogar selber eine Privat-Brauerei betrieb. Überall dieser zwanglose Umgang mit Alkohol, Leute mit Bierflaschen, deren Inhalt entweder getrunken, verschüttet oder im Nachhinein einfach an die Hauswände oder Gebüsche gepinkelt wurde. In aller

Öffentlichkeit! Sie dachte damals, sie würde sich bald daran gewöhnen. Das war jetzt acht Jahre her, und sie hatte den Gedanken aufgegeben.

Mit 24 war sie eine der ältesten Auszubildenden an der Polizei-Fachhochschule gewesen. Lisas Vater Richard hatte sogar recht schnell akzeptiert, dass sein einziges Kind andere Vorstellungen von seinem Leben hatte. Ihre Mutter Hilde war da ganz anders gepolt. Sie fasste es als persönliche Blamage auf, dass ihr Kind aus der Eifel wegzog. Dabei hatte Lisa gar nichts gegen ihre Heimat. Sie liebte die Eifel. Im Sommer, wenn der Raps blühte und die grünen Wiesen und Felder sich mit den gelben Flächen abwechselten, erschien sie ihr wie der schönste Ort auf der Welt. Aber sie musste weg. Wegen ihrer Eltern, wegen des Berufs, und weil man verdammt noch mal nicht sein ganzes Leben an einem Fleck verbringen sollte.

Es war schon fast neun, als sich der Stau auflöste und Lisa in Richtung Keithstraße zockelte. Lisa parkte den Wagen deshalb in der Tiefgarage und machte sich auf den Weg zu ihrer Dienststelle. Als sie den Flur des LKA 1 betrat, kam er ihr auch schon entgegen wie eine Feuerwalze. Ein schwitzender, hustender Mann Ende 50, kahl wie Udo Lindenberg ohne Hut, dafür mit einem Schnauzer, der aussah wie aufgeklebt.

„Morgen, Chef!" rief Lisa ihm mit erzwungener Fröhlichkeit zu.

„Sie sind nie zu erreichen!" wetterte Juhnke. „Wo waren Sie?"

Lisa blieb ruhig stehen und ließ den Mann erst mal verschnaufen. Irgendwie konnte sie noch immer nicht fassen, dass ihr Chef doch tatsächlich Juhnke hieß.

Vielleicht hatte ihm das bei seiner Karriere in Berlin sogar entscheidend geholfen? Irgendeine Erklärung musste es ja dafür geben, dass dieser Mensch es bis zum Kommissionsleiter geschafft hatte.

„Ich war im Stau", rechtfertigte sich Lisa.

„Sie sind dauernd im Stau."

„Nein, der Stau ist einfach ständig um mich rum. Die verfolgen mich alle, glaub ich."

Null Reaktion, wie immer. Juhnke gehörte zu jener Kategorie von Männern, die Frauen lediglich als Gegenstand von Witzen ansahen, nicht als deren Urheber.

„Kommen Sie schon", brummte er jetzt, „Sie kriegen was Neues auf den Schreibtisch."

Das war seine Standardformulierung für „Es hat einen Mord gegeben". Irgendwann kommt man wahrscheinlich so weit, allein den Begriff ‚Mord' schon langweilig zu finden, wenn man dreißig Jahre seines Lebens damit zu tun gehabt hat. Jeder neue Fall wird zu einer weiteren Akte, sonst nichts. Lisa hoffte, irgendwann auch so abzustumpfen. Sie hoffte es aufrichtig.

Sie folgte Juhnke in sein Amtszimmer. Als Leiter der Mordkommission 7 bestand er auf seinen eigenen vier Wänden, auch wenn manch andere höhere Dienstgrade inzwischen gerne die größeren Büros mit ihren Leuten teilten, um ein Gemeinschaftsgefühl herzustellen. Das war Juhnkes Sache nicht, und der Rest der Mannschaft war ihm dankbar. Was immer es auch war, das seinen durchdringenden Körpergeruch verursachte, es war stark genug, um ihn ein Leben als ewigen Junggesellen bestreiten zu lassen.

„Sie brauchen sich gar nicht erst hinzusetzen, Becker",

sagte Juhnke. „Hier ist die Adresse", er gab ihr einen Zettel, „Zonk ist schon dort, Spurensuche und Gerichtsmedizin auch. Flott!"

Lisa sah auf den Zettel. Die Siegfriedstraße in Lichtenberg kannte sie ein wenig, sie war eine gute Abkürzung, und wer durch Lichtenberg durch musste, war dankbar für Abkürzungen.

„Was genau ist denn überhaupt passiert?" wollte Lisa noch wissen. Juhnke blickte kurz auf und achselzuckte.

„Mein Gott, da hat einer in der Nacht einem Mann die Rübe abgesäbelt. Soll 'ne ziemliche Sauerei sein. Ach, bevor ich's vergesse: Unsere Süßigkeiten hier sind alle. Bringen Sie auf dem Rückweg was mit?"

Drei

Die Siegfriedstraße war das typische Lichtenberg-Ensemble an hässlichen Plattenbauten. Was an alter Bausubstanz noch vorhanden war, hatte die DDR verwahrlosen lassen zugunsten der Menschenschließfächer. Auch nach Lichtenberg kämpfte sich allmählich der Modernisierungstrend durch, der aus Prenzlauer Berg einen Garten Eden für Grüne gemacht hatte, die lieber nicht so viele Ausländer um sich hatten wie in Kreuzberg. Wie auch immer, der Tatort war in einem der Altbauten, und Lisa wusste nicht, ob das besser oder schlimmer war.

Es war einiges los. Drei Streifenwagen parkten quer, dazu die Wagen der diversen Ermittler. Und weil es sowieso nicht mehr drauf ankam, standen mindestens zwanzig Anwohner auf der unbefahrbaren Straße und glotzten. An den Fenstern standen mindestens noch mal doppelt so viele. Das würde nachher lustig werden, wenn der Ambulanzwagen kommen musste, um die Leichenteile abzutransportieren. Lisa war das indes egal, sie würde dann sowieso wieder weg sein.

„Ich darf doch mal, ja?" Lisa wühlte sich durch das Gedränge. „Verzeihung, ich müsste mal hier durch." Die Leute reagierten eher unwillig. Ein alter Fettsack mit Unterhemd und Hosenträgern versuchte sogar, sie festzuhalten.

„Die Polizei lässt keinen durch, Mädchen. Du störst da bloß."

Lisa hatte für so was keine Zeit. Irgendwie hatte sie immer noch nicht gelernt, sich richtig als Polizeibeamtin erkennen zu geben. Und sogar, wenn sie ihren Ausweis zückte, glaubten ihr viele nicht. So sah doch keine Kommissarin aus. Die Leute hatten sich mit Müh, Not und Hilfe diverser Krimiserien daran gewöhnt, dass es auch weibliche Exemplare gab, aber die waren dann ja wohl entweder dünn oder wenigstens Ende 40. Lisa hatte seinerzeit die sportlichen Leistungstests mit Ach und Krach absolviert, was sie sich im Nachhinein gar nicht mehr erklären konnte. Aber sie konnte sich ja auch nicht erklären, wie sie ihre Brüste mal in B-Körbchen reingekriegt hatte.

Lisa hatte sich zum Eingang des Hauses vorgekämpft. Wenigstens kannte einer der beiden Schupos, die dort die Zinnsoldaten gaben, die junge Kommissarin.

„Morgen Frau Becker", grüßte der graue Schnauzbart. Lisa schämte sich, weil sie seinen Namen nicht wusste. Es war schon so, eine gewisse Hackordnung – manchmal konnte man direkt von Apartheid sprechen – gab es nun mal, und die Zivilbeamten fühlten sich den Uniformierten immer ein wenig überlegen. Früher war das auch klar, da hatte man sich als Uniformierter erst mal hochzuarbeiten. Lisa jedoch hatte nie eine Uniform getragen, sondern war direkt auf die Fachhochschule gegangen. Sie hatte also keine Entschuldigung.

„Guten Morgen", grüßte sie eine Spur zu heiter zurück. Peinlich - immerhin betrat sie den Schauplatz eines Gewaltverbrechens, und sie machte hier auf Cherno Jobatey.

Die Wohnung von Fritz Krumm im ersten Stock war ein Schweinestall, und das war sie vermutlich nicht erst seit heute morgen. Die Gerätschaften der Polizei waren nur noch ein originelles Accessoire zu den leeren

Bierflaschen, den zerfledderten Zeitschriften (viele von der jugend-unfreien Sorte), den Wäschestücken und diversen Essensresten wie Bananenschalen, Keksen und einem undefinierbaren Etwas, das sich bei näherer Betrachtung als abgenagter Kotelettknochen im späten Stadium der Verwesung herausstellte. Einem Stadium, das dem Mieter der Wohnung noch bevorstand.

„Morgen Frau Becker!"

„Morgen!"

„Machen sie sich auf was gefasst. Ich hab beinah gekotzt."

Der Beamte von der Kriminaltechnik und seine Kollegen waren bereits fleißig bei der Sache. Die übliche Truppe aus vier bis fünf Leuten wuselte herum und versuchte, an den üblichen Stellen Fingerabdrücke zu sichern. Lisa schritt vorsichtig durch die Müllgrotte, die früher mal eine Diele war, in Richtung Schlafzimmer. Die Tür war offen und sie erkannte Fabian Zonk, der sich gerade mit einem ihr unbekannten Mann unterhielt, der vermutlich ein Nachbar oder so was war.

„Hi Fabian!"

„Hey Liz!"

Fabian grinste ihr sein umwerfendes Lächeln entgegen, und schon wieder musste Lisa sich zusammenreißen, um sich auf ihren Job zu konzentrieren. Sie betrat das Schlafzimmer, dessen Hygienegrat tatsächlich noch einen Tick krasser war als der in der Diele. Dieser Tick entstand im Wesentlichen aus der Blutlache, die große Teile des billigen grauen Teppichbodens verfärbt hatte. Oh ja, und natürlich durch die Leiche im Bett, die bereits ihr berühmtes Odeur d'Eath angenommen hatte.

„Sei vorsichtig!"

Und nicht zu vergessen den Kopf der Leiche, über den sie beinahe gestolpert war, nachdem sie einem Kotzflecken ausgewichen war. Fabian hatte sie gerade noch rechtzeitig gewarnt. Lisa setzte vorsichtig ihren Fuß über den Schädel und bemühte sich dabei, nicht zu genau hinzusehen.

„Meine Güte, wo hast du nur deinen Kopf", grinste Fabian fröhlich, als er ihr die Hand reichte. Sie wollte aber seine Hilfe nicht und balancierte sich auf eine blutfreie Stelle.

„Seit wann bist du hier?"

„Eine halbe Stunde", antwortete Hauptkommissar Zonk. „Gefunden wurde er vor genau einer Stunde. Von eine Nachbarin, der Mutter von Herrn Schultz." Damit deutete er auf den stillen, schmalen Mittvierziger, der neben ihm stand. Lisa fing sich wieder. Das beinahe Surreale der ganzen Situation löste sich auf in seine realen Bestandteile. Eine entsetzlich zugerichtete Leiche, eine alte Frau, die sie findet und vermutlich einen extremen Schock erleidet, und ihren Sohn, der mit sich kämpft, um nicht zusammenzubrechen.

„Wie geht es Ihrer Mutter?" fragte Lisa vorsichtig.

Schultz regte sich kaum. „Sie liegt oben", flüsterte er.

„Nicht ansprechbar, fürchte ich", ergänzte Fabian. „Das dauert eine Weile. Der Notarzt hat ihr eine Spritze verpasst."

Fabians Blick verriet ihr: Red du mit ihm. Du kannst das besser als ich blödes Arschloch. Zumindest interpretierte Lisa es so, Fabian hätte es vermutlich anders ausgedrückt.

„Gehen Sie ruhig zu Ihrer Mutter", schlug sie dem

zitternden Mann vor, „wir reden dann später weiter."

Herr Schultz verließ vorsichtig den Raum. Lisa traute sich nun endlich, sich alles genauer anzusehen, während Fabian aus dem Fenster auf die Straße hinaussah, wo sich die Menschenmasse verdichtete. Aber in der Ferne sah er bereits eine Einheit von Schupos, die sich formierten, um die Leute zu vertreiben. Lisa mutete sich zuerst nur den Anblick der Leiche auf dem Bett zu. Der Körper war größtenteils zugedeckt und steckte wohl in einer Art Schlafanzug. Natürlich war der größte Teil des Lakens rotbraun eingefärbt, die beiden Kopfkissen sowieso. Der Kopf hatte wohl friedlich darauf gelegen und geschnarcht. Bis das Schnarchen abrupt aufgehört hatte. Es musste ein sauberer Hieb gewesen sein, mit einem Beil oder etwas ähnlichem. Das würde der Gerichtsmediziner entscheiden. Jedenfalls war es ein ziemlicher klarer Schnitt. Das Rückgrat ragte nicht hervor, sondern war sauber durchtrennt worden. Der Hals war ausgeblutet, man konnte den Adamsapfel gut erkennen. Lisa fühlte sich an die „Körperwelten"-Ausstellung erinnert. All diese getrockneten Leichen ohne Haut hatten ihr damals eine wunderbare Appetitlosigkeit beschert, bei der sie vier Kilo verloren hatte. Leider war dieser Effekt nicht wiederholbar. Sie war jetzt doch ziemlich abgehärtet, und so konnte sie sich auch dem Kopf zuwenden. Sie ging sogar davor in die Hocke.

Fritz Krumms Augen waren geschlossen. Es war wohl so schnell gegangen, dass er nicht einmal mehr aufgewacht war. So gesehen eigentlich ein recht humaner Mord. Der Täter wollte sein Opfer nicht quälen. Er wollte es lediglich köpfen.

„Aber wer hätte gedacht, dass der alte Mann noch so

viel Blut in sich hätte?" fragte Fabian.

„Was?" Lisa schaltete heute morgen noch etwas langsam.

„Shakespeare", erklärte Fabian. „Macbeth."

„Oh. Wie mich das beeindruckt."

Fabian hockte sich neben Lisa. Er war so verdammt nah, dass es Lisa wieder aus dem Konzept brachte. Er sah mal wieder absolut geil aus in seiner schwarzen Jeans, schwarzer Lederjacke und blauem T-Shirt. Er roch ebenfalls gut, war frisch geduscht und schlampig rasiert wie immer. Sein Mittelscheitel war etwas verwuschelt, und seine blauen Augen waren intensiv auf ihr Ziel gerichtet. In diesem Fall war das Ziel ihr Decolleté. Aber vielleicht bildete sie sich das auch nur ein.

„Fritz Krumm", begann Fabian mit professionellem Ton, „achtundfünfzig Jahre alt, ledig, keine Kinder. Beruf Bahnfahrer bei der BVG, seit 30 Jahren. Vegetierte in dieser Wohnung schon sein halbes Leben, hatte wenig soziale Kontakte außerhalb der Arbeit. Zumindest meint Herr Schultz, er habe nie erlebt, wie jemand bei Krumm rein oder raus gegangen ist, abgesehen von Handwerkern."

Lisa richtete sich auf, Fabian blieb unten. Damit war er genau auf Augenhöhe mit ihrem dicken Hintern, wie sie erschrocken bemerkte, und so ging Lisa hastig einen Schritt zurück. Fabian grinste und stand ebenfalls auf.

„Es ist eindeutig heute Nacht passiert", meinte sie. „Er wurde also relativ schnell gefunden."

„Schultz sagt, seine Mutter hätte sich gewundert, weil die Wohnungstür offen stand. Deshalb hätte sie nachgesehen. Na ja, alte Weiber sind ja schwer zu bremsen, wenn sie ihre Nase in irgendwas reinstecken können."

„Ich schätze, dieses alte Weib hat seine Lektion gelernt."

„Wieso denn? Von dem Schock wird sie sich schon erholen, und danach kann sie den Leuten für den Rest ihres Lebens davon erzählen. Das ist für eine alte Frau wie ein Sechser im Lotto."

Lisa funkelte ihren Kollegen an, der es immer wieder schaffte, sie zu verstören. „Du bist wirklich das gefühlloseste Monster, dem ich je begegnet bin", fauchte sie, obwohl sie wusste, dass das nicht stimmte. Sie war schon ganz anderen gefühllosen Monstern begegnet, weiß Gott.

Fabian indes war nicht auf Streit aus. „Die Mediziner wollen die Leiche möglichst flott bei sich aufschnibbeln, wegen der hohen Temperaturen. Willst du dich noch mehr umsehen?"

Lisa wollte gerne gehen, aber sie gönnte sich noch ein paar Minuten der Leichenbeschau und Tatortbesichtigung. Natürlich war ihre Beobachtungsgabe hier genau so wenig gefragt wie die Fabians - Spurensuche und Gerichtsmedizin waren dafür zuständig, Material zu sammeln. Trotzdem fühlten sich Kriminalbeamte überall auf der Welt verpflichtet, so zu tun, als seien sie Adrian Monk: Mit ein paar Blicken auf den Tatort den Kreis der Verdächtigen auf drei Personen einengen, falsche Spuren entlarven und ein scheinbar völlig unwichtiges Detail als heiße Spur ansehen, die direkt zum Mörder führt. Völliger Quatsch, aber man sah sich um, für den Fall, dass man trotzdem mal was fand.

Aber Lisa fand nichts, fast zu ihrer Erleichterung. Das war schließlich auch so ein Punkt. Niemand findet gerne irgendeine Spur, die alle anderen übersehen haben. Schließlich konnte man sich irren, und schon war man blamiert. Oder noch schlimmer: Man hatte recht, und von da an hielten einen die Kollegen für einen Besserwisser und die Vorgesetzten für einen Wunderknaben bzw. ein Wundermädchen und erwarteten ständig solche Geistesblitze. Und beides war noch mal doppelt und dreifach so schlimm, wenn man eine Frau war. Diese Lektion hatte sie in ihrer ersten Zeit bei der Polizei sehr schnell gelernt.

„Okay, ich glaube, im Moment wär's das hier", sagte Lisa, und Fabian ging voraus in Richtung Hausflur. Als er ihr den Rücken zudrehte, konnte Lisa endlich ein paar Mal tief durchatmen. Der Anblick von Fabians Hintern in seinen Jeans trug allerdings ebenfalls dazu bei, dass sie sich besser fühlte.

Vier

Juhnke war die Aufmerksamkeit in Person, während er sich - schmatzend wie ein chinesisches Wasserschwein - einen Snickers-Riegel in den Kopf einführte und Fabian und Lisa bei ihrem Bericht zuhörte.

„Der Körper dürfte vollständig ausgeblutet sein", meinte Fabian im Plauderton, „jedenfalls war der Mann kalkweiß. Kann natürlich auch sein, dass Herr Krumm seit Jahrzehnten keine Sonne mehr an sich ran gelassen hat. Aber wenn ich bedenke, dass das halbe Schlafzimmer rot umgefärbt wurde, schätze ich, der Körper und der Kopf sind jetzt fünf Kilo leichter. Diese Blutgruppendiät funktioniert bei jedem."

War das 'ne Anspielung auf mich? fragte sich Lisa unwillkürlich.

„War das Blut schon getrocknet?" fragte Juhnke, während er das Snickers-Papier zerknüllte und in Richtung Papierkorb fliegen ließ. Er verfehlte ihn um wenige Meter. Es gab Gerüchte, mit der Schusswaffe sollte er beinahe genau so treffsicher sein. Kein Wunder, dass er einen Schreibtischposten bekommen hatte; das Dilbert-Prinzip hatte auch bei der Polizei seine Gültigkeit.

„Ja, es war schon getrocknet", antwortete Lisa, „deswegen kann man auch nicht mehr von rot sprechen, sondern mehr von einer Art Sienna-Haselnuss-Ton."

„Danke, Frau Becker. Ihre Beobachtungsgabe schafft mich immer wieder."

Sie haben einen Popel an der Nase, dachte Lisa. Was sie sagte war: „Ich würde sagen, der Tod trat um etwa 3 Uhr nachts ein, aber da müssen wir noch auf die

Obduktion warten. Die Tatwaffe wurde nicht gefunden, aber ich tippe auf eine Art Axt oder auch ein besonders großes Fleischermesser. Der Schnitt war sehr akkurat, ganz sicher wurde keine Säge benutzt. Die Augen des Toten waren noch geschlossen, was ebenfalls auf einen schnellen, unbemerkten Tod hindeutet. Außerdem hat niemand Schreie gehört und der Mann hat sich offenkundig nicht gewehrt. Meine persönliche Vermutung: Entweder ein Racheakt oder die Tat eines Psychopathen."

„Was für schöne Fachausdrücke wir parat haben", grinste Juhnke.

„Ja, so was lernt man heutzutage sogar in der Polizeiausbildung", entgegnete Lisa ungezwungen.

„Man lernt eine Menge Blödsinn bei der Polizeiausbildung, den man später nicht mehr gebrauchen kann."

Lisa gingen die Bemerkungen ihres Chefs schon lange meilenweit am Arsch vorbei. Die kleine Spitze in Bezug auf ihre Ausbildung an der FH gehörte zu seinem üblichen Repertoire. Nur wenige im Dezernat hatten sich so intensiv mit Kommunikationstraining, Politik- und Gesellschaftswissenschaften befasst wie sie. Natürlich kannte sie sich auch mit Rechtskunde und Kriminaltechniken aus, sie hatte damals aber andere Prioritäten gesetzt. Wie sie sehr schnell gemerkt hatte, wurde man auf der FH nur sehr eingeschränkt auf den wahren Berufsalltag vorbereitet. Sogar jetzt noch hatte sie das Gefühl, dass im Grunde jeder Mensch aus dem Stand Kriminalkommissar werden konnte – alles was man wissen musste, waren die Dienstvorschriften, und auch an die hielt man sich eher sporadisch. Und noch etwas wunderte sie: In der Ausbildung gab es einen Frauenanteil von dreißig bis vierzig Prozent, aber in Schutz- und Kriminalpolizei betrug der Anteil nur rund fünf Prozent. Wo blieben die eigentlich alle?

„Ich stimme Lisa zu", mischte sich Fabian wieder ein. „Ich denke wirklich, das war irgendein Irrer. Warum sollte jemand einen harmlosen Straßenbahnfahrer umbringen, und dann noch auf diese Weise?"

„Wie wär's mit 'nem Stricher?" fragte Juhnke gelangweilt.

Lisa und Fabian grinsten sich verstohlen an. *Nein danke*, dachten beide.

„Haben wir doch dauernd in Berlin", fuhr der Chef fort, „so 'ne schwule Aids-Schleuder reißt 'nen Freier auf, geht mit ihm nach Hause, macht ihn schräg und räumt ihm die Bude aus."

„Kann natürlich sein", gab Lisa widerstrebend zu, „aber ich kann mir nicht vorstellen, dass Herr Krumm irgendwas von Wert in seiner Bude hatte. Das sah eher aus wie eine Ratten-Zuchtanlage."

„Ich hab ein paar interessante Magazine rumliegen sehen", meinte auch Fabian, „hauptsächlich Fachmagazine für Studien an der weiblichen Oberweite."

Juhnke schoss einen verzweifelten Blick auf Lisas Torso ab. Sie musste sofort an ihr erstes Gespräch mit ihrem Chef denken. „Ich brauche dringend eine Frau", war der erste Satz, den sie von ihm gehört hatte. „Glaub ich gern", hätte sie fast geantwortet. Tatsächlich bestand die Mordkommission 7 damals nur aus Männern, und das fing langsam an, peinlich zu werden. Nicht Juhnke war es peinlich, aber dem Innensenator. Und so kam die frischgebackene Kriminalkommissarin Lisa Becker aus der Eifel direkt ins LKA Berlin. Juhnke hatte zumindest eine echte Berlinerin verlangt, aber so eine stand nicht zur Verfügung, und da nahm er halt „die rote Öko-Torte vom Dorf", wie er sich später mal äußerte, als sie gerade ins Zimmer kam. Und das waren nicht alle Probleme in ihrer Anfangszeit, in der sie schneller Gewicht zugelegt hatte als ein neugeborener Pandabär. Die Probleme hatte sie jetzt im Griff, ihr Gewicht nicht.

„Nun, wie dem auch sei", seufzte Juhnke, „die Abteilung ist gerade ziemlich unter Druck wegen dieser ganzen Scheiße im Rocker-Milieu. Die Stadt und der Polizeipräsident räumen dem eindeutige Priorität ein, und ich stimme dem zu."

„Ich weiß nicht", sagte Fabian, „die Presse wird im Dreieck springen. Ist doch klasse, so ein exotischer Mord, fast wie eine Hinrichtung. Die lieben so was."

„Was das schreibende Geschmeiß liebt oder nicht liebt, interessiert mich nicht, Herr Zonk. Deshalb machen das erst mal nur Sie beide. Wenn Sie Hilfe brauchen, sagen Sie Bescheid, das wird schon irgendwie klappen. Und wenn nicht, ist mir das auch egal. Mir würde das nicht schaden, und Sie sind sowieso nicht für Beförderungen vorgesehen. Tschö!"

Und schon waren sie draußen.

„Ich muss sagen, ich schätze irgendwie seine offene Art", sagte Fabian.

„Lass ihn doch. Oder würdest du gerne mit ihm tauschen?"

Sie gingen den Gang runter zu ihrem Büro, dass sie sich seit einem halben Jahr teilten. Fabian war zwar einen Rang über ihr, aber der Unterschied zwischen Hauptkommissar und Oberkommissarin hatte höchstens finanzielle Bedeutung. Allerdings war sie erst vor kurzem zu ihrem Rang gekommen, während Fabian schon mindestens fünf Jahre auf der Stelle trat. Aber vielleicht machte ihm das auch gar nichts aus?

„Seinen Posten will ich bestimmt nicht", sagte er, als er sich auf seinen Drehstuhl schmiss. „Ich will nicht so rasant verfetten und verklumpen. Und das meine ich sowohl körperlich wie seelisch."

„Tja, was das Fett angeht, bin ich ja schon bestens gerüstet", seufzte Lisa etwas zu theatralisch, in der Hoffnung, ein empörtes Wasredestdudennda zu hören. Es kam aber nicht.

Fabian goss sich ein Glas Apfelschorle ein und füllte auch Lisas Glas, als sie es ihm hinhielt. „Also, Vorschläge?"

„Wird Krumms Vergangenheit schon durchgecheckt?" wollte Lisa als erstes wissen.

„Ich hab Hoffmann schon drum gebeten. Er müsste eigentlich gleich kommen."

„Dann müssen wir noch mal versuchen, Frau Schultz zu sprechen. Vielleicht hat sie ja doch irgendwas gesehen."

„Morgen wahrscheinlich. Wir müssen es ja sowieso protokollieren", meinte Fabian. „Aber der Tag ist noch jung. Was hältst du übrigens von ihrem Sohn? Lebt mit 44 noch bei der Mutter."

„Er meinte, sie lebe bei ihm."

„Nö. Der Hausmeister sagt, sie steht im Mietvertrag, und er wäre vor einigen Jahren zu ihr gezogen."

„Um sie zu pflegen?"

„Sie soll ganz gesund sein. Geht jeden Tag spazieren. Nein, ich schätze, der Typ ist entweder schwul oder chronisch arbeitslos oder beides. Oder ein Muttersöhnchen."

Lisa grinste. „Also der perfekte Kandidat für einen wahnsinnigen Killer mit Hackebeilchen."

„Na klar. So was passiert doch dauernd in amerikanischen Büchern und Filmen, und die werden doch wohl nicht nur irgendwelchen dämlichen Klischee-Scheißdreck schreiben, oder?"

„Noch Zeit für ein kleines Motiv, bevor wir den Kerl ins Burgverließ werfen?"

Fabian schüttelte lustlos den Kopf. „Meine Güte, bist du heute wieder penibel. Womöglich sollen wir auch noch checken, ob er ein Alibi hat?"

„Und wenn er eins hat?"

„Ist es arschklar getürkt. Ich hab beschlossen, dass er es war, und deshalb werden sämtliche entlastenden Beweise ab sofort von mir ignoriert."

„Schön, dass wir mal drüber geredet haben."

Lisa hätte das Spiel am liebsten noch stundenlang fortgesetzt, aber Alfie Hoffmann kam herein. Der junge Kommissar war erst kürzlich zum Team gekommen, war ehrgeizig, dynamisch und unerträglich fröhlich. Seinem Strahlen konnte man ansehen, dass er etwas ausgegraben hatte. Ähnlich wie bei einem Cocker-Spaniel.

„Ich hab was gefunden!" rief er laut in den elf Quadratmeter großen Raum. Lisa und Fabian bleiben ruhig sitzen. Der erhoffte Applaus blieb aus. Hoffmann drosselte die Phonstärke und baute sich vor seinen Kollegen auf, einige Stapel Ausdrucke in der Hand.

„Fritz Krumm hatte keine Vorstrafen", begann er, „jedenfalls nichts richtig Kriminelles. Aber vor einem Jahr wurde er vor Gericht verurteilt wegen unterlassener

Hilfeleistung. Er hat einer Frau, die in seiner Bahn nachts überfallen und vergewaltigt wurde, nicht geholfen."

Lisa griff nach dem Bericht und überflog ihn.

„Ach du Scheiße!" entfuhr es ihr.

Hoffmann gab Fabian eine Kopie, während er weiter berichtete. „Es ist schon ziemlich herb. Die Frau hat um Hilfe geschrien, aber er ist seelenruhig weitergefahren. Vor Gericht hat er behauptet, nichts gehört zu haben, aber der Gutachter hat das bezweifelt. Trotzdem konnte ihm nicht beweisen werden, dass er absichtlich weggehört hat."

„Er hätte zumindest die Bullen informieren können", murmelte Hauptkommissar Zonk, „die BVG hat eine Standleitung. Wäre ein Klacks gewesen."

„Hat er aber nicht", fuhr Hoffmann fort, „im Gegentum. Als alles vorbei war und die zwei Typen getürmt sind, ist die Frau zur Fahrerkabine gewankt und hat ihn gebeten, die Polizei zu benachrichtigen. Und was hat Krumm gemacht?"

„Er hat ihr gesagt, er dürfe während der Fahrt nicht mit ihr reden", las Lisa fassungslos aus dem Gerichtsprotokoll vor. „Dann hat er sie rausgeschmissen und ihr gesagt, sie soll nach dem Weg zur nächsten Polizeiwache fragen."

„War ja ein reizendes Kerlchen, unser Kullerkopp", meinte Fabian, „da fällt es einem doch immer schwerer, Mitleid mit dem Opfer zu empfinden. Weiß nicht, wie das bei dir ist, Lisa, aber für mich ist das ein Handicap. Da fehlt einem der innere Antrieb."

Lisa ging nicht darauf ein und wandte sich wieder an Hoffmann. „Wie ging das damals weiter? Hier steht, die Täter wurden gefasst?"

„Die Vergewaltiger? Ja, klar. Frau Nielsen konnte sie gut beschreiben. Sie kamen aber glimpflich davon, weil die Arme seelisch so im Eimer war, dass sie nicht an der Verhandlung teilnehmen konnte. Deshalb gab es nur ein Jahr Bewährung, obwohl es Wiederholungstäter waren."

„Die Bewährung ist vorgestern abgelaufen", merkte Fabian an, während er in den Akten blätterte.

„Ja, stimmt", stellte Hoffmann überrascht fest, „hat das was zu bedeuten?"

„Wahrscheinlich Zufall", sagte Lisa, „trotzdem eine wichtige Spur. Gute Arbeit, Alfie."

Hoffmann freute sich wie ein Schüler über eine Eins plus. Für ihn war das ein weiterer von noch vielen Punkten bis zur ersten Beförderung. Er legte den Rest der Papiere auf den Doppelschreibtisch, den sich Fabian und Lisa teilten.

„Hier sind noch die Adressen aller Beteiligten. Ich dachte mir, denen wollt ihr doch sicher aufs Dach steigen?"

„Könnte glatt sein, Kleiner", sagte Fabian. „Nochmals danke."

„Gern geschehen."

Und Alfie Hoffmann war draußen.

„In fünf Jahren ist der Kerl mein Boss", stöhnte Fabian. „Dann lass ich mich in 'ne andere Stadt versetzen."

„Ich frage mich sowieso, warum du das nicht schon lange gemacht hast", antwortete Lisa. „Wo du Berlin so hasst und alles."

Fabian schwieg kurz und sah sie seltsam an. „Na ja, es gibt auch schöne Sachen hier, von denen man sich nicht so leicht trennt."

Und schon wieder war Lisa total durcheinander.

Fünf

Das Ehepaar Nielsen wohnte im nördlichen und billigeren Teil von Britz. Genau die richtige Gegend für Familien und Singles der unteren Einkommensstufe, die Wert auf ein Minimum an Lebensqualität legten. Georg Nielsen und seine Frau Leily lebten im sechsten Stock eines der großen Mietshäuser an der Buschkrugallee.

„Was ist ein Buschkrug?" fragte Fabian, als er mit Lisa den Fahrstuhl hochfuhr.

„Ein Krug aus Holz", maßte Lisa Mut.

„Logo."

„Soll ich mit der Frau reden?" fragte sie geschäftsmäßig.

„Traust du mir das nicht zu? Meinst du, ich bin ein unsensibler Klotz, der Frauen aus Spaß zum Weinen bringt?"

„Ehrlich gesagt, ja."

Fabian lachte. „Du kennst mich zu gut. Okay, du redest mit der armen Frau, ich mit ihm. Er ist ja sowieso verdächtiger als sie."

„Wieso?"

Die Lifttür öffnete sich, sie stiegen aus.

„Na komm schon, eine Frau würde doch nie einem Mann den Kopf abschlagen."

„Ja", gab Lisa zu, „so was machen wir nicht. Mir schneiden Männern schon mal mit der Heckenschere den Pimmel ab, aber grundsätzlich neigen wir nicht so zu Gewalt wie ihr."

„Ich bin froh, dass wir uns einig sind."

Lisa klingelte an der Tür, deren Fußmatte auf den

Inhalt der Wohnung hinwies: Nielsen. Sofort wurde geöffnet. Sie hatten sich schon an der Sprechanlage unten vorgestellt.

„Guten Tag. Kommen Sie rein."

Georg Nielsen war ein kräftiger Mann Anfang 40, eingekleidet in feinsten grauen Jogginganzugzwirn. Er führte sie durch die spärlich beleuchtete Wohnung. Nichts besonderes, wie Lisa flüchtig überblickte: Preiswerte Möbel aus den großen Discountern in der Umgebung, billiger Teppichboden, ein paar Pflanzen, aber alles durchaus geschmackvoll und gemütlich.

„Bitte setzen Sie sich. Einen Kaffee?"

Die beiden Kommissare lehnten höflich ab, sie hatten sich im Büro schon genug schwarze Brühe genehmigt. Sie nahmen auf der Polstergarnitur Platz, wobei sie sich gegenüber setzten, so dass Nielsen nichts anderes übrig blieb, als sich von ihnen einkesseln zu lassen.

„Sie wissen, worum es geht?" fragte Fabian.

„Nein, nicht genau", antwortete der Mann vorsichtig. Er wirkte nicht sehr beunruhigt, aber natürlich war jeder erst einmal reserviert, wenn er Besuch von der Polizei bekam. Lisa und auch Fabian erschien der Mann äußerst gefasst und erwartungsvoll, wie jemand, dem eine interessante Überraschung bevorsteht. Womit er nicht falsch lag.

„Ich weiß nur das, was mir Ihr Kollege am Telefon gesagt hat", fuhr Nielsen fort, „dass jemand gestorben ist, aber kein Angehöriger von mir, und dass Sie kommen und mir und meiner Frau Fragen stellen würden."

„So ist es", sagte Lisa und versuchte, auch nur den Hauch von Angst oder Schuld bei ihrem Gegenüber zu entdecken. Vergeblich. „Ist Ihre Frau übrigens hier oder unterwegs?"

Nielsen schwieg für ein paar Sekunden. „Nein", sagte er leise, „meine Frau verlässt die Wohnung sehr selten. Seit damals. Sie wissen vielleicht nicht, was ihr passiert ist?"

„Oh doch", sagte Fabian, „wir haben davon gehört. Ich muss sagen, ich habe schon vieles gehört, aber so etwas..."

„Mein aufrichtiges Mitgefühl", unterbrach ihn Lisa so taktvoll wie möglich. „Eine befreundete Kollegin arbeitet im zuständigen Dezernat. Ich hab von ihr schon viele schlimme Geschichten gehört, aber die Ihrer Frau ist wirklich erschütternd. Nicht nur die Vergewaltigung allein, sondern auch das Verhalten dieses Bahnfahrers, nicht wahr?"

Fabian warf Lisa einen anerkennenden Blick zu. Bei allem Mitgefühl war sie ganz Profi und lenkte die Unterhaltung geschickt zum eigentlichen Thema. Georg Nielsens Gesicht hatte sich verhärtet. Mit einem Schlag stand ihm der Hass in den Augen, seine Hände verkrampften sich.

„Er hätte ihr helfen können. Leily ist sich sicher, dass er mitgekriegt hat, was passiert ist. Sie hat laut um Hilfe geschrien und sich gewehrt. Und er hatte eine Standleitung zur Polizei! Verstehen Sie, ich kann mit vielem fertig werden, meine Frau aber nicht! Was Leily erlebt hat, kann man nicht mehr reparieren! Sie hat Angst, vor die Tür zu gehen. Manchmal versteckt sie sich im Schlafzimmer, wenn es an der Tür klingelt. Das hat sie auch vorhin getan, als Sie geklingelt haben. Und sie hat Alpträume und durchlebt die ganze Scheiße ständig von Neuem!"

Lisa musste schlucken, aber ihr blieb nichts anderes übrig, als am Ball zu bleiben. Ein Mord war geschehen.

„Sie müssen diesen Mann unglaublich hassen", stellte sie etwas unbeholfen fest.

Nielsen sah sie voller Schmerz an. „Ich hab mir tausendmal vorgenommen, ihn umzubringen."

Fabian sah den Moment für gekommen. „Tja, gute Nachrichten: Die Arbeit können Sie sich sparen, er ist tot."

Nielsen drehte sich ruckartig zu Fabian um. Diesen Gesichtsausdruck konnte man nicht spielen, das sah der Kommissar sofort. Oder der Mann hatte es stundenlang vor dem Spiegel geübt.

„Tot? Krumm? Der ist tot?"

„Mausetot. Ermordet."

Der Mann fing an zu zittern. Er sprang auf und warf fast den Couchtisch um. Seine vorher fast erloschenen Augen strahlten plötzlich intensiv, er atmete heftig und fuhr sich aufgeregt durch die dunklen Haare.

„Ermordet? Krumm wurde ermordet?"

„Ja", antwortete Lisa in möglichst unverkrampftem Ton und versuchte, die Situation unter Kontrolle zu halten, „er wurde heute morgen tot in seiner Wohnung aufgefunden. Sie haben vielleicht schon im Radio davon gehört?"

Nielsen fuhr herum.

„Der Mord in Lichtenberg? Der irre Axtmörder?"

Lisa wusste noch nicht, wie die Medien auf den Fall eingestiegen waren. „Nun, das ist nicht gerade die offizielle Bezeichnung, aber..."

„Jemand hat Krumm die Rübe abgehauen?"

„Etwas unreflektiert könnte man das so ausdrücken,

ja", antwortete Fabian. „Möchten Sie dazu etwas sagen?"

Nielsen richtete seinen Blick gegen die Decke und bekreuzigte sich. Sein beseeltes Lächeln ließ dabei nicht unbedingt darauf schließen, dass er um Fritz Krumms Aufnahme ins himmlische Paradies bat. Dann strahlte er glücklich die beiden Kommissare an und fing an zu lachen.

Lisa und Fabian sahen sich etwas beklommen an. Eine solche Situation war ihnen neu. Sie hatten schon öfter vom Tod eines Menschen berichten müssen, und die Reaktionen hielten sich stets im Bereich zwischen Trauer, Entsetzen und manchmal Gleichgültigkeit auf. Ein Mann hatte sogar gekotzt, als ihm Fabian vom Tod seines Bruders erzählt hatte. Lautes, befreites Gelächter eines überglücklichen Mannes stand bisher nicht auf der Speisekarte. Sie warteten, bis sich Nielsen etwas beruhigt hatte.

„Entschuldigen Sie bitte, ich muss es sofort meiner Frau sagen." Er wandte sich in Richtung der angrenzenden Diele um, aber Fabian stand schnell auf und hielt ihn sanft zurück.

„Einen Moment noch, Herr Nielsen. Bevor Sie sich zu sehr freuen – Sie können sich wohl denken, weshalb wir hier sind, oder?"

Nielsen sah ihn verständnislos an. Dann dämmerte es ihm.

„Oh", sagte er mit verschmitztem Lächeln, „ich schätze, ich hab mich gerade ein kleines bisschen verdächtig gemacht, was?"

„Das ist die Untertreibung des Jahres, mein Bester", grinste Fabian gutmütig.

„So verständlich es auch ist, dass Ihnen der Tod von

Herrn Krumm nicht leid tut", ergänzte Lisa, die ebenfalls aufgestanden war, "wir machen uns natürlich so unsere Gedanken. Sie verstehen das sicher."

"Total", antwortete Nielsen gelassen, "ich verstehe völlig. Ich habe wohl das, was man ein Motiv nennt."

"Die Frage ist", meinte Fabian lakonisch, "ob Sie auch das haben, was man ein Alibi nennt."

"Wann ist es denn passiert? Letzte Nacht?"

"Ganz recht", bestätigte Lisa.

Georg Nielsen grinste breit. "Tja, da haben Sie Pech. Für heute Nacht habe ich ein grandioses Alibi, und das gilt auch für meine Frau und alle anderen Bewohner dieses Hauses."

"Klingt ja spannend", brummte Fabian, der sich innerlich bereits auf langwierige Ermittlungen und die Möglichkeit eines ungelösten Mordes einstellte.

"War es auch", sagte Nielsen. "Letzte Nacht gab es hier einen groß angelegten Feueralarm. Das ganze Haus war auf den Beinen, weil die Feuerwehr den Brandherd nicht finden konnte."

"Hat es denn gebrannt?" fragte Lisa.

"Offenbar nicht. Irgendjemand hatte einen Brand gemeldet, aber das war wohl nur ein Spaßvogel. Ich war fürchterlich sauer, aber jetzt kann ich wohl sagen: Ein Hurra auf die blöden Scherzkekse! Wenn Sie mich jetzt bitte zu meiner Frau lassen? Danke."

Sechs

Lisa Becker schwieg nun schon seit zehn Minuten. Fabian Zonk machte sich allmählich Sorgen um seine ansonsten so plauderfeste Kollegin, die neben ihm in seinem Hyundai saß und aus dem Seitenfenster starrte. Sie hatte allein mit Leily Nielsen geredet, was Fabian durchaus recht gewesen war. Vermutlich war diese Spur sowieso schon tot, Erkundigungen bei der Feuerwehr würden das Alibi des Ehepaares klären. Es war wohl auszuschließen, dass Nielsen gelogen hatte. Ein Idiot war der Mann nicht, das stand für Fabian fest.

„Findest du die Frau irgendwie verdächtig?" fragte Fabian neugierig. „Ich meine, was hat sie gesagt?"

Lisa wandte den Blick nicht vom Fenster ab.

„So gut wie nichts."

„Anscheinend ist das ansteckend."

Lisa lächelte müde. Dann setzte sie sich wieder aufrecht hin und versuchte, professionell zu wirken. Wieder einmal hatte sie das Gefühl, nur eine Rolle zu spielen, die Rolle einer Kriminalkommissarin, und einmal mehr hielt sie sich für eine Fehlbesetzung. Das passte einfach nicht zu ihr. Sie musste ruhig und sachlich sein, aber eigentlich wollte sie heulen. Am liebsten an Fabians Schulter. Erbärmlich, oder?

„Frau Nielsen ist gesundheitlich offenbar schwer angeschlagen", begann sie. „Sie wollte nicht mit mir reden. Hat sich unter die Bettdecke verkrochen. Dann hat ihr Mann ihr gesagt, was los ist. Sie war auf einmal ganz anders. Ich weiß nicht, wie ich es beschreiben soll. Sie redete, als wäre sie gerade aus dem Koma erwacht. Hat ständig mittendrin ihren Mann gefragt, ob er mit ihr eine Spreefahrt macht oder ob sie endlich wieder verreisen wollen. Ich habe mich schon lange nicht mehr so überflüssig gefühlt."

„So fühle ich mich oft, immer wenn ich aufs Damenklo gehe."

Lisa lachte. „Ach du bist das immer."

Fabian grinste und freute sich, dass Lisa wieder normal war. „Ich meine, der Mann hat sie ja nicht vergewaltigt, sondern diese beiden Typen", nahm er den Faden wieder auf, „und die sind am Leben und laufen draußen rum. Das scheint sie weniger zu stören als sie Existenz von Fritz Krumm."

„Die Vergewaltigung selber war vielleicht weniger traumatisch als die Erfahrung, im Stich gelassen worden zu sein. Dann denkt man, das könne einem jeden Tag wieder passieren, vielleicht auf offener Straße, und niemand interessiert es, alle gehen weiter."

„Frauen gehen wohl selten nachts in die U-Bahn oder so. Immer in Begleitung, da kann ja nichts passieren. So kann man sich passiv schützen."

„Viele machen Selbstverteidigungskurse, kaufen sich Reizgas."

„Reizgas bringt nix."

„Weiß ich. Aber bei Typen, die es nur mal ausprobieren wollen, vielleicht schon. Aber eigentlich ist das gar nicht das Hauptproblem. Solche Fälle machen Schlagzeilen, verzerren aber die Wahrnehmung. Zwei Drittel der Vergewaltigungen geschehen nicht in Tiefgaragen, sondern finden im engeren Bekanntenkreis statt. Sagt Christiane."

„Wer?"

„Christiane Schneider, sie ist bei den Sexualdelikten. Kennst du sie?"

„Oh ja, klar, aus der Kantine. Wusste nicht, dass ihr befreundet seid. Dann kann ich sie wohl nicht flachlegen, was?"

Lisa musste sich plötzlich konzentrieren, um weiteratmen zu können.

„Wieso?" sagte sie vorsichtig. „Ich meine, sie ist ja wohl zu alt für dich, oder?"

„Ist sie?"

„Na ja, sie ist vierzig."

„Und ich bin sechsunddreißig. Ist eine Frau in meinem Alter für einen Vierzigjährigen zu jung? Du hast ja Vorstellungen."

„Sie hat einen festen Freund", ergänzte Lisa leicht panisch.

Fabian zuckte mit den Achselhöhlen. „Na dann nicht. Aber vielleicht gibst du ihr mal meine Nummer, nur für den Fall."

„Ich geb ihr deine Nummer nicht, du Komiker. Bagger sie halt an und hol dir 'ne Abfuhr, wie ein echter Mann!"

Lisa war tödlich beleidigt. Wofür hielt der Typ sie eigentlich? Und überhaupt, gab es vielleicht keine attraktiven Frauen in seiner direkten Umgebung? Was sollte das eigentlich, um es mal auf den Punkt zu bringen! Sie saß ihm seit einem halben Jahr gegenüber, jetzt im Sommer mit dünner Bluse und bis zu drei offenen Knöpfen, und er tat gar nichts. Sicher, er sah hin, sogar sehr häufig, aber das war nur männlicher Urtrieb, wie ihr klar war. Sogar Pfarrer schauten hin. Das war für Männer wie ein roter Punkt auf einem weißen Blatt Papier, sie konnten gar nicht woanders hinsehen, und sie nahm es nicht übel. Aber Fabian hatte nie auch nur den Ansatz eines Annäherungsversuchs gemacht, was sie am Anfang spannend fand, inzwischen aber einen erheblichen Dämpfer für ihr Selbstvertrauen bedeutete. Nicht, dass sie etwas mit ihm anfangen wollte. Also, nicht einfach so. Jedenfalls nicht nur fürs Bett. Natürlich auch fürs Bett. Gerne sogar hauptsächlich fürs Bett. Im Grunde, na gut, könnte es sich auch nur aufs Bett beschränken, so lange sie zwischendurch reden würden. Musste ja nicht viel sein, und er könnte dabei fernsehen. Aber sie wollte ja gar nicht. Sie war ja schließlich keine Schlampe.

Aber wieso wollte *er* nicht?

Na klar, dachte sie, *warum denke ich überhaupt darüber nach? Als ob ich es nicht wüsste. Ich bin ihm zu fett.*

„Okay", sagte Fabian nun, „sagen wir mal, Nielsen war es nicht. Wovon ich ausgehe. Bei beiden Nielsens. Und einen Killer werden sie kaum beauftragt haben, kann ich mir einfach nicht vorstellen."

„Ich auch nicht. Wahnwitziger Gedanke."

„Und warum damit so lange warten?" fuhr Fabian fort. „Was bleibt uns dann noch?"

„Leilys Familie hat keinen Kontakt zu ihr", sagte Lisa, „und auch sonst war sie wohl der Welt außer ihrem Mann völlig egal. Die Spur führt ins Nichts."

„Einverstanden", sagte Fabian, „aber wie geht's dann weiter?"

„Krumm muss Feinde gehabt haben. Und zwar so richtige Feinde, nicht nur Leute, die ihn nicht leiden konnten. Fragt sich, wie sich ein normales Durchschnitts-Arschloch solche Feinde anlacht."

„Ich würde sagen, dass er als Arschloch schon ziemlich

herausragt. Sofern Löcher ragen können. Aber eigentlich ragt man ja aus Löchern heraus, und das ist jetzt schon ein komisches Bild, das funktioniert überhaupt nicht. Vergiss es, das war total unsauber formuliert."

„Die Konversation mit dir ist immer wieder ein Fest der Sinne."

„Stell dir erst mal vor, wie ich im Bett bin."

Als ob ich das nicht dauernd täte. „Stell dir mal vor, wie ich im Bett bin."

„Als ob ich das nicht dauernd täte."

Fabian grinste fröhlich, ohne den Blick von der Straße zu nehmen. Er war ein gewissenhafter Autofahrer, aber vielleicht wurde er auch eine Spur rot? Ja, doch. Ein bisschen. Lisa hatte noch nie erlebt, wie er flirtet. Offenbar war das das einzige, was seine aufreizende Selbstsicherheit etwas ins Wanken brachte. Dennoch kannte Lisa ihn lange genug, um zu wissen, dass sie nicht allzu viel in seine Worte hineininterpretieren durfte. Was sollte sie also antworten? Irgendwas Unverbindliches. Er sollte nicht glauben, dass sie wirklich vom Sex mit ihm träumte, nein, das sollte als Witz zu den Akten. Andererseits wollte sie auch nicht grundsätzlich abgeneigt wirken, sonst hielt er sie für lesbisch oder frigide oder sodomitisch.

Meine Güte, warum bleibt man auch als Erwachsene in Liebesdingen ständig auf Schulhofniveau? Warum kann ich jetzt nicht einfach sagen, hey, wenn du davon träumst, dem steht nichts im Wege, wie wär's gleich heute Abend?

„Träum weiter, Freundchen. Ich hab noch einen Rest guten Geschmack."

„Im Ernst?" antwortete Fabian. „Du musst zugeben,

bei deinen Klamotten konnte ich das nun echt nicht ahnen."

Schulhof, Schulhof...

Sieben

Alfie Hoffmann machte sich gleich daran, das Alibi der Nielsens zu checken. Lisa und Fabian hatten kaum angefangen, ihrem Bericht das Datum voranzustellen, als er auch schon zurückkam.

„Tja, die Spur hat sich erledigt", sagte er in angemessen deprimiertem Ton, „die Feuerwehr bestätigt, dass sie alle Bewohner des Hauses evakuiert und die Namen notiert haben. Die Nielsens waren zu Hause. Das Ganze zog sich so von 2 bis 4 Uhr nachts hin."

„Vielleicht könnte der Mann es trotzdem geschafft haben? Eine ziemlich stressige Nacht, sicher, aber rein zeitlich...", spekulierte Lisa.

„Unwahrscheinlich", meinte Fabian, „aber wir können ja mal unten nachfragen, wie es mit der genauen Tatzeit aussieht."

„Das Ungeheuer aus dem Labor meinte, das dauert noch bis zum Abend."

„Dann wollen wir den etwas antreiben. Wo steht denn geschrieben, dass man in Berlin zur Lahmarschigkeit verpflichtet ist?"

„Ich glaube, das steht irgendwo in der Stadtverordnung. Artikel 17 ungefähr."

Professor Lamprecht war seit 22 Jahren der Leiter der Gerichtsmedizin in der Turmstraße. Der kahle, untersetze Mann um die 50 hatte einen guten Ruf, galt aber auch als schwierig und pedantisch. Seine Assistenten bekamen das häufig zu spüren, und wenn es nicht diese vermaledeite Vorschrift gegeben hätte, nach der immer mindestens zwei Ärzte eine Sektion vorzunehmen hatten, wäre auch Lamprecht ein glücklicherer Mensch gewesen. Mit Lebenden konnte er nicht viel anfangen.

Er hasste es, wenn Angehörige der Toten in sein Reich eindrangen und ihn mit ihrer Trauerarbeit belästigten. Wobei die Deutschen da noch recht pflegeleicht waren. Erst gestern war wieder ein junger Türke eingeliefert worden – eine Messerstecherei vor einem Club, der von der gegnerischen albanischen Gang okkupiert worden war. Zwölf Leute inklusive Großschwiegermutter waren hereingeströmt und hatten in einer Lautstärke geweint und gewehklagt, die nach Lamprechts abendländischem Geschmack nichts mehr mit der sprichwörtlichen Ruhe der Toten zu tun hatte. Deutsche leisteten sich da keine allzu starken Gefühlsausbrüche, und das fand er gut. Er hatte hier jeden Tag Leichen am rumgammeln, vor allem Selbstmörder und Unfallopfer, und heulte er deshalb vielleicht rum?

Lamprecht hielt seine Tätigkeit für eine unergründliche Geheimwissenschaft, die er schmerzlicherweise mit anderen teilen musste, die keine Ahnung davon hatten. Tatsächlich absolvieren Mediziner nur ein Seminar in Leichenschau, aber er fand sowieso, dass dies ein „Learning-by-doing"-Job war, von dem so gut wie niemand außer ihm eine Ahnung hatte. Schon als „Pathologe" bezeichnet zu werden, ließ ihn extrem pampig werden – er war doch kein Gewebeproben-Popler! Und warum mussten die Ermittler dauernd bei ihm auftauchen, um bei der Autopsie zuzusehen und die Leiche nach „Plausibilität" zu untersuchen? Reichte es nicht, wenn er ihnen seinen Bericht schickte? Was wollten die immer bei ihm? An seiner Einrichtung konnte es nicht liegen. Er hatte schon bei Dienstantritt damit begonnen, seine Abteilung möglichst abweisend, kalt und albtraumfördernd zu gestalten. Körperteile in Spiritus-Gläsern in den Regalen, darunter einen kompletten Satz männliche Genitalien, außerdem Fotos von Mord- und Unfallopfern, die von Häckselmaschinen und Güterzügen in originell arrangierte Körper-Sets zerlegt worden waren, gab es eifrig zu bestaunen. Die Lüftung hatte er auf das absolute Minimum heruntergefahren, die Beleuchtung bestand aus nackten Neonröhren, und wenn Lamprecht es wirklich darauf ankommen lassen wollte, spielte er auf einem tragbaren CD-Deck Richard Wagner ab. Das gab den meisten Kommissaren den Rest, und sie verpissten sich ganz schnell wieder.

„Können Sie die Musik mal abstellen?"

„Aber natürlich, Frau Becker. Mögen Sie keine klassische Musik?"

Lamprecht schaltete die Musik aus und ging zurück zu der Leiche, die nackt und an strategisch interessanten Stellen aufgeschnitten auf dem Untersuchungstisch rumlümmelte.

„Doch, und wie. Ich geh sogar ins Konzerthaus. Aber ich mag nicht diesen arisch-antisemitischen Nibelungen-Höllengesang von behörnten Weibern mit Edelstahl-BH." Lisa hatte mal von Sven gehört, dass Wagner furioser Judenhasser gewesen war, was offensichtlich ein Grund war, Wagner schlecht finden zu müssen. Tatsächlich fand sie seine Musik großartig, der ununterbrochene Wohlklang der Wagner-Opern ging ihr jedes Mal durch und durch, es war wie Opium. Aber einen Antisemiten hatte man gefälligst zu ächten, so viel stand mal fest für Sven. Man konnte ja auch leben, ohne Wagner zu hören.

Und wenn sich herausstellte, dass auch Mozart oder Bruce Springsteen Antisemiten waren? Völliger Blödsinn, so Sven, aber wenn doch, dann würde man die auch nicht mehr hören dürfen. Lisa fand diese Argumentation nicht wirklich schlüssig, aber es war unheimlich schwierig, mit Sven zu diskutieren, dafür war er einfach zu gefestigt in seinen Überzeugungen, ähnlich wie religiöse Fanatiker und, nun ja, Antisemiten.

„Wo haben Sie denn den Kopf gelassen?" fragte Fabian schwungvoll. Sein Spaß am allgemeinen Grauen um ihn herum ärgerte Lamprecht maßlos. Voller kindlicher Neugier nahm der junge Hauptkommissar ein Spiritusglas nach dem anderen aus den Regalen, schüttelte sie wie Schneekugeln und hielt sie sich ganz nah an die Augen. Gerade hatte er das abgetrennte Genitalium in der Hand gehabt und gesagt „Mein lieber Schwan, nicht übel, aber durch das Wasser wird er wohl etwas vergrößert." Keinen Funken Respekt vor den Toten. Ekelhaft. *Aber na ja*, so dachte sich Lamprecht vergnügt im Stillen, *vielleicht liegt der ja mal hier auf meinem Tischchen, mal sehen, was er dann für Sprüche klopft.*

„Der Kopf ist in einer der Kühlschubladen. Wollen Sie ihn sehen?"

„Nein danke, ich wollte nur sichergehen, dass er nicht in der Wohnung vergessen wurde."

„Man hat einen Kreidestrich drumherum gemacht."

„Hatten Sie so was schon mal?" wollte Lisa wissen. „Ich meine, eine geköpfte Leiche?"

„Nein", gab Lamprecht widerstrebend zu, „deshalb habe ich mir auch professionelle Hilfe verschafft."

„Einen Experten für Enthauptungen?"

„Sozusagen. Er müsste eigentlich schon hier sein. Er

hat mir versprochen, extra seinen Laden über Mittag dichtzumachen."

Wie aufs Stichwort klopfte jemand von außen an die Milchglastür, die ins Allerunheiligste führte.

„Reinkommen!" bellte Lamprecht.

Ein Mann Mitte vierzig betrat den Raum. Er wirkte überhaupt nicht wie ein Arzt, um es vorsichtig auszudrücken. Sein buschiger Schnauzer und seine stark gerötete Hautfarbe waren ja noch gar nichts, aber seine kräftigen Oberarme und der feiste Nacken ließen auf alles Mögliche schließen, aber nicht darauf, dass dieser Mann jemals auf die Fähigkeiten seines Intellekts angewiesen gewesen war.

„Tach, Herr Lamprecht, da bin ich", schnarrte der Koloss.

„Tag, Herr Frotz. Schön, dass Sie die Zeit finden konnten."

„Mach ich doch glatt für 'n super Kunden wie Sie. Keiner kauft so viel Filet-Steaks und kiloweise Roastbeef."

Fabian und Lisa sahen sich völlig verwirrt an. Was ging hier denn ab?

„Herr Frotz", fuhr Lamprecht vor, „das sind die Beamten, die für den faszinierenden Mord an diesem Individuum verantwortlich sind, will sagen für dessen Aufklärung. Herr Zonk und Frau Becker. Und das ist Herr Frotz, mein Metzger."

Man nickte sich zu, die einen total verblüfft, der andere total desinteressiert.

„Nun schauen Sie nicht so komisch", grinste Lamprecht, „wo soll ich denn sonst jemanden finden, der sich mit dem Abhacken von Köpfen auskennt?"

„Machen Sie das häufig so?" fragte Fabian vorsichtig.

Lamprecht musterte ihn so geringschätzig wie möglich. „Nein, das mache ich nicht häufig so, Herr Zonk. Das wäre wohl ziemlich irre, nicht wahr? Ich mache das nur, wenn mir jemand eine Ladung Mensch ohne Kopf reinrollt und ich bestimmen will, welche Art von Waffe hier am Werke war. Das ist heute das erste Mal, und wenn Sie Ihren Job gut machen, hoffentlich auch das letzte Mal."

Lisa musste staunend feststellen, dass Fabian nicht wusste, was er antworten sollte. Die Situation überforderte ihn genau so sehr wie sie. Derweil beschäftigen sich Lamprecht und Frotz ausführlich mit der Schnittstelle.

„Was meinen Sie?" fragte Lamprecht. „Keine Säge, nicht wahr?"

„Also wenn, dann keine Knochensäge", brummte Frotz, „mit einer Kreissäge vielleicht, aber ich schätze mal, das scheidet aus, oder?"

„Das hätten die Nachbarn gehört", mischte sich Lisa hilfreich ein.

„Ich würde ja sagen, ein langes, scharfes Messer oder etwas in der Art", spekulierte Lamprecht weiter.

Frotz schüttelte den Kopf. „Nö, Herr Professor. So viel Kraft hat keiner, dass er einem nur mit 'nem Messer den Hals abschneidet. Und überhaupt, der Mann hätte sich doch gewehrt."

„Es gibt keine Anzeichen, dass er gefesselt wurde", bestätigte Lamprecht.

„Sehen Sie sich den Teil hier an, wo die Schulter angerissen ist", fuhr Frotz fort, als würde er das jeden Tag machen. „Und der Schnitt ging etwas schräg hier drüber, die andere Schulter ist unverletzt. Es gibt auch keine Adern oder Knochen, die irgendwie fisselig sind, das wurde alles mit einem Hieb durchtrennt."

„Ein Beil?" spekulierte Fabian.

„Kann sein", sagte Frotz, „aber das müsste ein Riesenapparat gewesen sein, so was haben wir nicht mal in unserem Laden, und ich zerteile jeden Tag ganze Rinder und hau Schweinen die Rübe ab... wir haben übrigens gerade tolle Schweinskopfsülze, Herr Professor."

„Fein, machen Sie ein Pfund für mich fertig. Also, kein Beil, sondern...?"

Frotz schnaubte nachdenklich und wischte sich durch den Schnauzbart. „Also ich sag mal folgendes: Das war eine Art schweres, sehr scharfes Schwert."

„Ein Schwert?" Lisa wollte ihren Ohren nicht trauen. „Das gibt's ja wohl nicht."

„Vielleicht auch ein Säbel", spekulierte Frotz, „aber etwas in der Richtung. Vielleicht auch ein langes Stück Stahl, dass einer einfach lang genug scharfgewetzt hat. Jedenfalls kein Schlachtermesser oder Beil oder ein anderes Fleischerwerkzeug. Bei uns ist so ein feiner Schnitt nicht nötig, die Viecher sind ja schon tot, und das ganze Geplörre muss da sowieso rausflutschen."

Das reicht, dachte Lisa, *jetzt werde ich endgültig Vegetarierin. Fleisch ist wirklich Mord. Fast sogar schlimmer, Mordopfer werden wenigstens nicht nach dem Tod noch dermaßen verhackstückt. Ich bin ein böser Mensch, wenn ich weiterhin Fleisch esse. Wie krank muss eigentlich jemand sein, damit...*

„Ich krieg so langsam Hunger, wenn ich das höre", sagte Fabian. „Hören Sie, Professor, so lustig ich das ja auch alles hier finde, aber wir wollten Sie erst mal nur um ein paar Vorab-Infos bitten. Vor allem den Zeitpunkt des Todes, wir müssen da ein Alibi checken."

Lamprecht sah kurz auf seinen Notizblock. „Circa drei Uhr morgens, plusminus eine halbe Stunde. Reicht das?"

„Ja, leider. Vielen Dank."

Fabian sah Lisa an.

„Gehen wir was essen? Ich glaube, in der Kantine gibt's heute Gulasch."

„Okay."

Das war aber 'ne kurze Vegetarier-Karriere, Lisa.

Acht

Lisa stellte ihr Tablett auf ihrem Lieblingstisch am Fenster ab, Fabian setzte sich ihr gegenüber, und wie immer in den letzten sechs Monaten wurde erst einmal schweigend gegessen. Sie aßen bei weitem nicht jeden Tag zusammen, dennoch hatte sich hier bereits Routine eingestellt. *Wie bei einem Ehepaar,* dachte Lisa leicht beseelt. *So muss das sein, wenn man verheiratet ist. Dieses mühelose Verständnis, ohne dass man ständig meint, miteinander reden zu müssen, damit der andere nicht denkt, irgendwas sei nicht in Ordnung.*

Fabian brauchte wie immer viel länger, obwohl er genau so viel Gulasch und Spiralnudeln auf seinen Teller bekommen hatte wie seine Kollegin. Er aß langsam, während Lisa gierig schaufelte. Vielleicht konnte er allein deshalb seine schlanke Linie halten? Einmal mehr nutzte Lisa die Gelegenheit, um Fabian zu beobachten. Irgendwo musste sie ja schließlich hinsehen. Er war gar nicht mal so attraktiv, fand sie. Guter Durchschnitt. Wenn er sich besser rasieren würde, sähe er wahrscheinlich toll aus, aber er legte auf sein Äußeres wohl gar nicht so viel Wert. Zumindest nicht bei der Arbeit, will heißen wenn er mit ihr zusammen war. Es war ihm egal, ob sie ihn gutaussehend fand, so musste sie es wohl interpretieren. Fabian stocherte noch ein bisschen in den Nudeln herum, als Lisa schon ihre Tasse Kaffee geholt hatte.

„Lamprecht ist schon ein ziemliches Arschloch", befand Lisa, „aber er ist wertvoll vor Gericht."

„Ja, ich hatte ihn mal bei einem Unfall mit

Fahrerflucht, und der Anwalt des Angeklagten wollte versuchen, das Ganze dem Opfer in die Schuhe zu schieben. Als Lamprecht mit dem fertig war, konnte er kaum noch aufrecht stehen. Der Fahrer bekam zwei Jahre ohne Bewährung, ziemlich viel."

„Autorität geht oft einher mit einer gewissen misanthropischen Grundhaltung. Wie bei Kohl oder Mitterand. Oder Dieter Bohlen."

„Ich pack das immer noch nicht", grinste Fabian breit. „Wie würde wohl die Öffentlichkeit reagieren, wenn sie wüsste, dass unser Leichenbeschauer einen Metzger als Berater holt?"

„Sie würde so reagieren, wie die Presse es ihr vorschreibt. Empört, wütend, von unseren Steuergeldern, tralala. Bild dir meine Meinung."

„Findest du es etwa nicht verrückt?"

„Anfangs ja", sagte Lisa kaffeeschlürfenderweise, „aber jetzt eigentlich nicht mehr. Lamprecht hat recht: Wenn er noch nie eine derartige Schnittwunde gesehen hat, muss er jemanden fragen, der so was kennt."

„Schnittwunde nennst du das?"

„Wie würdest du es nennen?"

„Keine Ahnung. Wie wär's mit Bruchstelle, oder Sensennarbe?"

Lisa zog die Augenbrauen hoch. „Eine Sense? Meinst du, das könnte es auch gewesen sein?"

„Also nein, wie soll einer denn unbemerkt eine Sense durch die Straßen tragen?"

„Ist trotzdem eine Idee. Wir müssen das Laborungeheuer noch mal fragen. Wäre eine gute Spur, da müssten wir nur die Landwirte in Berlin abklappern. Sind sicher höchstens vier oder fünf."

Fabian schüttelte den Kopf. „Stell ich mir technisch unmöglich vor. Der Winkel kann nicht stimmen, der Täter hätte direkt an der Wand stehen müssen, und da waren Schränke und eine Kommode."

„Könnte er vorher weggeschafft haben", wandte Lisa schwach ein, aber sie wusste, Fabian hatte recht.

„Bleiben wir bei der Schwert-Theorie. Wer könnte ein Schwert besitzen?"

„Ein Ritter?" schlug Lisa launig vor.

„Ja, Ritter Kunibert, der Rächer der BVG-Fahrgäste."

Lisa grinste. „Wäre fast auch ein Motiv. Ich fahr ja auch öfters mit dem Bus, und das ist fast so unerträglich wie das Autofahren. Was meinst du, wie oft ich schon diesen oder jenen Busfahrer verflucht habe?"

„Wie oft?"

„Einunddreißigtausendfünfhundertneunundsiebzigmal."

„Das ist oft. Fast schon psychotisch, woll? Ich hoffe doch, du hast ein Alibi?"

„Nein. Du?"

„Nein. Nachts um drei bin ich immer allein."

Lisa ließ sich kurz diese hochinteressante, um nicht zu sagen verblüffende Aussage durch den Kopf gehen. „Armer schwarzer Kater", gurrte sie dann, „hat dich keiner lieb?"

Fabian grinste nicht einmal. „Mich haben unglaublich viele Leute lieb, speziell weiblichstmöglichen Geschlechts, danke der Nachfrage. Aber die übernachten nicht bei mir und ich nicht bei ihnen."

Lisa war entsetzt. „Du pennst mit denen und dann haust du ab?"

„Jawollo."

Er schlang die letzten Nudeln runter und stand auf, um seinen Kaffee zu holen. Lisa sah ihm zornig nach. Na das war ja reizend. Endlich ließ er mal seine Maske fallen, dieses Macho-Arschloch. So was hatte sie noch nie gehört. Es gehörte ja wohl zu den Grundregeln menschlichen Miteinanders, dass man den anderen nicht wie einen Geschlechtsverkehrs-Beamten behandelte, womöglich noch mit festen Arbeitszeiten und tarifvertraglich zugesichertem Dienstschluss. Gut, dass sie jetzt gewarnt war. Zum Glück waren sie noch nicht weit miteinander gekommen. Jetzt war sie froh, keine Intimitäten mit ihm ausgetauscht zu haben. Froh war sie.

Jawohl, froh.

„Hat dich das jetzt geschockt?" fragte er neugierig, als er wieder vor ihr saß.

„Nein, so was finden Frauen doch ganz toll. Endlich kann man mal in Ruhe schlafen, ohne dass so ein Schnarchsack neben einem die Decke in Beschlag nimmt und einem frühmorgens die Klobrille vollpisst."

„Ich seh schon, du siehst das locker. Aber im Ernst. Ich kann nicht schlafen, wenn noch jemand neben mir im Bett liegt. Ich kann einfach nicht."

„Meine Güte, du könntest wenigstens auf der Gästecouch schlafen oder so."

„Könnte ich, aber wozu? Der Sinn des Übernachtens liegt ja wohl darin, eine besondere Intimität vorzutäuschen, um den Sex nachträglich zu romantisieren, richtig?"

Lisa wollte widersprechen. „Ja, natürlich."

„Und wenn man auf der Couch pennt, kann man auch gleich nach Hause gehen, gemütlich im eigenen Bettchen schlummern und morgens pissen, wohin man will."

Lisa hasste sich dafür, aber sie merkte, dass das tatsächlich Sinn ergab. Wo war nur die Romantik geblieben?

„Wo ist bloß die Romantik geblieben?"

Fabian sah sie unerwartet ernsthaft an.

„Romantik ist was völlig anderes. Frauen wurden die Parameter dafür ja eingetrichtert: Rosen als Opfergabe, Kerzenschein beim Dinner, womöglich ein prasselnder Kamin, Champagner, Sex in der Position, die für den Mann am unbequemsten ist. Männer haben da andere Vorstellungen."

„Erzähl mal, ich bin wahnsinnig neugierig." War sie wirklich.

„Romantik ist nichts Künstliches. Aufgesetzte Rituale wie bestimmte Blumen oder Getränke haben nichts damit zu tun. Es gibt keine Regeln dafür. Sogar ein Mittagessen bei Burger King kann romantisch sein, wenn man dabei etwas Bestimmtes miteinander teilt."

„Die Fritten?"

„Nein, die Zwiebelringe. Schau, Männer mögen es nicht, über Gefühle zu reden."

Lisas Lachen als „höhnisch" zu bezeichnen, wäre eine gewaltige Untertreibung gewesen. „Wo hast du denn diese grandiose Erkenntnis her, du Genie?"

„Aus irgend so einem uralten Frauenblatt, das bei meinem Zahnarzt rumlag. Übrigens: Prinz Charles und Lady Di wollen sich angeblich trennen. Was ich sagen wollte: Männer geben Frauen ihre Gefühle meistens in Momenten bekannt, die ungefährlich sind, weil Frauen nicht damit rechnen."

„Was meinst du mit ungefährlich?"

„Na ja, nur weil wir eine Frau lieben, heißt das ja noch

lange nicht, dass sie daraus irgendwelche Ansprüche ableiten soll."

Lisa schüttelte den Kopf. „Mein Gott, ich wate hier ja in einem Sumpf männlichen Urschlammverhaltens. Was soll denn der Quatsch? Wenn ein Mann eine Frau liebt, kann er ihr das doch sagen. Besonders, wenn er davon ausgehen kann, dass sie ihn auch liebt."

„Nein, kann er nicht."

Fabian trank seinen Kaffee aus. Lisa war sauer.

„Ihr seid bescheuert. Alle Männer sind emotional verkrüppelt und seelische Leichen."

„Wieso? Nur weil wir dieses Ich-liebe-dich-Getue als das ansehen, was es ist?"

„Ach, und was ist dieses Ich-liebe-dich-Getue?"

„Eine standardisierte Floskel zum Dosenöffnen."

Lisa kochte. Also, nicht wörtlich, sie war halt nur böse. *Was für ein Rhinozeros!*

„Und weil das so ist, sagen wir niemals diesen Satz, wenn wir ihn erst meinen. Das wäre doch eine totale Entweihung. Wir müssten uns schämen."

Fabian ließ diesen Satz auf Lisa wirken. Die war plötzlich wieder völlig verunsichert. Sollte es möglich sein, dass hinter dieser Neandertaler-Mentalität tatsächlich so etwas wie ein romantischer Grundgedanke steckte?

„Und was sagt ihr dann so?" fragte sie.

„Kommt auf die Situation an. Ich habe mal zu einer gesagt, ich würde es sehr vermissen, wenn ich ihr irgendwann nicht mehr dabei zusehen dürfte, wie sie sich den BH anzieht."

„Und das sollte eine Liebeserklärung sein?"

„Ja. Sie war so süß, wenn sie den BH erst vorne

zugemacht hat und dann herumgezogen hat, um ihre Brüste zu verstauen."

„Das mache ich auch so", sagte Lisa.

Fabian lächelte sein absolut umwerfendstes Lächeln und sah ihr ohne große Scham aufs Decolleté. Er schien sich diese Aktion bildlich vorzustellen, und das Bild schien ihm zu gefallen.

„Ich weiß", fuhr er fort, „ich nehme an, die meisten Frauen machen das so. Aber bei ihr hatte das so etwas tränentreibend erotisches, dass man es hätte malen oder eine Ballade darüber schreiben sollen, einfach als Beispiel weiblicher Perfektion. Ich war total verliebt in die Frau. Nicht nur deswegen, aber solche Sachen können einen Mann tatsächlich ganz schön beeindrucken."

Lisa versuchte erst gar nicht, gegen die aufkeimende Eifersucht anzukämpfen. Sie ließ sie sich lediglich nicht anmerken.

„Ich nehme an, ihr seid nicht mehr zusammen?"

Fabian sah sie irritiert an. „Wir waren überhaupt nicht zusammen. Sie war damals verheiratet, und wir haben nur ein paar Mal miteinander geschlafen."

Und prompt war die Situation wieder hergestellt. Hah! Und so einer faselt von Romantik! Ein Betrüger! Oder zumindest der Helfershelfer einer Betrügerin. Darauf stand zwar kein Knast, aber dass so jemand frei rumlaufen durfte, also wirklich. Wie konnte sie nur auf dieses Geschwätz reinfallen?

„Was ist?" fragte Fabian ahnungslos.

„Nichts", seufzte Lisa. Diese Diskussion war für sie sinnlos. „Wir beide denken offenbar in völlig anderen Sphären über das Thema Romantik."

„Natürlich", sagte Fabian achselzuckend, „das hab ich

ja gesagt."

„Reden wir über was anderes. Wie wollen wir weiter vorgehen?"

Fabian lehnte sich zurück. „Wir müssen noch mit den Typen sprechen, die Leily Nielsen vergewaltigt haben. Ich sehe das Motiv nicht, aber vielleicht können die uns helfen."

„Ja, ich kann's kaum erwarten."

Fabian sah sie forschend an. „Willst du, dass ich das allein mache?"

Lisa runzelte die Stirn. „Wieso?"

„Nur so."

„Meinst du was Bestimmtes?"

Fabian räusperte sich. „Schau, es ist ja nicht so, dass ich nichts über dich wüsste. Als wir damals zusammen in unser Büro gesetzt wurden, hab ich mir halt Infos über dich besorgt. Nur damit ich über dich Bescheid weiß."

Lisa wurde heiß und kalt. Das erwähnte er jetzt erst!

„Und was hast du da rausgefunden, du Superdetektiv?" fragte sie gespielt ungerührt.

„Na ja, nichts Weltbewegendes. Dass du aus der Eifel stammst, mit 24 relativ spät an die FH gegangen bist, was du da so für Kurse belegt hast. Und ich weiß auch von deinen Anfangsschwierigkeiten hier, auch wenn ich da noch nicht mit dir direkt zu tun hatte."

„Man nennt das Mobbing", sagte sie kalt. „Kein Grund für Zimperlichkeiten. Psychoterror. Ich hab's überlebt."

Lisa merkte, dass sie das Gespräch nicht fortsetzen wollte. Dass die männlichen Kollegen in den ersten Monaten alle Varianten aus der Mobbing-Kiste an ihr ausprobiert hatten, war ja ein offenes Geheimnis. Es war ja auch nicht so, dass so etwas nur ihr passierte. Die

Polizei übte anscheinend eine unwiderstehliche Faszination auf sexistische Arschgranaten aus, die Kolleginnen begrabschten und beleidigten, wenn sie ihnen nicht zu Willen waren. Vor ein paar Jahren hatten einige Beamte in München eine Kollegin so in den Selbstmord getrieben. In einer anonymen Befragung hatte damals die Hälfte der Beamten über Mobbing geklagt. Die Tatsache, dass Lisa es durchgestanden hatte und sogar befördert worden war, hatte viel zu ihrem Selbstbewusstsein und der ehrlichen Anerkennung der meisten ihrer Kollegen geführt. Einige waren versetzt worden, andere hatten sich bei ihr entschuldigt. Diese Sache war erledigt.

„Wir haben alle so unsere traurigen Geschichten", brummte Lisa und trank ihre Tasse aus. Für einige Sekunden schwiegen beide. Fabian wollte etwas sagen, als Alfie Hoffmann plötzlich am Tisch stand.

„Hey Leute, da seid ihr ja. Kommt schnell, die PK fängt an."

„Pressekonferenz?" fragte Lisa erstaunt. „Davon hat uns keiner was gesagt."

„Hat der Staatsanwalt kurzfristig anberaumt. Viele Anfragen der Presse, und er hat keine Lust, ständig dieselben Fragen zu beantworten. Also kommt!"

„Ich hol mir noch 'n Kaffee", meinte Fabian unaufgeregt. Er hasste die Presse wie den leibhaftigen Satan. Nur dass der Satan angenehmer roch.

Neun

„Vielen Dank, Herr Juhnke."
Allgemeines Gefeixe im Saal, so wie immer. Dem Angesprochenen ging das schon lange am Fettarsch vorbei, wie auch sonst alles. Der Kommissionsleiter hatte in gewohnt unemotionalem Ton die Umstände des Todes repetiert, die bisherigen Erkenntnisse aufgelistet und um Mithilfe der Bevölkerung gebeten. Die lokale Presse hatte brav zugehört. Ebenso die Leute von den TV-Boulevardmagazinen, die sich wie die Schneeleoparden über die Leiche des enthaupteten Bahnfahrers freuten. Verstümmelte Leichen waren schließlich fast so toll wie missbrauchte und ermordete Kinder, quotenmäßig. Schade, dass kein Kind vergewaltigt und geköpft worden war, aber man sollte nie die Hoffnung aufgeben, vielleicht kam der Täter ja noch mal irgendwann dazu, wenn es seine Zeit erlaubte.

„Wir erwarten nun Ihre Fragen", schloss der Pressesprecher. „Ja, Herr Sander?"

Charlie Sander vom Volksmund war wie immer der erste. Der Star-Reporter der Boulevard-Zeitung liebte die Formulierung „auf Nachfrage des Volksmunds" und wollte sichergehen, sie bei jeder wichtigen Geschichte auch nutzen zu können.

„Ich habe eine Frage zu dem verdächtigen Ehepaar. Erstens: Warum wurden die beiden nicht aufs Revier gebracht zum Verhör? Und zweitens: Erinnere ich mich richtig, dass Frau Nielsen iranischer Herkunft ist?"

„An wen geht die Frage?"

„An den Herrn Hauptkommissar." Sander deutete auf

Fabian, der ruhig zwischen Lisa und Juhnke an dem Podiumstisch saß und an seinem Kaffee nippte, den er aus der Kantine mitgenommen hatte. Er nahm erst noch einen tiefen Schluck und setzte die Tasse sorgfältig ab, bevor er antwortete. Blitzlichter erfassten ihn, aber das kümmerte ihn nicht.

„Das waren ja rein rechnerisch zwei Fragen, und nicht nur eine, stimmt's?" meinte Fabian.

„Wie wär's, wenn Sie sie beantworten, Herr Hauptkommissar?" grummelte der beleidigte Reporter.

„Ich versuch's mal, mein Bester. Das Ehepaar wurde deshalb nicht aufs Revier gebracht, weil der Tatverdacht bei weitem nicht so groß war, dass man deswegen unbescholtene Leute einer solchen Prozedur aussetzt. Im Prinzip hätte sogar eine telefonische Befragung gereicht, aber Frau Becker und ich wollten bei dem schönen Wetter gerne ein bisschen an die frische Luft."

Lisa zuckte kurz zusammen, bemühte sich dann, nicht allzu deutlich zu grinsen.

„Was das zweitens angeht: Frau Nielsen stammt aus dem früheren Persien und hat hier Herrn Nielsen geheiratet, der aus der früheren Karl-Marx-Stadt stammt. Insofern haben Sie ganz recht, das sind Ausländer. Ich konnte mich mit Herrn Nielsen kaum vernünftig unterhalten. Sie wissen ja, wie diese Leute sind."

Sanders Stimmung war merklich abgekühlt, und sein Blick verriet deutlich, wen er für etwaige Ermittlungsfehler in der Öffentlichkeit zu Hackfleisch verarbeiten würde. Dass dies diesem arroganten Heini dermaßen egal war, irritierte Sander. Er war es gewohnt, dass alle ihn so zuvorkommend wie nur möglich behandelten, aus schierer Angst, ihn zum Feind zu haben.

Nun, Fabian hatte das in Rekordzeit geschafft.

„Noch weitere Fragen?"

Eine junge Frau vom Radio meldete sich und stellte ihre Frage an Lisa. „Können Sie sagen, in welchem Zustand sich Frau Nielsen befand, und wie sie auf die Nachricht vom Tode Herrn Krumms reagiert hat?"

Lisa fühlte sich extrem unbehaglich bei Pressekonferenzen und hielt sich immer dezent zurück, damit ihr keine Fragen gestellt wurden. Aber weibliche Journalisten bezogen gerne weibliche Kommissare mit ein, vermutlich aus Frauensolidarität in dieser Scheiß-Männerwelt oder irgendso'n Quatsch.

„Frau Nielsen... und ich muss noch mal darauf bestehen, den Namen nicht zu veröffentlichen", sagte Lisa vorsichtig, „zeigte keinerlei verdächtige Reaktion, wenn es das ist, was Sie meinen."

„Nicht ganz", sagte die Reporterin, „ich meine, tat ihr der Tod des Mannes irgendwie leid? Und wie hat ihr Mann reagiert?"

„Ich verstehe die Frage nicht ganz", antwortete Lisa unsicher. „Wie soll er denn reagiert haben?"

„Ich versuche nur, den menschlichen Aspekt dieser Geschichte zu beleuchten", sagte die Reporterin errötend.

„Ich fürchte, damit kann ich nicht dienen. So wie ich das sehe, hat der Mord an Herrn Krumm gar keine menschlichen Aspekte. Der Mann hatte keine Angehörigen. Und die Eheleute Nielsen haben viel durchgemacht, das steht fest, aber da sie nicht einmal zu den Verdächtigen zählen aufgrund ihres unanfechtbaren Alibis, gehört das gar nicht hierher, nicht wahr?" Lisa war sehr stolz auf ihre selbstsichere Wortwahl, und die Reporterin gab auf.

Fabian hatte sie kurz erstaunt angesehen. Vielleicht wegen ihrer Aussage, es habe keine verdächtigen Äußerungen der Nielsens gegeben, was ja eine etwas bröcklige Behauptung war. Womöglich aber auch wegen des Satzes, es gebe keine menschlichen Aspekte bei diesem Fall. Sie wusste selber nicht, wie sie das gemeint hatte. Vermutlich war es nur ein allgemeines Statement gegen jede Art von Verkitschung und Boulevardisierung von Verbrechen, wie sie von einem großen Teil der anwesenden Pressezunft praktiziert wurden.

Der Mann vom Tagesspiegel wollte noch einmal die Einzelheiten der Spurensuche zusammengefasst bekommen. Das übernahm Juhnke.

„Das Schloss der Wohnungstür ist fachmännisch geöffnet und nicht aufgebrochen worden. Das deutet zumindest auf einen Profi-Einbrecher hin. Fingerabdrücke oder gentechnisch verwertbare Indizien wurden nicht gefunden. Stattdessen ein Schuhabdruck, offenbar von einem Turnschuh, Größe 43. Als Tatwaffe wird ein schwertähnliches Instrument angenommen. Bitte veröffentlichen Sie das so, mit unserer Bitte um Mithilfe. Wer jemanden kennt, der Turnschuhe Größe 43 blablabla, vielleicht Blut an den Schuhen blablabla, wer ein Schwert oder ähnliches vermisst oder bei jemandem gesehen blablabla. Noch Fragen?"

Nein, niemand wollte Juhnke noch etwas fragen, beileibe nicht. Der Mann von der Bild startete noch einen Versuch in Richtung Fabian.

„Herr Hauptkommissar, wie wollen Sie nun weiter vorgehen? Ihre einzige Spur verläuft offenbar im Sande."

Fabian trank erst mal seinen Kaffee aus.

„Also, wir haben noch andere Spuren, die sowohl ins

Milieu der Einbruchskriminalität als auch in andere Bereiche gehen. Was die Nielsen-Spur angeht, so werden wir wohl noch die damaligen Täter befragen, auch wenn nicht davon auszugehen ist..."

„Welche anderen Bereiche?" schaltete sich Sander wieder ein.

„Dunkle, mysteriöse Bereiche jenseits Ihrer Vorstellungswelt, Herr Sander."

„Vielleicht im Stricher-Milieu?"

„Nanu, ich hätte, gedacht, das kennen Sie aus dem Eff-Eff."

Sander wäre fast aufgesprungen vor Wut über diese Respektlosigkeit. Was glaubte dieser Lackaffe von Bulle eigentlich, wer er war? Sander versuchte jedoch, cool zu wirken. Das versuchte er immer, aber meistens sah er nur aus wie ein verschwitztes Opossum in einem billigen Anzug.

„Also, nach unseren Erkenntnissen", fuhr Fabian fort, „war Herr Krumm nicht homosexuell veranlagt."

Sander war noch nicht befriedigt. „Aber in letzter Zeit häuften sich doch brutale Morde in diesem Milieu."

„Dafür kann ja Herr Krumm nichts."

„Sollten Sie nicht doch in diese Richtung ermitteln?"

Juhnke fühlte sich angesprochen.

„Also, ich danke den werten Herrschaften für ihre Bemühungen, uns zu helfen, aber die Leitung der Ermittlung hat in erster Linie die Staatsanwaltschaft", er nickte Staatsanwalt Erdmann zu, der völlig unbeteiligt am anderen Ende des Tisches saß, „in zweiter Linie ich und in dritter Linie die Kommissare Zonk und Becker. Sie wollen uns doch nicht die Arbeit wegnehmen, oder Herr Sander?"

„Nichts liegt mir ferner", grinste der Presse-Fatzke zurück, „aber ich fühle mich auch berufen, die Öffentlichkeit über mögliche Versäumnisse der Polizei zu informieren."

„Das ist Ihr gutes Recht, Herr Sander. Ich danke Ihnen vielmals."

Zehn

Ganz schön lang war sie gewesen, diese Pressekonferenz. Es war schon 6 Uhr abends, als die Meute sich endlich trollte. Fabian lachte fröhlich in die Runde und war's zufrieden, der Staatsanwalt sprach ein paar Worte mit Juhnke, der gab diese Worte an Lisa und Fabian weiter, und die fuhren nach Hause. Es gab überraschenderweise heute nichts mehr zu tun. Die „Jungs von der Spurensuche" (Juhnke frei nach Columbo) hatten bedingt durch gewisse Unwägbarkeiten des Krummschen Haushalts länger gebraucht als gedacht, und so konnte die Durchsuchung der Wohnung nach Hinweisen nicht-kriminaltechnischer Natur erst morgen stattfinden. Die beiden Männer, die Leily Nielsen missbraucht hatten, konnten noch nicht aufgespürt werden – Namen und Adressen waren bekannt, aber sie waren noch nicht erreicht worden. Fabian flachste, mit etwas Glück seien die auch tot, aber man sollte nicht zu viel vom Leben erwarten. Und die geplante Befragung der engsten Kollegen von Krumm war ebenfalls für morgen anberaumt, geplant war eine kleine Versammlung bei einem Schnittpunkt ihrer Schichten.

Lisa Becker lenkte ihren Wagen durch die Innenstadt nach Kreuzberg, während sie über ihre kuriose Wahlheimat nachdachte. Und über ihren Wahlberuf.

Sie hatte ein schlechtes Gewissen. Zum einen, weil sie einfach Feierabend machte. Aber so war das eben: Das Bild aus den Krimis von den Ermittlern, die an nichts anderes denken als den Mord und nicht ruhen, nicht rasten, bis der Fall gelöst ist, das war nun einmal Kappes.

Nach Dienstschluss fuhr man nach Hause, äste zu Abend, sah fern und ging vielleicht noch in die Kneipe. Das war auch so weit roger für Lisa, allerdings war es doch meistens was anderes, wenn der Mord gerade geschehen war. Da schlug man sich normalerweise die Nacht um die Ohren, um Strategien zu entwickeln, Verdächtige auszusortieren, Theorien aufzustellen und so weiter, allein schon aus Anstand gegenüber dem Opfer. Aber dieses Mal nicht. Es gab zu wenig Spuren, keine ernsthaften Verdächtigen, nicht einmal die Ahnung eines Motivs - was sollte man da machen? Der nächste Tag würde hoffentlich mehr ergeben. Vielleicht wären sie und Fabian nicht nach Hause gefahren, wenn ihre Motivation höher gewesen wäre. Wäre das Opfer ein Kind oder eine junge Frau oder ein armes altes Mütterchen gewesen, ja, dann sähe das Ganze anders aus. Aber Fritz Krumm? Der Mann war offensichtliches ein wertloses Stück Scheiße, um das es nicht schade war und das vermutlich niemand vermissen würde. Keine nahen Verwandten (Hoffmann hatte einen Onkel ausfindig gemacht, der auf den Färöer-Inseln lebte, das war's), keine Freunde, wie sein Nachbar Schultz glaubhaft gemacht hatte, und den Standpunkt seiner Kollegen konnte sie sich auch so ganz gut vorstellen.

Und das war das zweite, das Lisas Gewissen belastete. Sie hatte kein Mitgefühl für das Opfer. Sie bemühte sich redlich. *Lisa, der Mann war ein Arschloch, aber darauf steht noch lange nicht die Todesstrafe. Du bist gegen die Todesstrafe, erinnerst du dich? Denk an Svens Vorträge zu dem Thema. Das trennt die zivilisierte Welt von der Barbarei, Lisa. Soll das heißen, auch die Amerikaner sind Barbaren? Und ob, oh ja, das sind sie, Lisa.* Und dann kam seine Hasstirade gegen die USA. Die Achselhöhle des Bösen, die Geißel der Menschheit, das Globalisierungsmonster, das kriegssüchtige Dunkle Imperium und was wusste sie nicht noch alles. Sie war nicht in allem seiner Meinung, aber die Intensität, die besessene Leidenschaft, mit der er argumentierte, beeindruckte sie ungeheuer. Sie wünschte sich, selbst auch so sicher in ihren Überzeugungen zu sein, mit klaren Feindbildern und unerschütterlichen und durch nichts und niemanden zu verwässernden Überzeugungen, über Jahre, ja wahrscheinlich Jahrzehnte hinweg. Das musste ein schönes Leben sein, wenn alles so eindeutig war und es keinen Platz gab für Zweifel. Ihr Leben war voller Zweifel. Und die wenigen Gewissheiten waren nur deprimierend.

Sie tuckerte im Schildkrötentempo den Mehringdamm runter, so wie alle anderen Fahrzeuge auch. Die Radfahrer fuhren natürlich wieder, wie sie wollten, aber anders als die anderen Autofahrer gönnte Lisa ihnen das. Diese Leute bewegten sich wenigstens und schonten damit die Umwelt, anstatt ihre Ärsche in einer klimazerstörenden, stinkenden Metallkutsche durch die Gegend zu transportieren. Nun, sicher, das tat sie auch, *aber nicht mit dem Herzen!*

Und das fand sie wichtig. Sie konnte außerdem schließlich nicht mit dem Fahrrad zur Arbeit fahren, wie sah das denn aus? Oder mit der Bahn? Du lieber Himmel, also wirklich. Das war schon komisch genug, wenn sie beispielsweise ältere Krimis von Colin Dexter las, der seinen Chief Inspector Morse doch tatsächlich des Öfteren mit dem Bus durch Oxford kutschierte. Mit dem Bus Verbrecher jagen! Diese Engländer, bekloppt.

Lisa nahm auf dem Weg von ihrem Parkplatz zur Wohnung einen Döner mit. Sie hatte kaum was gegessen, abgesehen von der Portion Gulasch und der zweiten Portion Gulasch und dem Nachschlag.

Ich sollte es wirklich mal mit Atkins versuchen, dachte sie, als sie ihre Wohnungstür aufschloss. *Vielleicht gibt's ja eine Spezialvariante, wo man Pizza darf.* In ihren lichteren Momenten sah sie ein, dass sie einfach nicht der Typ für Diäten war. Zu wenig Willenskraft, zu viel Heißhunger, zu gut entwickelte Geschmacksnerven. Lisa konnte jede Fleischwurstmarke am Geschmack erkennen, schmeckte den Alkohol aus der Schwarzwälder Kirsch raus und hasste das meiste Gemüse. Ihre Mutter hatte das nie verstanden. „Verwöhnt" sei sie, hatte diese immer getönt, wenn Lisa mal wieder etwas nicht gemocht hatte. Lisas Mutter verlangte von jedem das Fressverhalten einer Ziege: Grundsätzlich alles ist essbar. Und so kochte sie auch, unerschütterlich in dem Glauben beseelt, eine gute Köchin zu sein, einfach weil sie das schon ihr ganzes Leben lang machte. Freilich ohne jemals etwas dazuzulernen. Lisa war nicht verwöhnt, im Gegenteil, als sie von zu Hause ausgezogen war, hatte sie einen gewaltigen Nachholbedarf an gutem Essen, der bis heute anhielt.

Sie hatte mal versucht, mit dem Rauchen anzufangen, weil sie sich sagte: Wenn Raucher nach dem Aufhören dick werden, weil sie zu viel essen, könnte es andersrum auch funktionieren. Sie würde rauchen und müsste dann nicht mehr essen. Sicher, dafür gab es Lungenkrebs, Raucherhusten und diesen grässlichen Gestank, aber sie würde abnehmen. Nach nur zwei Zügen an einer Marlboro wurde der Plan begraben. Wie Menschen sich freiwillig so was reinziehen konnten, überstieg ihr Vorstellungsvermögen.

Lisa zog sich aus und ging unter die Dusche. Sie seifte ihren Bauch ein und schätzte, dass sie wohl wieder ein Kilo zugenommen hatte. 96 Kilo, es war nicht zu fassen. Vielleicht sollte sie aufhören, sich zu wiegen. Sie wollte dabei nicht so manisch werden wie Bridget Jones. Die war allerdings schon furchtbar drauf, wenn sie 65 Kilo wog. Ha! Lisa würde morden für 65 Kilo! Na ja, vielleicht nicht gerade morden, also zumindest niemanden, der es nicht verdient hatte. Aber wer konnte das entscheiden? Dann würde sie eben nur jemanden schwer verwunden für 65 Kilo. Andererseits – was konnte irgendjemand anderes für ihr Gewicht? Trotzdem. Wenn sie schon keinen Menschen umbringen oder verletzen würde, dann wenigstens ein Tier. Einen Hund. Einen hässlichen fiesen Köter. Den würde sie kaltmachen für 65 Kilo. Sogar schon für 70. Na gut, nicht kaltmachen, aber etwas verstümmeln, das ginge schon noch. Zumindest den Schweif konnte sie ihm abschneiden, oder ein Ohr. Jawohl, Lisa Becker würde einem hässlichen Hund das Ohr abschneiden, wenn sie dafür 65 Kilo wiegen könnte! Einem alten, tauben Hund, der das nicht mal merkt.

Ich habe irgendwie keinen Killerinstinkt, seufzte sie zu sich, als sie sich abtrocknete. Es klingelte an der Tür.

„Sekunde!" rief Lisa und stülpte sich den Bademantel über. Den hätte sie am liebsten immer getragen, es war das einzige Kleidungsstück, das an dicken Frauen besser aussah als an schlanken. Das fand denn auch der liebe Sven, der vor der Tür stand, und dem unwillkürlich die Augen aus dem Kopf fielen beim Anblick der versammelten Lisaschen Üppigkeit. Er sammelte seine

Augen auf, setzte sie wieder ein und fragte, wie ihr Tag war.

„Wie immer", murmelte Lisa und ließ ihn rein. „Und deiner?"

„Na ja, ich recherchiere gerade für einen Artikel über die Armenspeisungen in Marzahn." Sven ging in die Küche und setzte Teewasser auf, als wäre dies seine Wohnung. Er mochte es, eine Art Beziehungsleben zu simulieren, das es gar nicht gab. Er sah Lisa zu, wie sie im Schlafzimmer verschwand, und verging fast vor Sehnsucht. Auch die traurige Situation in Berlins sozialen Brennpunkten musste dem Anblick von Lisas wackelnden Rundungen weichen. Sie machte die Tür in der Eile nicht ganz zu und Sven konnte noch erkennen, wie sie den Mantel zurückschlug und für einen Sekundenbruchteil ihr Busen zu erkennen war, bevor er sich diskret zurückzog. Er war ja schließlich nicht irgend so ein Schwein, nicht wahr? Die meisten anderen Männer hätten wahrscheinlich schon längst versucht, sich an ihr gütlich zu tun, aber er nicht. Er respektierte sie, jawohl, das tat er, sie respektieren. Er wollte gar nicht an ihren Körper denken, ihr Körper war unwichtig. Sie war eine hinreißende, liebenswerte, intelligente, sympathische Frau, und dass sie äußerlich den Traum jedes Mannes verkörperte, tat ja wohl nichts zur Sache.

Sven war sich natürlich darüber im Klaren, dass Lisa ihr Erscheinungsbild ganz anders empfand. Immer wieder beklagte sie sich über ihr „Übergewicht", dieses dämliche Wort, das die Körperfaschisten erfunden hatten. Sven versäumte keine Gelegenheit, um sie auf die seiner Ansicht nach perfekten Proportionen ihres runden, drallen und wie er sich sicher war weichen Traumkörpers hinzuweisen. Aber sie glaubte ihm nicht. Es war wohl dasselbe wie mit Männern, denen die Haare ausgingen. Frauen konnten ihnen noch so oft versichern, dass sie das nicht störe und im Grunde sogar ganz süß fänden, sie stießen auf taube Ohren.

„Tee fertig?" fragte Lisa, als sie in die Küche kam, jetzt in ihr grünes Hauskleid gewandet, das ihre Brüste etwas entschärfte. Sie trug normalerweise zuhause keinen BH, die Dinger kniffen ja doch nur, aber wenn Sven da war, wollte sie ihn lieber nicht zu sehr verwirren. Seine Anschmachtung schmeichelte ihr natürlich, aber sie wollte ihn nicht quälen, denn es war nun mal so: No Sex with Sven, kam gar nicht in die Tüte. Wieso? Schwer zu sagen. Wenn er wenigstens nicht so dünn wäre. Und ein bisschen weniger... beziehungsweise mehr... na ja, er turnte sie eben nicht an, und mehr gab es dazu nicht zu sagen. Sie schuldete niemandem Rechenschaft über ihre Libido. Zum Plaudern jedoch war der gute Mann zu gebrauchen.

Sie setzten sich an den Tisch und tranken Darjeeling. Das Tein machte Lisa nichts aus, sie schlief problemlos auch nach fünf Tassen Kaffee. Und Sven arbeitete viel nachts.

„Du hattest übrigens recht heute morgen", sagte Lisa, „wegen dem Geräusch. War 'ne Katze."

„Wo? Im Garten?"

„Die war hinter meiner Couch. Hat da wohl übernachtet, nachdem sie sich durch die Balkontür gequetscht hat."

„Was hast du gemacht?"

„Rausgeschmissen hab ich das Vieh, was denn sonst?"

„Wieso? Katzen sind niedlich. Hätte gerne eine."

Lisa grinste. Typisch Sven. So feminin wie möglich.

„War auch ein niedliches Tier, ja. Aber..."

„Was aber?"

„Na ja, ich nehm nicht einfach so ein Viech auf, oder? Ist doch meine Wohnung. Wenn ich eine Katze will, geh ich in ein Tierheim und such mir eine aus."

„Manchmal suchen sich Katzen halt einen Menschen aus."

„Dann sollen sie ins Menschenheim gehen."

Sven ließ es dabei. Was diese Alltagsthemen anging, gewann er niemals gegen Lisa.

„Wie war die Arbeit?" fragte er stattdessen.

„Das soll Arbeit sein?" grinste Lisa. „Ich lauf ein bisschen rum, guck mir tote Leute an, rede mit ein paar, die noch nicht tot sind, und der Rest ist Papierkram. Langweilig."

„Diese Sache mit dem geköpften Bahnfahrer, hast du das jetzt an den Hacken?"

Lisa musste wieder grinsen und dachte an diesen goldenen Moment zurück, an dem sie Sven damals eröffnet hatte, dass sie bei der Polizei war. Ihr neuer Nachbar hatte sie eine geschlagene Stunde zugelabert mit den verdammten Grünen, von denen er so furchtbar enttäuscht war (er genoss seine Enttäuschung in vollen Zügen), von dem Verrat an allem Heiligen, speziell dem Umstand, dass Joschka Fischer nicht für den Weltfrieden gesorgt hatte, und dass es noch immer Kernkraftwerke in Deutschland gab! Und der Innensenator war Superfascho und damit natürlich genau der richtige Chef für die Bullen. Ja, hatte Lisa eingeworfen, aber sie könne sich ihren Chef nun mal nicht aussuchen. Es hatte siebeneinhalb Minuten gedauert, in denen er weiter geredet hatte, bis er das kapiert hatte. Das Gesicht war wirklich einen Asbach Uralt wert gewesen. Aber als sie ihm erklärt hatte, sie wäre beim LKA und würde Morde aufklären, beruhigte er sich wieder. Sein Hass auf die Bullerei konzentrierte sich natürlich hauptsächlich auf die uniformierten Nazischweine, die ihn bei Demos verprügelten und mit Steinen bewarfen. Beziehungsweise nein, die Steine warf er, aber verdammt, das durfte er auch, das war sein Recht auf Widerstand oder so was in der Art. Mordkommission war jedenfalls soweit okay für ihn, Morde aufklären, das durfte man, solange man keine Zeugen unter Druck setzte und Beweise fälschte, was seiner Ansicht nach zum Alltag der Polizei gehörte, aber er war bereit, zu glauben, dass Lisa anders war. Sie fühlte sich geehrt.

„Ja, den Fall hab ich an den Hacken, zusammen mit Fabian."

„Ach ja, der", brummte Sven. Er hatte ihn einmal gesehen, als Fabian Lisa zur Arbeit abgeholt hatte, weil ihr Wagen im Arsch respektive in der Werkstatt gewesen war. Sein Urteil stand fest: Ein erzkonservativer Macho-Bulle. Und in dessen Händen war Lisa. Svens schlimmster Albtraum. Alles, was er hasste, nämlich das vermeintlich Rechte, Konservative, Frauenfeindliche, Law-and-Order-mäßige, all das war vereint in dem einen Mann, mit dem seine Lisa jeden Tag zusammenarbeitete.

„Du täuschst dich total in ihm", sagte Lisa unter völliger Ignoranz dessen, was Sven hören wollte. „Fabian ist völlig okay."

„Ja, ich bin sicher, das ist er." Sven wollte großzügig sein, denn so dumm war er wirklich nicht. Er wusste, dass Frauen Männer nicht leiden konnten, die ihre

Nebenbuhler schlecht machten. Und er betrachtete Fabian als Nebenbuhler, auch wenn er ihn gar nicht kannte, selber nie ernsthafte Annäherungsversuche bei Lisa machte und überhaupt nicht wusste, ob die Type überhaupt an Lisa interessiert war. Nur eines wusste er: Sie war an ihm interessiert, das sah er. Seine Lisa wollte was von einem Vertreter des Gesetzes. Schlimm genug, dass sie selber zu der Truppe gehörte, jetzt hatte sie auch noch einen so furchtbaren Geschmack, Polizisten attraktiv zu finden. Das musste er ihr einfach sanft, aber bestimmt austreiben. Bisher hatte seine Taktik wenig Erfolg.

„Erzähl mal, was habt ihr so rausgefunden?"

„Du weißt doch ganz genau, dass ich dir nichts erzählen darf. Schon gar nicht, wo du selber zur Presse gehörst."

„Presse? Ich bin doch nicht die Presse! Volksmund und Bild, das ist die Presse! Ich bin freier Journalist und schreibe für seriöse, im besten Sinne liberale Medien. Und ich bin nicht auf Mord und Totschlag aus, um Auflagen zu steigern, mir geht es um Fakten."

„Entschuldige, entschuldige", entschuldigte sich Lisa. „Aber ich kann dir nur das erzählen, was morgen auch in den Zeitungen steht."

Und sie erzählte Sven von ihrem blutigen Arbeitstag. Von dem Verkehrsstau auf der Fahrt zur Arbeit, von dem Mann ohne Kopf bzw. dem Kopf ohne Mann, von dem ungewöhnlichen Ehepaar und dessen unbändiger Freude über die Nachricht von Krumms grausamem Tod, von dem schweren Mittagessen und der noch schwereren Pressekonferenz.

„Mann, der Volksmund beschäftigt echt den letzten

Abschaum der Presse-Fäkalentsorgung. Das sind Leute, die nicht einmal mehr bei der Bild 'n Job finden. Und was gab es so für Spuren?"

„Oh, nicht viel..." Lisa gähnte, wurde langsam müde.

„DNA-Spuren oder Fingerabdrücke? Nein, oder?"

„Nöö... nur so'n Schuhabdruck im Blut."

„Schuhabdruck? Was für ein Schuhabdruck?"

„Mein Gott, von einem Turnschuh. Nutzt nix, ist keine Spur. Sollten wir mal einen verdächtigen, und der hat solche Schuhe, ist das fein, aber wenn der Täter auch nur ein bisschen Grütze in der Rübe hat, wird der seine Sneaker sofort wegschmeißen. Deshalb haben wir das auch an die Presse gegeben. Wer jemanden kennt, der Turnschuhe Größe 43 trägt und gerne mal mit einem Samuraischwert oder so was rumläuft, der soll sich melden."

„Oh je, da werden eure Telefonleitungen zusammenbrechen." Sven stand auf. „Ich lass dich dann mal alleine, hab noch was vor. Ich wünsch dir viel Erfolg."

Als er weg war, rief Lisa noch bei Christiane an und verabredete sich mit ihr für morgen früh, um sie über den Fall Nielsen auszufragen. Vermutlich gab es keinen Zusammenhang mit Krumms Mord, aber das war eine der wenigen Dinge, die den Mann zu etwas Besonderem gemacht hatten, und damit einfach interessant.

Lisa ging zurück zum Tisch und trank den kalten Tee aus. Was für ein Tag. Interessant, aufregend, kurios, peinlich, traurig und erschreckend, alles in einem. Das war wirklich nicht mehr zu überbieten.

„Maaaaaaauuuuuuuuuu..."

Was?

„Maauuuuuuuu, maaauuu, maauu..."

Okay, schon gut. Diese verdammte Katze wieder.

Lisa stand auf und öffnete die Balkontür. Da saß sie wieder, auf ihren Hinterpfoten, und sah sie an. Vor ihr lag eine tote Maus, frisch ermordet. Die zweite Leiche des Tages, und auch dieser fehlte der Kopf. Der Unterschied war nur, dass Krumms Mörder den Kopf nicht gefressen hatte.

„Dankeschön", sagte Lisa. „Da mach ich mir 'ne Suppe draus."

Katze stand auf und strich ihr schnurrend um die Beine. Wie Katzen das so machen.

„Spar dir das. Ich will hier kein Tier drin haben." Lisa wollte wieder reingehen und die Tür schließen, aber es ging nicht. Katze legte sich auf die Schwelle. Lisa wollte sie erst hochheben, aber es ging nicht. Diesmal ging es irgendwie nicht.

„Jetzt geh halt", brummte Lisa.

Katze blieb.

„Dann bleib halt da", seufzte Lisa müde. „Aber ich werde dich nicht füttern, klar?"

Katze rollte sich zusammen und schlief ein. Lisa nahm sich vor, morgen vielleicht etwas Katzenfutter zu kaufen. Das ganz billige, natürlich. Sie entsorgte die Leiche im Klo.

Elf

„Sie sehen und hören die Presseschau", tönte Fabian Zonk. Er war großartig gelaunt, was unter den gegebenen Umständen mehr als erstaunlich war. Er hatte eine Auswahl an Zeitungen auf dem Schreibtisch in ihrem Büro ausgebreitet und präsentierte Lisa die Schlagzeilen. Es war ein bemerkenswertes Beispiel kollektiven publizistischen Ausrastens.

Die bürgerlichen Zeitungen wie die Morgenpost und der Tagesspiegel hielten sich noch vornehm zurück und berichteten von einem „Grausigen Mord in Lichtenberg", bei dem „die Polizei im Dunkeln tappt".

„Tappst du öfter mal im Dunkeln?" fragte Fabian seine Kollegin.

„Nein, ich tappe nicht einmal im Hellen. Warum soll ich das im Dunkeln tun?" antwortete Lisa kaffeeeingießenderweise.

Der Kurier kam nicht umhin, ein „Massaker im Schlafzimmer" zu konstatieren – die Phantasie, mit der die Redakteure auch in die asexuellsten Themen noch irgendwie was Schlüpfriges einzubauen vermochten, schien unerschöpflich. Die Bild versuchte es mal anders. „Ritualmord in Berlin" war das Thema der Stunde. Wie es schien, gab es Hinweise, dass eventuell Mitglieder einer „internationalen Terrorvereinigung" für den Mord an Fritz K. verantwortlich seien. Aus anonymen Quellen gehe hervor, dass K. in Waffenschiebergeschäfte verwickelt gewesen sei und nun als Mitwisser liquidiert wurde, weil er gedroht hatte, auszupacken.

„Anonyme Quelle?" brummte Lisa. „Warum schreiben

die nicht einfach ‚wie wir uns aus dem Arsch gezogen haben', das dürfte eher hinkommen."

„Aber sieh doch", meinte Fabian, „die haben ja schließlich hinter ‚Ritualmord in Berlin' ein Fragezeichen gesetzt. Ergo ist das keine Behauptung, sondern nur eine Vermutung, und vermuten darf man schließlich alles. Die könnten auch schreiben ‚Jürgen Trittin Stammkunde im Kinderbordell?', und es gäbe höchstens eine kleine Rüge vom Presserat."

„Die sie nicht drucken", ergänzte Lisa.

„Der *Volksmund* ist aber mein Liebling", grinste Fabian.

Blutrot war die Schlagzeile, zusammen mit einem Foto von Krumms abgetrenntem Kopf. Natürlich war es kein Foto von der Leiche, dazu hatte kein Pressevertreter die Gelegenheit bekommen. Stattdessen hatten die werten Journalisten ein Bild des Mordopfers aufgestöbert, den Kopf ausgeschnitten und das ganze noch hübsch mit Blutflecken verziert. Vor die Augen hatte man freilich einen schmalen schwarzen Balken geschoben – aus Respekt vor der Würde des Toten. „Rübe ab!" schrie der *Volksmund*. Darunter kam dann „Bahnfahrer im Bett geköpft – Tat eines Wahnsinnigen oder Racheakt?" Charlie Sander war in Hochform. Nicht nur die ausführliche Beschreibung des Tatorts und der Leiche (beides hatte er nicht gesehen) gerieten äußerst anschaulich – so anschaulich, dass Kinder nach der Lektüre wohl zum Therapeuten gehen mussten. Auch die traumwandlerische Sicherheit, mit der Sander eine direkte Beziehung zum „halbiranischen Ehepaar N." in Britz herstellte, war beeindruckend. Wie es schien, hatte er auch versucht, mit den Nielsens zu sprechen, und die

Antwort von Georg Nielsen musste ziemlich drastisch ausgefallen sein. Nach Angaben von Sander benahm der sich „äußerst unkooperativ", um nicht zu sagen „emotional", wenn nicht gar „am Rande der Gewalttätigkeit." Dieses „brutale Temperament" des Mannes ließe es „eigenartig erscheinen", warum sich Hauptkommissar Zonk weigere, ihn als Verdächtigen anzusehen.

„Steht da denn gar nichts über mich?" fragte Lisa ein wenig beleidigt.

„Doch", sagte Fabian, „du bist offensichtlich total überfordert und verstehst überhaupt nicht, wie man eine Ermittlung führt. Der *Volksmund* meint, du wirkst eher wie eine Hausfrau als wie eine Kriminalkommissarin. Ach ja, und gefühlsduselig bist du auch."

„Na also, ich wollt' schon sagen", grinste Lisa zufrieden. „Was ist das da unter dem Artikel noch für ein Kasten?"

„Ganz was Feines", brummte Fabian, „eine Geschichte von vor ein paar Wochen, hat Sander zu dem Kontext noch mal hervorgekramt. Ein Vater im Iran hat seine siebenjährige Tochter geköpft, weil er geglaubt hat, sie sei von ihrem Onkel vergewaltigt worden."

„Typisch Islam", tönte Lisa gekünstelt, „da sieht man's mal wieder! Und solche Leute leben mitten unter uns, die muss man ganz schnell abschieben, schon bei Verdacht, aber flott!"

Fabian schob die Zeitungen zusammen. „Hoffmann hat sie mitgebracht. Er ist ein ziemlicher Presse-Freak."

„Wahrscheinlich spielt er denen Informationen zu, um sich 'ne gute Lobby zu verschaffen. Ein Mann geht seinen Weg."

„Ich meine, die Presse soll ja über Morde berichten, aber wenn der Mord an einem Mitmenschen zum Gegenstand der Unterhaltung wird, dann läuft wohl ein bisschen was schief."

„Du klingst wie mein Nachbar Sven", lachte Lisa.

„Der pazifistische Öko-Freak, den du erwähnt hast?"

„Er ist kein pazifistischer Öko-Freak!"

„Ist er Pazifist?"

„Ja..."

„Ist er umweltbewusst?"

„Und ob..."

„Trägt er Hosen aus Hanf?"

„Manchmal, schon..."

„Er ist ein pazifistischer Öko-Freak."

Fabian war sehr zufrieden mit seiner Analyse. Lisa fühlte sich berufen, Sven in Schutz zu nehmen.

„Er ist ein lieber, verantwortungsbewusster Kerl. Ganz im Gegensatz zu manch anderem."

„Meinst du etwa mich?"

„Ich sehe hier sonst niemanden außer dir."

„Ich bin vielleicht nicht lieb, aber auch verantwortungsbewusst. Zumindest ab und zu, wenn sich die Gelegenheit ergibt."

„Weißt du, wie er dich bezeichnet?"

„Als unglaublich heißen Hengst mit süßem Arsch und Eiern in der Größe von Tennisbällen?"

„Fast. Erzkonservativer Macho-Bulle."

„Der kennt mich doch gar nicht. Frechheit."

„Also wirklich", tönte Lisa, „wie kann er es wagen, so was von Vorurteil!"

„Bin ich in deinen Augen ein erzkonservativer Macho-Bulle?"

„Bist du ein Bulle?"

„Logo."

„Hast du vor, dich mit einer Frau langfristig zu binden?"

„Sicher, wenn ich fünfzig bin. Bis dahin..."

„Danke. Bist du für die Todesstrafe?"

„Nein."

Lisa sah auf. Sie war überrascht.

„Nein?"

„Todesstrafe ist Quatsch. Überhaupt das Prinzip der Abschreckung, an so was glauben nur Idioten."

Lisa lächelte ihn an, er lächelte zurück.

„Na schön", sagte Lisa, „dann bist du nur ein Macho-Bulle."

„Danke sehr."

„Und, Macho-Bulle, was machen wir heute Hübsches?"

Fabian gab ihr einige Papierseiten.

„Also, der Erkennungsdienst ist so gut wie fertig, wir können heute Vormittag in die Wohnung. Lamprecht bleibt bei seinen bisherigen Angaben, seinen Endbericht gibt's spätestens heute Abend, vielleicht auch erst morgen früh. Ich glaube nicht, dass wir da viel Neues erfahren."

„Okay", murmelte Lisa. „Dann bleiben uns jetzt erst einmal die beiden Vergewaltiger, um die Spur abzuschließen. Sollen wir uns auch im Stricher-Milieu umschauen?"

„Das hättest du wohl gerne", grinste Fabian. „Nein, das machen die Kollegen von der Sitte für uns, die haben Ahnung von der Szene und kennen Leute. Ich hab denen schon alle wichtigen Daten gegeben. Du gehst nachher in Krumms Wohnung, und ich palaver inzwischen mit den beiden Ärschen. Die hausen im selben Wohnblock in Marzahn, die hab ich schnell durch. So kommen wir schneller voran, okay?"

Lisa nickte. „Gut."

„Ich weiß was du denkst", sagte Fabian, lockerer werdend, „aber ich mache das nicht, um dich zu schonen. Mir tun nur die beiden Typen leid, wenn du ausrastest und sie zusammenschlägst."

„Du kennst mich einfach zu gut", versetzte Lisa.

„Nicht so gut wie ich's gern hätte", schloss Fabian und ging zu Tür. Er drehte sich noch einmal um. „Aber ich glaube, du bist gar nicht so tough wie du immer tust."

Lisa sah ihn an und zog einen Schmollmund. „Bin ich doch. Bin ich doch, bin ich doch, bin ich doch. Jawohl!"

Fabian zog die Tür zu.

Zwölf

Kriminalhauptkommissarin Christiane Schneider hatte im LKA einen Ruf wie Donnerhall. Die korpulente 40jährige kannte jeder, und sie wurde von jedem gemocht. Das war umso erstaunlicher, da sie nun wirklich nicht dem gängigen Klischee des durchschnittlichen Polizeibeamten entsprach. Der LKA-Chef war schon froh, dass sie keine roten Umhänge trug, wie sie früher bei den Sanyasins üblich gewesen waren. Natürlich gehörte sie auch gar nicht mehr dazu. Schon vor 20 Jahren hatte sie in einer feierlichen Zeremonie ihre Identität als Osho-Jüngerin abgelegt und trug nur noch bequeme Kleider. Dann hieß es FH, und anschließend landete sie sofort da, wo sie hin wollte: Im LKA 13, zuständig für Delikte gegen die sexuelle Selbstbestimmung. Und da war sie immer noch.

„Hallo, Schatz!" begrüßte Christiane ihre beste Freundin, als sie ihr Büro betrat.

„Mach's kurz, ich muss gleich los", sagte Lisa, „und hallo für dich." Sie setzte sich auf Christianes Schreibtischkante.

„Wo ist denn dein Assistent?"

„Fabian macht die Drecksarbeit und befragt zwei Arschlöcher. Da hab ich besseres zu tun."

„Sind das die zwei Arschlöcher von der Nielsen-Vergewaltigung?"

Lisa trommelte mit den Fingern auf Christianes Monitor herum. „Könnte sein."

„Und da wollte er dich nicht mitnehmen? Kluger Bursche. Der ist sensibler als er aussieht."

„Ja, er ist ein Butzelbärchen", brummte Lisa. „Hattest du mit dem Nielsen-Fall zu tun?"

„Oh ja, und ich kann mich verdammt gut dran erinnern." Christiane seufzte und lehnte sich zurück. „Liebling, könntest du jetzt mal deinen fetten Hintern von meinem zerbrechlichen Tisch bewegen und dich auf diese akkurate Vorrichtung dort platzieren, die ich hin und wieder gern als Stuhl bezeichne?"

Lisa kam der Aufforderung nach. „Tut mir leid. Bin nicht gut drauf. Und dein Arsch ist noch viel fetter als meiner."

Tatsächlich achtete Christiane immer sehr darauf, stets im zweistelligen Kilogramm-Bereich zu bleiben, was bedeutete, dass sie seit zehn Jahren exakt 110 Kilo wog. Es verteilte sich alles sehr ansprechend, so dass ihr Freund Michael immer was zum Festhalten hatte. Sie wusste, dass es mehr als genug Männer gab, die auf Frauen wie sie standen, und sie versuchte stets, auch Lisa davon zu überzeugen, aber das war hoffnungslos. So emanzipiert und selbständig Lisa auch war – warum konnte sie nicht emanzipiert, selbständig und 55 Kilo schwer sein?

„Jedenfalls", machte Christiane weiter, „kannst du die Möglichkeit, die Nielsens, egal ob er oder sie, könnten was mit den Kopfschmerzen dieses Mannes zu tun haben, abheften."

„Das hab ich eigentlich auch schon."

„Dazu ist die Frau nicht imstande, und das sage ich als eine, die es nun wirklich wissen muss."

Da hatte sie recht. Täglich hatte sie mit Vergewaltigungsopfern zu tun, sie wusste absolut alles über sie. Sie kannte ihre Ängste, ihre Schuldgefühle, ihren Ekel, ihren Hass. Manche waren so stabil, dass sie das Ereignis nur mit einer Schimpfkanonade und einem Gefühlsausbruch bewältigen konnten. Andere landeten in der Psychiatrie und konnten dann nicht einmal gegen ihre Peiniger aussagen, so dass diese freikamen. Die behaupteten dann einfach, die Frau habe sich absolut freiwillig mit einem wildfremden Menschen in das Gebüsch begeben, und die Schläge und Quetschungen habe sie auch gewollt. Vor Gericht nicht widerlegbar, so sehr sich die Richter dann auch aufregten.

„Leily Nielsen war zumindest noch stark genug, um auszusagen", fuhr Christiane fort. „Aber das war es dann auch schon. Sie hat sicher langfristige Schäden davongetragen."

„Ja", bestätigte Lisa, „aber du hättest sie gestern sehen sollen, als sie gehört hat, dass Krumm tot ist. Sie war wie beseelt. Schon eigenartig."

„Bei ihr war der Schock über die unterlassene Hilfeleistung dieses Arschsacks größer als über die eigentliche Vergewaltigung, das weiß ich noch. Sie war früher schon mehrfach vergewaltigt worden, als Mädchen im Iran. Das war einer der Gründe für ihre Flucht. Ihr Vater war drauf und dran, sie umzubringen, um die Ehre seiner Familie zu retten."

Lisa stirnrunzelte. „So was stand heute auch im Volksmund über einen iranischen Vater, der seine Tochter geköpft hat."

„Du liest diese Offenbarung Luzifers?"

„Nicht wirklich. Immerhin haben die auch geschrieben, dass die Bewohner des Dorfes die Todesstrafe für den Vater gefordert haben. Nach islamischem Recht kann aber nur der Vater eines

Mordopfers die Todesstrafe fordern."

„Was für eine praktische Gesetzeslücke."

„Wahrscheinlich von jemandem ausgedacht, der seine Kinder nicht leiden konnte. Der Tenor des Volksmunds war jedenfalls eindeutig: Leute köpfen, so was machen nur irre Moslems."

„Genauso gut könnte man sagen, der Täter ist Franzose."

„Ja, das sähe den Froschfressern ähnlich. Allerdings war in dem Raum kein Platz für eine Guillotine."

Christiane lachte schäbig. „Jetzt streng doch mal deine Phantasie an! Jeder Idiot, das heißt sogar ein Franzose, kann jemanden betäuben, ihn zu sich in den Keller schaffen, wo er eine Guillotine aufgebaut hat, den Mann köpfen und den ganzen Schamott vom Schafott wieder in die Wohnung schleppen, zusammen mit einem Eimer Blut."

„Du könntest glatt Karriere machen bei den Wichsblättern."

„Nein, dann werde ich wahrscheinlich als Kakerlake oder so wiedergeboren. Und als Nackt-Girl wollen die mich nicht."

Lisa erinnerte sich seufzend an ihren Job. „Also mal so gefragt: Ist das Köpfen im Islam tatsächlich üblich?"

„Ob islamische Väter ihre Töchter öfter mal köpfen, meinst du? Nein, das ist nicht üblich."

„So meine ich das nicht, verflucht!"

„Ich weiß, ich weiß. Also im Ernst, ich weiß es nicht. Islam-Expertin bin ich nun auch wieder nicht. Aber das spielt eh keine Rolle. Leily Nielsen ist damals psychiatrisch untersucht worden. Sie hatte ein Trauma, aber von Rachegelüsten keine Rede."

„Und ihr Mann?"

„Der wurde auch untersucht. Stand total neben sich, aber war dasselbe: Schock, Verzweiflung, jedoch keine Gewaltbereitschaft. Der Mann schien mir auch unheimlich sanft."

Den Eindruck hatte Lisa auch gehabt. Trotzdem war das natürlich ein Punkt. Es war sehr schwierig, ein Motiv für den Mord an Krumm zu finden, ohne die Nielsens war es praktisch unmöglich. Wenn sich nicht bald etwas ergab, mussten sie und Fabian sich wohl damit abfinden, dass es kein Motiv gab. Dass einfach ein Psychopath sein Opfer willkürlich ausgesucht hatte. Und dass er vermutlich wieder zuschlagen würde. Noch war es zu früh, einen dieser neuen Profiler vom BKA heranzuziehen. Und die würden garantiert als erstes auf die ungewöhnliche Art des Mordes abzielen: Wer oder welche Gruppe von Menschen ist dafür aktenkundig, andere Leute zu köpfen? Na klar: Islamische Fundamentalisten! Mit dem Strom, der durch das Wasser auf die Mühlen der Rechtsextremen bei so etwas erzeugt würde, würde man ganz Berlin beleuchten können.

„Genug über meine Scheiße", sprach Lisa lakonisch, „reden wir über deine Scheiße."

Christiane schnaubte. „Du hängst echt zu viel mit Männern rum in eurem Dezernat. Diese Redeweise ist nicht eben ladylike."

„Wieso? Die hab ich von meiner Mutter. Aber im Ernst: Wie läuft's bei dir?"

Christiane wies auf einen Aktenberg auf einem Rollwagen neben ihrem Schreibtisch. „Noch Fragen?"

„Dein Geschäft ist nicht von der Rezession bedroht, was?"

„Oh nein, Vergewaltigung und sexuelle Belästigung hat immer noch Wachstum. Allerdings ohne Aussicht auf den Salami-Crash."

„Stimmt das mit dem Serientäter?"

„Ja, das sind jetzt schon zwölf junge Frauen, dazu eine Siebzehnjährige und eine Vierundzwanzigjährige. Derselbe Täter, dasselbe Muster – aber keine heiße Spur. Ist ungewöhnlich, wenn ein Kinderschänder sich auch an erwachsenen Frauen vergreift, kommt aber vor. Wie dieser junge Typ, der erst in Köln bei einer Erwachsenen auffällig geworden ist und dann in München das Kind auf der Schultoilette missbraucht und fast umgebracht hat. Ich war nicht mit dem Fall befasst, sonst wäre das wahrscheinlich nicht passiert."

„Wieso?"

„Weil mein lieber Kölner Kollege es nicht für nötig hielt, die Gen-Daten von dem Kerl in die Bundesdatenbank einzugeben, wie es eigentlich Vorschrift wäre. War ihm wohl zu viel Arbeit."

„Schnappt ihr wenigstens ab und zu einen?"

„Wir schnappen die laufend. Heute wieder einen Typen, der Kindern im Schwimmbad sein Trockenobst gezeigt hat."

„Wie viel kriegt der dafür?"

Christiane knurrte. „Gar nichts. Der wurde nicht einmal dem Haftrichter vorgeführt. Die Staatsanwaltschaft meint, eine Belästigung könne nicht nachgewiesen werden. Die zwei heulenden Mädchen zählen da nicht."

Lisa war fertig. „Wie hältst du das bloß aus?"

„Du hast heute einen Kopfamputierten gesehen und fragst mich das? Wie hältst du so was aus?"

Weil irgendjemand es aushalten musste.

Dreizehn

Fabian Zonk war auf dem Weg nach Marzahn, um sich mit zwei Vergewaltigern zu unterhalten, und Lisa Becker sah sich die Wohnung von Fritz Krumm genauer an. Schwer zu sagen, was davon mehr Spaß machte.

Vor dem Haus in der Siegfriedstraße parkte jetzt nur noch ein Streifenwagen. Lisa platzierte ihren Wagen direkt daneben und grüßte den ihr wieder mal namentlich unbekannten Schupo. Der kannte sie natürlich, blieb sitzen.

„Tag, Frau Becker!"

„Hallo", grüßte Lisa neutral, „irgendwas gewesen?"

„Nein. Neugierige Nachbarn, fragen einem Löcher in den Dickdarm, aber ich plapper nicht rum."

„Die Bude ist doch noch nicht versiegelt, oder?"

„Nur abgeschlossen", sagte der Polizist und gab ihr den Ersatzschlüssel, den man vom Hausbesitzer bekommen hatte.

Oben schloss Lisa auf und begab sich in die Krummsche Gruft. Sie zog die Tür zu und stand allein in der Diele, die ihr noch einen Tick ekelerregender als gestern erschien. Natürlich hatte der Erkennungsdienst so wenig verändert wie möglich, deshalb lag sogar das tote Schweineteil noch da und verweste. Fliegen waren seltsamerweise keine zu sehen, freilich hatte niemand ein Fenster geöffnet. Was dem Bouquet der Wohnung auch nicht gerade zum Durchbruch verhalf.

Die Spurensuche war sehr gründlich vorgegangen, Reste von Graphitpulver hingen überall, wo man nach Fingerabdrücken oder Fußspuren gesucht hatte.

Türschloss, sämtliche Klinken, Türschwellen, Türrahmen, Fensterrahmen, Lichtschalter, Griffe an Schränken und Schubladen usw., alles war fein säuberlich untersucht worden. Natürlich hatte man massenhaft Abdrücke gefunden, aber Lisa zweifelte im Prinzip nicht daran, dass der Mörder klug genug gewesen war, Handschuhe zu tragen. Lisa jedenfalls war so klug, sich ihre anzuziehen, bevor sie anfing, in den unsterblichen Überresten von Fritz Krumm herumzuwühlen.

Die enge Diele enthielt keine Möbel, sondern nur einen Wust an Abfall. Lisa wurde schnell damit fertig. Sie musste zugeben: Nach einer Party sah es bei ihr ähnlich aus. Krumm freilich hatte keine Party gefeiert, es sei denn eine Abschiedsparty. Und bei Lisa lagen niemals Hefte herum mit Titel wie „Ultramöpse" oder „Euterparade". Sicher, ein oder zwei „Playgirl"-Ausgaben konnten Gerüchten zufolge theoretisch in einem Karton unter ihrem Bett liegen, aber sie waren gut versteckt unter einem George-Clooney-Jahreskalender von 1997. Den brauchte sie dringend, falls sie mal eine Zeitreise machte.

Das Schlafzimmer wollte sie sich zuletzt aufsparen, und so durchsuchte sie zuerst das Badezimmer. Es war ein Paradies für Pilzsammler. An allen Wänden dunkle Sporen, der Duschvorhang war am unteren Drittel völlig schwarz, die Kacheln würden allesamt ausgetauscht werden müssen. Dem Hausbesitzer würden die Augen zu Berge stehen, oder so ähnlich. Interessante Hinweise ergaben sich freilich nicht, obwohl Lisa inzwischen durchaus die Möglichkeit ins Auge zu fassen bereit war, dass der Mörder womöglich ein übereifriger Mitarbeiter vom Gesundheitsamt war, der angesichts dieser Bude Amok gelaufen war.

Die Küche ging noch so. Krumm kochte offensichtlich nicht, allerdings stapelten sich auf dem Boden einige Dutzend Pizzaschachteln und Styroporschalen, in denen sich früher diverse Currygeschwulste und andere tierische Nebenprodukte ein Stelldichein gegeben hatten. Ein leerer Kasten Pils, diverse Flaschen überall verteilt. In der Spüle lag etwas schmutziges Geschirr: ein Teller, Messer, Gabel und ein angebrochenes altes Senfglas. Eine Überprüfung sämtlicher Schränke bestätigte Lisas finsteren Verdacht: Es gab sonst kein Geschirr. In den Schränken war sonst nichts außer ein paar Tüchern (unbenutzt), ein paar alte Küchengeräte, die schon lange nicht mehr benutzt worden waren, und seltsamerweise eine ungeöffnete Schachtel Marken-Cornflakes. Das Verfallsdatum lag im Oktober 1989. *Da gab's noch die DDR*, fiel Lisa spontan ein.

Das allererste, was sie im Schlafzimmer tat, war das Fenster zu öffnen. Tief atmete sie den hereinströmenden Sauerstoff ein und zog dann sofort die Vorhänge zu, denn eine Nachbarin auf der anderen Straßenseite glotzte völlig ungeniert zu ihr in die Wohnung rein. Vermutlich stand die alte Frau da schon den ganzen Tag, sie hatte sich ein Kissen aufs Fensterbrett gelegt. Wobei Lisa fair sein wollte: Vielleicht machte die Alte das schon seit Jahren so. Überall in der Stadt konnte man hier und da Rentner, manchmal sogar Rentner-Ehepaare sehen, die stundenlang aus dem Fenster stierten und aufpassten, dass keiner die Straße klaute. Nun, befragen musste Lisa sie sicher nicht. Hätte die Alte auch nur das Geringste zu dem Mord zu sagen, hätte sie sich garantiert schon längst bei der nächsten Polizeiwache gemeldet und genüsslich Bericht erstattet. Oder bei der nächsten

Zeitungsredaktion, je nachdem was näher lag.

Lisa schaltete das Deckenlicht ein, das aus einer kahlen Glühbirne bestand. Klassisches Proletariertum. In letzter Konsequenz hatten Lampenschirme keinerlei Funktion, sondern verringerten nur die Leuchtwirkung. Was im Falle dieses Zimmers allerdings kein Verlust gewesen wäre. Es diente Krumm als Wohn- und Schlafzimmer. Gegenüber dem Bett stand der Fernseher, es gab einen Kleiderschrank, einen Couchtisch, aber keine Couch, auch keinen Sessel, ebenso wenig wie einen Nachttisch. Gäste empfing Krumm offensichtlich nie, und lesen war anscheinend auch nichts für ihn. Das getrocknete Blut überall berührte Lisa kaum noch. In dieser braunen Farbe sah es eher aus wie verschütteter Kaffee. Und dieser Kaffee war auch das einzig interessante im Raum, nachdem der „Leichen-Bausatz für Dummies" abtransportiert worden war.

Eines interessierte Lisa allerdings: Der Schuhabdruck, der an der Schlafzimmertür hinterlassen worden war – und zwar in einer kleinen Kotzlache. Gestern hatte sie nicht darauf geachtet, dass dies eine Spur darstellte. Ihr hatte es genügt, sich nicht die Schuhe zu versauen.

Lisa kniete davor nieder. Klar war es eklig, weil die Kotze immer noch nicht ganz getrocknet war. Es war sicher interessant zu erfahren, ob sie dem Magen des Opfers oder des Täters entstammte. So ähnlich wie Zoologen aus den Exkrementen von Pandabären Rückschlüsse auf die Ernährung und den Gesundheitszustand ziehen konnten, so konnte man vielleicht auch etwas über den Mörder herausfinden – abgesehen von der Tatsache, dass er anscheinend nicht so hartgesotten war, dass er einen abgetrennten Kopf und literweise Blut problemlos verdauen konnte. Aber wahrscheinlich stammte der Fleck von Krumm – ein bisschen war in seinen Mundwinkeln gewesen, wie Lisa sich erinnerte.

Klar war jedoch: Krumm hatte keine Turnschuhe, die zu dem Sohlenprofil des Abdrucks passten. Dies war also die einzige eindeutige Spur bislang. Aber was war sie wert? Nichts. Sie hatte es bereits Sven erklärt – höchstens bei der Verhaftung eines Verdächtigen könnte es eine Rolle spielen, ob derjenige solche Schuhe hatte. Vorausgesetzt, er war blöd genug, die Schuhe zu behalten. Auf die Identität des Mörders gaben sie keinen Hinweis, abgesehen von der Schuhgröße. Na vielen Dank auch.

Immerhin konnte es sogar sein, dass er absichtlich eine andere Schuhgröße trug als normal. Dass er Schuhe getragen hatte, die er vorher nie besessen und danach sofort entsorgt hatte. Dass er absichtlich diese doch sehr deutliche Spur, die aber letzten Endes zu nichts führte, gelegt hatte.

Nun werde mal nicht paranoid, dachte Lisa. Sei dankbar, dass du wenigstens einen Hinweis hast. Hier hat der Täter gestanden, genau hier, mit dem rechten Fuß. In dieser Kotzlache, diesem wunderbar ekligen Flecken, den Fritz Krumm hinterlassen hatte und der vielleicht am Ende zur Überführung seines Mörders führte. Wenn Krumm sich anständig ernährt und nicht so viel gesoffen hätte – womöglich auch im Dienst, was so manches im BVG-Alltag erklären würde – hätte die Polizei im Moment praktisch nichts. So hatte sie beinahe nichts. Obwohl... eine Idee kam ihr. Sie würde die Jungs vom Erkennungsdienst um ein Foto des Abdrucks bitten.

Es war eine kleine, unbedeutende Idee, aber meine Güte, irgendwas musste sie ja tun für ihr Geld.

Lisa stand auf. Sie ließ noch einmal die Atmosphäre auf sich wirken. Sie vergegenwärtigte sich, was vorletzte Nacht hier geschehen war. Dann folgte sie ihrer Intuition.

Sie schaltete das Licht wieder aus. Der Raum war – bedingt durch die dichten Vorhänge – nun sehr dunkel. Etwas Licht drang herein durch die Lampe, die sie in der Küche hatte brennen lassen. Schwer zu sagen, wie viel der Mörder vorvergangene Nacht sehen konnte. Ob er eine Taschenlampe bei sich gehabt hatte? Aber wie konnte er dann den Hieb ausführen, nur mit einer Hand? Unwahrscheinlich. Vielleicht hatte er die Vorhänge aufgezogen, oder sie waren gar nicht erst zu gewesen. Licht hatte er doch bestimmt nicht gemacht.

Lisa entschloss sich, auch das Licht im Bad auszuknipsen. Als die Wohnung so dunkel wie möglich war, nahm sie sich eine Ausgabe von „Megabusen total", rollte sie zusammen und glitt vorsichtig durch das Dreivierteldunkel durch die Diele ins Schlafzimmer zurück.

Im Bett lag nun wieder der Bahnfahrer Fritz Krumm. Er schnarchte. Garantiert schnarchte er. Aber er würde gleich aufhören, für immer. Lisa trat ans Bett heran und begab sich in eine günstige Position für den Hieb. Präzise nahm sie Maß, denn sie wusste, der erste Schlag musste treffen, wenn es reibungslos funktionieren sollte. Lisa hob ihre Waffe und ließ sie langsam herab bis kurz vor dem Adamsapfel. Krumm bewegte sich kaum, sein Schlaf war tief und fest. Lisa war durchaus nicht schwach, aber sie musste ihr Werkzeug in beide Hände nehmen, um sicher zu sein, genau zu treffen. Sie hob die Waffe, atmete noch einmal tief durch und ließ sie niedersausen.

Ein Geräusch wie ein Dammschnitt. So stellte Lisa es sich jedenfalls vor, als sie sich wieder in die Realität zurückholte. Wie mag das Geräusch gewesen sein, bei dem das Fleisch des Halses, die Luftröhre und vor allem die Wirbelsäule durchtrennt wurden? Ein TSCHOK oder mehr ein WITSCH oder eine Art KLACK? Ob Krumm noch irgendetwas von sich geben konnte, einen erstickten Laut, ein Stöhnen oder Krächzen? Einen Ton, der in der Kehle entstanden war und nun durch die abgetrennte Luftröhre ins Freie kam?

Wie lange der Mörder wohl in der Wohnung war? Es konnten durchaus nur ein oder zwei Minuten sein, aber auch ein oder zwei Stunden. Vielleicht war er eine lange Zeit verharrt, vor oder nach der Tat, hatte sein Opfer angestarrt und sich noch einmal die Gründe ins Gedächtnis gerufen, warum er dies nun tun musste. Falls es überhaupt Gründe gab.

Wenn der Mörder eine Taschenlampe bei sich gehabt hatte, dann hatte er sie vielleicht auf den Boden gestellt, mit der Birne nach oben, als eine Art Mini-Deckenfluter. Das Licht hätte wohl ausgereicht. Eine überflüssige Frage, wie Lisa beschied. Interessanter war es schon zu erfahren, wie gut sich der Scharfrichter in der Wohnung seines Opfers ausgekannt hatte. War es nötig, den Grundriss zu kennen? Nein. Diese Altbauwohnungen sahen doch alle gleich aus. Diele, Küche, Bad, Wohnzimmer und/oder Schlafzimmer. Alleinstehende machten die Tür ihres Schlafzimmers vermutlich niemals zu, wenn sie schlafen gingen – wozu auch? Und selbst wenn, so what? Für den Mörder jedenfalls reichte es vollkommen, zu wissen, welche Wohnung die von Fritz

Krumm war. Und wer weiß, vielleicht wusste er nicht einmal das? Vielleicht interessierte es ihn gar nicht, wer sein Opfer war? Vielleicht wusste er immer noch nicht den Namen des Kopfes, denn er von seinem Körper getrennt hatte. Vielleicht war es ihm scheißegal. Aber das glaubte Lisa nicht. Sie war sich sicher.

Und sie hatte recht.

Vierzehn

Am Abend erholten sich Lisa Becker und Fabian Zonk in einer Kneipe in Fabians Wohnort Spandau. Hier war es ruhiger, denn samstags ging in der Berliner Szene naturgemäß die eine oder andere Post ab, was bedeutete, dass die Wirte den Musiklärmpegel in ungeahnte Höhen trieben. Warum es offenbar ein ungeschriebenes Gesetz war, die Musik stets so laut aufzudrehen, dass eine vernünftige Unterhaltung nicht mehr möglich war, gehörte zu den vielen Rätseln des Großstadtlebens. Lisa dachte wehmütig an die ruhigen, gemütlichen Cafés und Kneipen in Bad Münstereifel. Na ja, nicht gerade das Heino-Café, in das sie von ihrer Mutter mehrmals mitgeschleift worden war, aber ansonsten gab es ein paar wirklich angenehme Lokale dort, in denen sie es stundenlang aushalten konnte, weil die Musik dezent im Hintergrund blieb. Anders in Berlin. Hier war man zumeist auf die Zeichensprache angewiesen.

„Daran hab ich mich auch noch nicht gewöhnt", sagte Fabian, als Lisa darauf hinwies. „In Bochum sind die Kneipen auch ruhiger. Vielleicht sind die Berliner einfach schwerhörig?"

„Wenn sie es noch nicht sind, werden sie es hier mit der Zeit", brummte Lisa.

Außerhalb der City war es anders. In Spandau und den restlichen Außenbezirken konnte man es abends aushalten, zumal alle, aber auch wirklich ausnahmslos alle Nachtschwärmer nach Mitte und ihre Ausläufer Kreuzberg und Friedrichshain strömten und man hier mehr oder weniger unter sich war.

Lisa sah Fabian nach, als der kurz die Waschräume heimsuchte, und verglich die beiden auf den ersten Blick so ungleichen Männer Fabian und Sven miteinander. Nun, ein wesentlicher Unterschied war aus dieser Perspektive unverkennbar: Der Hintern, den Fabian in seiner engen Jeans spazieren führte, war zum Reinbeißen. Lisa erwischte sich ständig dabei, wie sie Männern auf den Arsch starrte. Sie war da hemmungslos, denn anders als bei Männern, die sich stets krampfhaft bemühten, ihr nicht in den Ausschnitt zu gaffen, war sie als Hinternfetischistin sicher vor Entdeckung. Unfair, gewiss, aber ein Verbrechen ohne Opfer.

Und was unterschied den gutgebauten Fabian noch vom dünnen Sven? Nun, Fabian war, trotz vieler Vorzüge, ein Arschloch. Ein Schurke. Der Typ, der dich nicht zurückruft. Der Mistkerl, der nebenbei noch eine andere hat. Die Sau, die es mit deiner besten Freundin treibt. Unzuverlässig, unromantisch, gefühllos, selbstsüchtig. Dagegen Sven? Ein Schatz. Ein Engel. Rücksichtsvoll, ruhig, bescheiden, zuvorkommend, so was wie ein Beziehungs-Kellner. Solange sie sich kannten, hatten Lisa und Sven noch nie gestritten. Es gab mal Meinungsverschiedenheiten über diverse politische Themen, aber Sven mit seiner grenzenlosen Toleranz ging jedem Konflikt aus dem Wege. Lisa durfte ihre Meinung behalten. Sven freilich auch. Sie hatte noch nie erlebt, dass er einen Standpunkt zu irgendeinem Thema auch nur um ein Jota korrigiert hätte (was auch immer das war, ein „Jota"). Er hatte sich wohl Anfang der Achtziger Jahre ein sorgfältig austariertes Weltbild zugelegt und es seitdem nie wieder hinterfragt. Jede Art von Nachdenken über frühere Ideale war in seinen Augen

Verrat. Verrat an den Überzeugungen von damals. Verrat an der Sache.

Fabian hingegen hatte gar keine „Sache". Auch wenn Sven (und manchmal auch Lisa) ihn für konservativ hielt, so stellte sich doch immer wieder heraus, dass er einfach nicht in diese Schublade passte. Er hatte wenig übrig für die Ultralinken, das stand fest. Sven und er würden sich hassen, so viel war klar. Menschen wie Sven waren für Fabian selbstgerechte Weltverbesserer, die nicht in der Wirklichkeit lebten und ihre überholte Mentalität für die reine Lehre hielten, die in der Realität aber nur Schaden anrichtete. Und Typen wie Fabian waren in Svens Augen demokratiefeindliche Dinosaurier, Law-and-order-Faschisten und Unterdrücker der Freiheit. Speziell seiner Freiheit. Lisa hatte beschlossen, die beiden möglichst voneinander fernzuhalten, um sich nicht zwischen ihnen entscheiden zu müssen. Die Freundschaft beider Männer war ihr etwas wert, und am liebsten wäre sie einem Mann begegnet, der eine Mischung aus beiden war.

Ja, am besten ein dünner, frauenfeindlicher Langweiler ohne jede politische Überzeugung, grinste sie über diesen Gedanken. *Oder aber: Ein sexy Typ, der mich aufrichtig liebt, an den man sich anlehnen kann, der für mich da ist und sich Gedanken um die Zukunft dieses Planeten macht. Jemand, den ich respektieren kann und der mich auch nach Jahren noch heiß macht.*

„Willst du noch eins?" riss der frisch gewaschene Fabian sie aus ihren Gedanken. Lisas Glas war leer, sie nickte also, und Fabian übermittelte der vorbeilaufenden Serviererin den Wunsch nach zwei weiteren Weizen.

„Soooooo...", machte Fabian, nachdem er sein neues Bier mit einem Schluck um die Hälfte reduziert hatte,

„…wir kommen ja nicht gerade im Eiltempo voran, was?"

„Was erwartest du? Bei den meisten Mordfällen ist von vornherein klar, wer der Täter ist, weil es sich um die üblichen Milieu-Verbrechen handelt. Und selbst wenn nicht, weiß man fast immer ganz genau, wo man suchen muss, nämlich bei den üblichen Verdächtigen. Drogendealer, Türsteher, vorbestrafte Gewalttäter aus dem Umfeld und so weiter. Passt hier aber nicht."

„Tja, offensichtlich. Die Jungs vom Rotlicht waren ja anscheinend wirklich gründlich."

Die Sitte war tatsächlich äußerst kooperativ gewesen. Die Stricherszene, in der es immer wieder brutale Morde an Freiern gab, war gründlich nach Informanten abgegrast worden. Niemand kannte Fritz Krumm. Für Bordelle, freischaffende Huren und den Straßenstrich galt dasselbe. Letzteres war wohl überraschender als das Erstere. Dass der eifrige Konsument von „Titten de Luxe" kein verkappter Homo war, der Stricher in sein Rattenloch holte, war ja so weit klar.

„Natürlich kann Krumm bisexuell gewesen sein", spekulierte Lisa, „aber erstens möchte ich mich für diese Mutmaßung bei sämtlichen Bisexuellen in aller Form entschuldigen, und zweitens gab es nichts irgendwie Penisbewunderndes bei ihm zu entdecken."

„Der Kerl war hetero", bestätigte Fabian, „und er sah ziemlich scheiße aus. Insofern ist er doch der Prototyp des Bordellgängers oder Straßenstrich-Kunden. Wieso kennt man ihn da nicht?"

„Vielleicht rein finanziell bedingt."

„Was kostet das auf der Straße so? 30, 40 Euro?"

„Ich kenne die Tarife nicht. Aber Krumm hat sich sein Essen immer liefern lassen, das geht ganz schön ins Geld, er hat viel getrunken und ist oft in Urlaub gefahren."

Fabian schnippte mit den Fingern. „Genau: Nach Thailand!"

Lisa sah auf und schnippte ebenso. „Na klar! Die Flugtickets in der Wohnung! Hab ich völlig vergessen."

„Ich glaub kaum, dass er da transzendentale Erleuchtung gesucht hat", grinste Fabian.

Die Befragung der engsten Kollegen von Fritz Krumm in der BVG-Zentrale war überraschend schnell über die Bühne gegangen. Die Betriebsleitung hatte alle Angestellten, die Krumm etwas mehr als nur flüchtig kannten, zu der Versammlung einberufen. Es waren nur sieben Leute, allesamt männliche Fahrer, die sich angesprochen fühlten. Krumm hatte dreißig Jahre dort gearbeitet, aber offenbar nicht viele Freunde gewonnen.

Einige hatten öfter mal in der Kantine oder in einem der über die Stadt verteilten Aufenthaltsräume mit ihm ein Bierchen gezischt und über Fußball geredet. Andere hatten ihn hier und da gebeten, die Schicht mit ihnen zu tauschen, und umgekehrt. Als Freund wollte sich niemand bezeichnen, und die Trauer um ihn hielt sich in Grenzen. Immerhin einer war der Meinung, der Fritz sei „irgendwie 'ne Type" gewesen. Aber er war wohl manchmal auch angetrunken zum Dienst erschienen, es gab mehrere Eintragungen in seiner Akte. Nur seine lange Dienstzeit hatte ihn vor Konsequenzen bewahrt.

Über Krumms Privatleben hatten die Kollegen wenig Neues zu berichten. In seiner Wohnung war nie jemand von ihnen gewesen, und keiner hatte je etwas mit ihm außerhalb der Arbeit unternommen, abgesehen von diversen Betriebsfesten, bei denen er der „geselligste" war. Übersetzt bedeutete das: Er soff wie ein Loch und grapschte sämtliche Frauen an. Dass er seinen Urlaub gerne in Thailand, aber auch in Osteuropa verbrachte, war eine der wenigen interessanten Informationen. Auch wenn das zur Klärung des Falls wohl nichts beitrug, rundete es doch das Bild dieses Mannes ab.

„Minderjährige?" spekulierte Lisa.

„Kommt man in Deutschland nicht so leicht ran", meinte Fabian, „zumindest nicht ohne großes Risiko."

„Aber wenn man sich ansieht, auf was für Frauen der so abfuhr in seinen Heftchen – ich meine, das funzt irgendwie nicht."

„Frag mich nicht, ich bin kein Psychologe. Aber ich akzeptiere, dass er anscheinend zwei, dreimal im Jahr Sex-Urlaub gemacht hat und sich hier in Berlin ausschließlich dem Handwerk gewidmet hat. Davon können wir meinetwegen ausgehen."

„Und was nutzt uns das?"

„Gar nichts. Wir können versuchen rauszukriegen, wo er was in Thailand oder sonst wo gemacht hat, aber das ist keine Spur. Es sei denn, er hat da jemanden umgebracht, und die Familie hat dafür Rache genommen oder so was in der Art. So ähnlich wie der Mann, der seine Familie bei dem Flugzeugabsturz in der Schweiz verlor und den verantwortlichen Fluglotsen erstochen hat."

„Ziemlich weit hergeholt, oder?"

„Weißt du was besseres?" antwortete Fabian und trank sein Weizen aus. „Die Nielsen-Spur ist endgültig im Eimer, und sonst haben wir kein mögliches Motiv."

Fabian hatte nur das Nötigste erzählt über seinen Besuch bei den beiden jungen Männern in Marzahn. Sie wohnten nicht nur im selben Stadtteil, sondern sogar im selben Gebäude, einem der typischen Wohnsilos dort. Als Fabian bei dem einen geklingelt hatte, war der andere unpraktischerweise auch schon da gewesen. Das hatte dem Hauptkommissar nicht in den Kram gepasst, der lieber beide einzeln verhört hätte. Aber das Gespräch war denn auch sehr schnell beendet gewesen. Er hatte sich kaum vorgestellt, da hatten die beiden ihm auch schon ein lückenloses Alibi vom Feinsten vorgelegt: Sie waren nicht in der Stadt gewesen, sondern bei einem Biker-Treffen in Teltow. Dutzende von Zeugen, mit denen sie die Nacht durchgemacht hatten. Namen und Telefonnummern hatten sie schon aufgeschrieben.

„Die waren echt gut vorbereitet", brummte Fabian. „Wussten genau, was ich wollte. Na ja, ist ja auch kein Wunder, zumindest den *Volksmund* können auch solche Typen noch lesen."

„Und die Sache stimmt?" Lisa war enttäuscht. Auch wenn sie das Motiv nicht wirklich gesehen hatte, so wäre sie überglücklich gewesen, die beiden Männer einzulochen.

„Denke schon. Hoffmann hat fünf von den Typen angerufen, alle bestätigen kompromisslos. Einer konnte sogar ein Foto von der Nacht rübermailen, wie sie alle in Unterhosen um so ein Lagerfeuer rumtanzen."

„Ohh! Das will ich sehen!"

„Glaube mir, das willst du nicht. Wir haben außerdem die Bestätigung durch die örtliche Polizei, die dort nach einer Weile für Ordnung gesorgt hat."

Lisa seufzte. „Also, zusammengefasst: Wir haben kein Motiv, keine Verdächtigen, keine Spuren."

„Was ist mit dem Schuhabdruck?"

„Die kümmern sich drum. Aber selbst wenn das was

bringt, im Moment hat das keinen Wert."

Fabian, der in der Nähe wohnte, bestellte sich noch ein Weizen. Lisa musste noch fahren, so war es für sie ein Cappuccino.

„Mit Milch oder Schlagsahne?" wollte der Kellner wissen.

„Milch", antwortete Lisa. Woher kam eigentlich plötzlich diese Frage? Seit wann wurde denn Schlagsahne auf den Espresso gekleckert? Angeblich eine Angewohnheit der Ostgoten, die aufgeschäumte Milch für einen billigen Ersatz halten. Diese Aufschäumdinger gab es halt nicht in der DDR, gar nicht zu reden von professionellen Kaffeemaschinen. Oder von Kaffee. Na ja, den gab es schon des Abundzuneren. Was das wohl für ein Leben war, ohne täglichen Kaffee? Lisa konnte sich das überhaupt nicht vorstellen, so wenig wie Sven bei Kräutertee oder Fabian bei Bier. Trotzdem hatten die Leute irgendwie gelebt, und wahrscheinlich nicht einmal schlecht. Lisa fiel wieder ein, dass Georg Nielsen aus der DDR stammte. Wie sie inzwischen wusste, hatte er nach der Wende als Handelsvertreter angefangen und konnte als solcher durch die ganze Welt reisen – ein Traumjob für jeden Ostdeutschen, wie sie vermutete. Offenbar hatte er dann im Iran Leily kennengelernt, ihr bei der Flucht vor ihrer Familie geholfen und geheiratet. Das hatte ihn seinen Job gekostet, weil er Einreiseverbot im Iran erhielt, wo der wichtigste Handelspartner seiner Firma saß. Er hatte seinen hochbezahlten Job aufgegeben für die Liebe. Eine wunderschöne Geschichte, wie Lisa und wohl jede Frau auf diesem Planeten fand. Die Art von Geschichten, die sie immer wieder an die große Liebe glauben ließ, auch wenn sie schon so oft vom Gegenteil überzeugt worden war.

Verflucht seien diese Geschichten!

„Was hast du denn?"

Lisa schreckte hoch. „Was?"

„Du machst plötzlich so ein fieses Gesicht", informierte sie Fabian.

„Ach, ich hab nur nachgedacht."

„Über den Fall?"

„Über die Liebe." Lisa war zu müde zum Lügen.

„Und zu welchem Ergebnis bist du gekommen?"

Lisa grinste ihren Kollegen freudlos an. „Liebe ist scheiße."

Fabian glotzte sie an. „Im Ernst?"

„Ja."

„Und dieses Gutachten stützt sich auf was?"

„Auf die einfache Tatsache, dass sie ständig nur scheitert. Vielleicht geht die Hälfte aller Ehen kaputt, aber bei der Zahl der gesamten Beziehungen, die irgendwann mal auf Liebe basierten, sind es etwa 99 Prozent. Übern Daumen."

„Könnte hinkommen, ja."

„Warum sich also immer die Mühe machen?"

„Ja, warum?"

Lisa funkelte ihn an. „Verarsch mich nicht!"

„Nein", sagte Fabian, „ich höre dir interessiert zu. Das hört sich bei mir fast genau so an wie das Verarschen, aber es unterscheidet sich um einen Viertelton."

„Na fein. Also zum Mitschreiben: Eigentlich wissen wir ja, dass es die ewige Liebe nicht gibt. Aber wir denken ständig: Es gibt ja Ausnahmen, und vielleicht bin ich eine von ihnen. Und deshalb versuchen wir es ständig aufs Neue."

„Was versucht ihr?"

„Wir experimentieren mit der ewig gleichen Versuchsanordnung namens Liebe. Wir suchen uns einen Mann, projizieren in ihn alle unsere Erwartungen, blenden seine Unzulänglichkeiten vorübergehend aus. Dann spulen wir das Programm ab: Essen gehen, tanzen gehen, ins Kino gehen, ins Bett gehen. Häufig treffen, anrufen, über den Tag reden. Es ist immer derselbe Ablauf, immer."

Fabian nickte. „Richtig. Wie am Geldautomaten."

„Das ist halt die westliche Standard-Prozedur. So ähnlich wie ein Rezept zum Kuchenbacken. Bestimmte Zutaten zu einer bestimmten Zeit zusammenmixen. Und dann ab in den Ofen, der hier die feste Beziehung symbolisieren soll."

„Schüttelst du das gerade aus dem Handgelenk?"

Lisa war gut in Fahrt und hörte nicht auf den Mann. „Dann geht es los mit Kurzurlauben, längeren Urlauben. Man geht zusammen auf Feste und repräsentiert für Freunde und Familie den festen Partner. Dann zieht man zusammen. Wenn das gut geht, wird verlobt und geheiratet. Dann hat man die Erwartungen der Gesellschaft erfüllt, abgesehen von Kindern, die natürlich auch nach spätestens zwei Jahren auf der Bildfläche erscheinen müssen."

„Und dann?"

„Dann geht es los. Romantik, falls je vorhanden, ist perdu. Alltagsstress, Streitereien, Routine im Bett, Langeweile. Und das ist es letzten Endes, worauf es von Anfang an hinauslief, schon beim ersten Kennenlernen in irgendeiner Disco oder Kneipe oder durch eine Kontaktanzeige oder auf Mallorca. Und das ist es, wonach wir Frauen uns sehnen. Oder sehnen sollten."

„Und Männer auch", pflichtete Fabian bei.

„Und tut ihr das?"

„Häh?"

„Sehnt ihr Männer euch nach diesem Leben?"

„Ihr Frauen etwa?"

„Nein!" schrie Lisa fast. Einige Gäste sahen sich nach ihr um, aber es war ihr egal. „Das wollen wir gar nicht!"

Fabian nahm ihre Hand und legte sie unter seine, um sie milde zu stimmen. Das wirkte, wie jedes Mal, wenn er sie anfasste. Sie war sofort butterweich.

„Lisalein, wir Männer auch nicht", sagte er ruhig. „Wir wollen eigentlich mit einer unbegrenzten Zahl an Frauen schlafen. Immer wieder eine neue, damit es nicht langweilig wird. Eine Ehefrau brauchen wir zur Aufzucht unserer Erben und zur Haushaltsführung. Und Männer wie ich, die weder Wert auf einen Erben noch auf einen gepflegten Haushalt legen, brauchen sie überhaupt nicht."

„Nur zu", maulte Lisa, „halt dich bloß nicht künstlich zurück, sag ruhig die Wahrheit und red nicht drum herum."

„Der einzige Grund", fuhr Fabian fort, „warum Männer heiraten, lautet: Bequemlichkeit."

Lisa wurde still. So uneingeschränkt wollte sie gar nicht bestätigt werden. Im Gegenteil, gerade wurde ihr klar, dass sie nur deshalb so losgelegt hatte, damit Fabian ihr widersprach. Aber da hatte sie sich wohl gründlich verrechnet.

„Irgendwann wird man als Mann zu alt, um noch ständig den Weibern nachzurennen", erklärte Fabian. „Der Job schafft einen, man hat gerade noch Zeit für

Fußball und ein Bier mit den Kumpels. Da will man nicht mehr auf Aufriss gehen. Also sucht man sich ein Weibchen, möglichst fünf bis zehn Jahre jünger, und schleppt sie aufs Standesamt. Damit hat man eine gewisse Sex-Garantie, ohne sich großartig anstrengen zu müssen. Nach einer Weile ist es nicht mehr so prickelnd, aber man kann ja irgendwie seine Phantasie auf Trab halten mit Hilfe diverser pornographischer Erzeugnisse und Internet-Seiten. Die sind inzwischen das wichtigste Element beim Erhalt der meisten deutschen Ehen."

Da musste Lisa doch wieder grinsen.

„Abgesehen natürlich", fortfuhr Fabian, „von Geliebten und ukrainischen Nutten."

Und schon war Lisas Grinsen wieder weg. „Du meinst, alle Männer betrügen ihre Frauen?"

„Klar. Nicht jeder hat eine feste Freundin nebenbei, aber was meinst du, wovon die ganzen Prostituierten leben? Sex kann eigentlich jeder haben, spätestens wenn er seine Ansprüche zurückschraubt. Man muss nicht dafür bezahlen, es sei denn, es darf keiner davon erfahren – weil man verheiratet ist. Ehemänner sind die Hauptkundschaft. Und warum auch nicht, solange sie Vorsicht walten lassen. Die Ehe bleibt intakt, und das ist alles, was die Frauen wollen, oder?"

Jetzt hau ich ihm gleich eine rein, dachte Lisa. *Sven hatte völlig recht.*

„Nein, Fabilein", antwortete Lisa beherrscht, „das wollen wir nicht. Wir wollen, dass der Typ, dem wir unser ganzes Leben widmen, dasselbe für uns tut. Wir wollen keine Fassade, wir wollen echte Partnerschaft. Und Treue. Und Ehrlichkeit."

Fabian zuckte mit den Schultern. „Tja, was ich gerade

gesagt habe, war ehrlich. Ich habe dir die Wahrheit gesagt über uns Männer, aber du willst sie nicht hören, was?"

Lisa schluckte hart. Plötzlich stieg Panik in ihr auf.

„Lisa, du willst doch gar nicht die Wahrheit hören. Frei nach Nicholson: You can't handle the truth. Gilt für praktisch alle Frauen in deinem Alter. Deshalb hab ich schon häufiger was mit Frauen über vierzig gehabt. Die waren schon ein oder zweimal verheiratet, kennen die Wahrheit über die Ehe und haben gelernt, damit umzugehen. Die suchen keinen mehr für ewig, sondern nur einen für möglichst lange, möglichst schön und möglichst – jawohl – potent. Frauen über vierzig sind hinreißend oberflächlich und geil."

„Ich bin auch geil", rutschte es Lisa raus. Es gelang Fabian nicht, sein Grinsen zu verkneifen, obwohl er sich wirklich bemühte. Lisa stand auf, nahm ihre Jacke und machte sich davon.

Fabian trank in Ruhe sein Bier aus. *Meine Güte, dachte er, ich glaub ich hab mich grad in sie verknallt.*

Fünfzehn

Als Lisa Becker am nächsten Morgen wach wurde, war das erste, das sie sah, der Arsch einer Katze. Das Tier hatte sich anscheinend irgendwann im Laufe der Nacht zu Lisa ins Bett begeben und sich häuslich eingerichtet. Eingebuddelt in die Mulde zwischen dem Kissen und Lisas Busen fühlte es sich anscheinend äußerst wohl, zumindest schnurrte es wieder und machte zufriedene Schmatzgeräusche.

Nachdem Lisa von ihrem erbaulichen Gespräch mit ihrem Kollegen nach Hause gekommen war, hatte sie die Katze bereits auf der Lauer liegend vorgefunden. Das heißt, eigentlich hatte sie auf dem Sofa gelegen. Sie war nicht aufgestanden, als der Mensch hereingekommen war, hatte sie aber aufmerksam angesehen und ein seltsames Gurren von sich gegeben. Lisa hatte Katze gleich wieder rausschmeißen wollen, aber nun ja – es hatte angefangen zu regnen, ein sommerlicher Platzregen. Der dauerte zwar nur zehn Minuten, aber diese Zeit hatte Katze sinnvoll genutzt, indem sie Lisa auf den Schoß gesprungen war, als sie sich erschöpft in den Sessel fallen gelassen hatte. Es war Lisa gar nichts anderes übrig geblieben, als das Tier zu streicheln und hinter den Ohren zu kraulen. Für eine Weile hatte Lisa den ganzen Ärger mit den lebenden und toten Männern vergessen, denen sie in den vergangenen zwei Tagen begegnet war, und hatte sich ganz der Aufgabe, dieses kleine Tier zu versorgen, gewidmet. Und das hatte am Schluss dann eben auch Futter beinhaltet.

Lisa hatte natürlich kein Katzenfutter und dachte auch

nicht im Traum dran, welches zu besorgen. „Das lassen wir gar nicht erst einreißen, dass das mal klar ist", hatte sie ihren Hausgast informiert. So weit würde es noch kommen, dass sie Geld ausgab für diesen Flohzirkus. Obwohl, Flöhe schien Katze nicht zu haben, der Streichelinspektion nach zu urteilen. Das Tier war sehr gepflegt. Vielleicht hatte es noch andere Menschen auf der Liste, denen es auf den Geist ging?

Lisa schmiss Katze aus dem Bett, stand auf, nahm das Tier und transportierte es in Richtung Balkontür, die sie aus ihr unerfindlichen Gründen nachts aufgelassen hatte. Katze raus, Tür zu.

Katze setzt sich hin und maunzt.

Mir egal, verpiss dich!

Katze setzt sich auf und drückt mit den Vorderpfoten gegen die Glastür.

Hau endlich ab, verflucht!

Katze setzt sich still hin und schaut mit großen Augen in die Wohnung.

Na und, dann bleib halt da sitzen!

Lisa erledigte die Badezimmer-Formalitäten. Als sie herauskam, saß Katze immer noch da und schaute sie an. Lisa machte sich Kaffee und rührte sich ein Fertigmüsli zusammen mit extra Haferflocken und Magermilch. Katze sah ihr durch die Balkontür zu. Schließlich konnte Lisa nur noch genervt stöhnen, die Schüssel mit dem Rest Müsli nehmen, die Tür öffnen und Katze das Müsli vorsetzen. Immerhin war Milch drin, und das Tier machte sich nach kurzem Schnüffeln fast so gierig darüber her wie über das kalte Hühnchen gestern. Und mit einigem Erstaunen sah Lisa dann zu, wie Katze auch den ganzen Müslirest hinunterschlang. Haferflocken,

Cornflakes, Rosinen – Katze war äußerst angetan.

Ulkiges Vieh, dachte Lisa, *was mach ich bloß damit? Ist das eigentlich eine Katze oder ein Kater? Und wieso kommt es ausgerechnet zu mir? Wieso nicht zu den Idioten nebenan? Weil die Kinder haben?*

Lisa beschloss, das Thema erst mal fallen zu lassen. Katze trollte sich sowieso nach diesem gesunden Frühstück, und Lisa schloss die Balkontür. Bis auf weiteres.

Es war Sonntag, und das bedeutete auch für sie einen freien Tag, zumindest theoretisch. So kurz nach einem Mordfall konnte man ja eigentlich nicht faulenzen. Aber andererseits – was gab es zu tun?

Da war es wieder, dieses blöde Gefühl. Sie fühlte sich nicht echt. Eine echte Kommissarin hätte die Nacht gar nicht geschlafen! Sie hätte über den Fall gebrütet, wilde Theorien aufgestellt und wieder verworfen, eine Liste von Verdächtigen aufgestellt und so weiter. Und Lisa? Lisa hatte keine Ahnung, was sie tun sollte.

Ich ruf den Arschsack an, entschloss sie sich dann.

„Zonk."

„Hier ist Lisa."

„Oh... hi! Wie geht es dir?"

Was soll das denn nun wieder heißen, dachte Lisa.

„Bestens, bestens. Was machen wir heute? Irgendwelche neuen Ideen?"

„Neue Ideen? Haben wir überhaupt alte Ideen?"

„Na ja, nein. Aber das Ergebnis der Spurensuche und von Lamprecht kommt doch heute, oder?"

„Wahrscheinlich. Die rufen uns dann an."

„Wie sieht's aus mit Krumms Urlaubsangewohnheiten?"

„Hoffmann hat sich mit Thailand unterhalten. Die Tickets, die wir in Krumms Tropfsteinhöhle gefunden haben, wiesen allesamt auf Bangkok hin. Mehrere Flüge in den letzten paar Jahren. Der hat anscheinend nie was weggeworfen."

„Und?"

„Gibt nichts wirklich Handfestes. Aber die Polizei ist da auch nicht gerade übereifrig bei solchen Dingen. Hoffmann hat ein Bild von Krumm an diverse Polizeireviere in Bangkok gemailt, aber die meinten alle nur, so sähe praktisch jeder zweite deutsche Tourist aus. Wenn sie den je aufgegriffen hätten, hätten sie ihn entweder schnell wieder laufen lassen oder er würde inzwischen in irgendeinem Knast verschimmeln. Und da er stattdessen im Leichenschauhaus verschimmelt, können wir Thailand wohl abheften."

„War eh keine heiße Spur."

„Nicht mal lauwarm. Was war noch mal mit dem Turnschuh?"

„Ich hab mir ein Foto von der Fußspur in der Kotze geben lassen", informierte ihn Lisa. „Auf dem Nachhauseweg gestern hab ich es dem Besitzer von dem Sportgeschäft hier auf dem Ring gezeigt. Der musste nur kurz überlegen und hat dann sofort den passenden Schuh aus dem Regal geholt. Wusstest du, dass alle Schuhe und alle Marken total unterschiedliche Profile haben?"

„Ich finde das faszinierend, muss ich sagen. Erleichtert natürlich die Spurensuche ungemein. Und was für ein Schuh war es?"

„Ein New Balance."

„Watt?"

„Hab ich auch nicht gekannt. Das ist eine

amerikanische Marke, die nicht sehr viel exportiert. Sollen aber sehr gut sein."

„Ich wusste gar nicht, dass es noch was anderes gibt außer Nike, Adidas, Puma und Reebok."

„Das hab ich dem auch gesagt, und der hat gleich einen Riesenvortrag losgelassen über alle möglichen kleineren amerikanischen, europäischen und sogar ehemaligesowjetischen Marken. Er meint, die seien alle genauso gut, wenn nicht sogar besser, die geben nur nicht so viel fürs Marketing aus. Wesentlich billiger sind sie aber auch nicht, und deshalb kaufen die jungen Leute eben lieber die trendigen Marken."

„Na, das ist doch was, oder? Der Mörder ist vermutlich kein Teenager."

„Ja, genau. Das grenzt die Suche schon mal stark ein."

Es entstand eine Pause.

„Lisa, was hast du heute vor?"

„Na, deswegen ruf ich doch dich an. Soll ich ins Büro kommen, Herr Hauptkommissar?"

„Ja... nein. Ich meine, schon okay, du musst nicht kommen. Ein sonniger Tag und so weiter. Ich warte die Ergebnisse ab und sag dir Bescheid, falls sich was Interessantes ergibt."

„Prima."

„Unternimmst du was?"

„Weiß noch nicht", murmelte Lisa nachdenklich, „vielleicht irgendwas mit den Mädels."

„Oder mit diesem Sven?"

„Sven?" Wieso fragt er plötzlich nach dem? „Der gehört mit zu den Mädels."

Fabian lachte. Ein nettes Lachen hat er heute, fand Lisa. „Wir gehen vielleicht schwimmen in Staaken."

„Okay", sagte Fabian, „ich meld mich dann. Viel Spaß."

Lisa war erleichtert. Wenn Fabian ihr Absolution gab, war alles in Ordnung. Man konnte einiges gegen ihn sagen, aber er war ein guter Bulle. Alle respektierten ihn für seine Arbeit, auch wenn er nicht der beliebteste Kollege war. Es war cool von ihm, sie nicht festzuhalten, wozu er durchaus das Recht gehabt hätte. Und er klang sehr nett am Telefon. Lisa wusste einfach nicht, was sie von ihm halten sollte. Eben noch war sie ganz sicher, ihn auf den Tod nicht riechen zu können. Aber jetzt war er eigentlich schon wieder ein toller Typ. So einfach und unkompliziert. Und solche Männer mochte sie im Grunde viel lieber. Trotzdem.

Lisa entschloss sich, gleich mal den direkten Vergleich anzustellen und rief Sven auf seinem Handy an. *Irgendwie komisch, dass er ein Handy hat,* dachte sie, während das Freizeichen erklang. *Müsste das nicht eigentlich ein typisch westliches Überfluss-Konsumgut sein?* Aber andererseits wusste sie auch, welche Klingelmelodie Sven hatte: Die Internationale.

Sven hörte die Signale. „Konrad."

„Hallo Sven."

„Oh, hallo Lisa."

„Warum meldest du dich eigentlich immer mit dem Nachnamen am Handy? Zum einen ist doch klar, dass nur du rangehst, und außerdem – gibt es eigentlich einen einzigen Menschen in deinem Umfeld, der dich nicht mit Vornamen anredet?"

„Eigentlich nicht", gab Sven sofort zu, „hast recht. Aber so hab ich mich immer gemeldet, schon seit meinem ersten Wählscheibengerät. Kommt man nicht so leicht von weg."

„Hast du heute Lust auf Schwimmbad?"

„Ja klar!" Svens enthusiastischer Tonfall war ein bisschen too much, aber andererseits ließ sich Lisa ab und an doch gerne mal etwas anhimmeln.

„Ich ruf noch die Mädels an, wir treffen uns dann in Staaken, so um eins."

„Oh, kannst du mich hier abholen? Und mir meine Badehose mitbringen?"

„Irgendeine bestimmte Badehose?"

„Die grüne."

„Ich dachte, du bist ein enttäuschter Grüner."

„Na eben, das passt doch."

Lisa legte auf.

Also entweder hab ich ihn mal wieder nicht verstanden, oder das war sein erster guter Witz.

Sechzehn

Das Freibad Staaken-West war ein gut gehütetes Geheimnis. Direkt an Berlins Grenze im westlichsten Bereich von Spandau war es 99,9 % der Berlinheit vollkommen unbekannt, was dazu führte, dass es im Hochsommer fast das einzige Bad war, das nicht hoffnungslos überfüllt war. Überdies war das Publikum ein anderes. Sogar die Kids wussten sich zu benehmen, und grölende Teenager-Gangs der prekären Fraktion gab es überhaupt keine.

Christiane und Rosemarie hatten sich bereits eines der wenigen schattigen Plätzchen unter ein paar Bäumen gesucht. Sven ließ sich von den Frauen abküssen und wurde wie immer rot, auch wenn er das schon tausendmal erlebt hatte. Speziell Rosemaries Nähe – noch dazu im Badeanzug – konnte jeden Mann aus dem Konzept bringen. Auch wenn der Mann wie in diesem Fall knapp 20 Jahre jünger war als sie.

Lisa hatte sie erst vor ein paar Jahren bei einer feministischen Lesung kennengelernt, aber sie konnte sich vorstellen, was für eine Sexwasserstoffbombe Rosemarie früher gewesen war. Streng genommen war sie das noch immer. Man sah ihr ihre 55 Jahre durchaus an, auch wenn ihr strohblondes langes Haar keinerlei Graufärbung erkennen ließ. Weit davon entfernt, dünn zu sein, war sie doch die schlankste in der Runde, vom mageren Sven abgesehen. Warum sie trotzdem diese majestätischen Brüste hatte, war der Quell allen Missvergnügens für die anderen Frauen auf der Wiese, die nicht umhin kamen, verstohlen hinüberzuschauen und Rosemaries Schätze zu bewundern. Die Männer taten das auch, freilich alles andere als verstohlen.

Lisa und Christiane sahen über diesen deprimierenden Umstand hinweg, wenn auch mit einiger Distanz. Rosemarie machte es nichts aus, dass bei aller Freundschaft das letzte Quäntchen Konkurrenzdenken unter den Frauen eben doch nicht auszurotten war. Sie hatte auch eine Erklärung dafür: Das Patriarchat war schuld. Weil Frauen es in dieser Männerwelt seit ewigen Zeiten nötig haben, sich einen Mann zu angeln, um gut leben zu können, sind Frauen untereinander stets auch Rivalinnen – sogar Mütter und Töchter. Emanzipation und der Eintritt der Frauen in die Berufswelt hatten daran noch nicht viel geändert. Das war Rosies Erklärung dafür, warum sie nur wenige weibliche Freunde hatte – und einen unendlichen Tross an männlichen.

Solche Erklärungen hatte Rosie für praktisch alles parat. Seit ihrer Scheidung vor 30 Jahren war sie überzeugte Feministin, verpasste keine Veranstaltung des Berliner Frauenmuseums, ging zu jeder Lesung und las alle Zeitschriften, die es zum Thema Geschlechterkampf gab. Wenn sie nicht gerade mit einem mindestens fünfzehn Jahre jüngeren Mann in der Kiste war. Sie sah gar nicht ein, warum sie Männer ihres Alters an ihre Wertsachen lassen sollte. Leberfleckige, runzlige Pranken, die ihre weichen Rundungen abgriffen – das brauchte sie nicht. Sven machte es immer sehr nervös, wenn sie mit ihm flirtete. Aber sein Herz war nun mal vergeben, und eine rein fleischliche Zusammenkunft konnte er sich einfach nicht vorstellen.

Das etwas exzentrische Quartett hatte Quartier bezogen. Auf zwei Decken verteilt streckten sich die vier

Menschen aus, tranken Kaffee aus Thermoskannen und sprachen über die Welt, Gott und den Rest. Sven rappelte sich nach einer Weile als erster auf. Er wollte nicht mehr zuhören, wie über sein Geschlecht hergezogen wurde. „Ich geh mal ins Wasser", brummte er und schlich sich mit seinen Badelatschen davon.

Rosie sah ihm nach. „Bisschen dünn ist er ja, aber immer noch besser als zu dick. Dicke Männer, also wirklich nicht. Haarige Ballonbäuche und noch haarige Arschschwämme, dann doch lieber einen Dürren, der zwischen deine Schenkel passt."

„Rosie! Er ist doch keiner deiner Betthasen!" maulte Lisa.

„Nein, er ist ja auch in dich verknallt, also lass ich die Finger von ihm."

„Ist er nicht!"

Rosie und Christiane lachten sich eins.

„Und ob", johlte Christiane, „das sieht doch jeder. Du weißt das ganz genau."

„Na schön, aber ich bin nicht in ihn verknallt, so ist es halt."

„Dann eben nicht", meinte Rosie, „aber geh doch mal mit ihm ins Bett, das schadet doch nichts."

„Wohl, das schadet unserer Freundschaft."

„Tut es nicht", widersprach die ältere Freundin, „das ist so eine alberne Binsenweisheit aus ‚Harry und Sally', sonst gar nichts. Eine Freundschaft zu einem Mann kann frau durch nichts mehr festigen als durch Sex."

„Vielleicht, aber wenn es nicht funktioniert, dann ist plötzlich ein Bruch drin", meinte Christiane.

„Wieso denn?" Rosie verstand das Problem überhaupt nicht. „Dann habt ihr wieder den Zustand wie vorher,

Freundschaft ohne Sex. Ihr habt nichts verloren."

Lisa verzog das Gesicht voller Skepsis. „Rosie, kann es ein, dass du noch nie in deinem Leben einen platonischen Freund hattest?"

„Ich bin noch nie einem Mann begegnet, der mit mir irgendwas Platonisches im Schilde geführt hat."

„Dann weißt du gar nicht, wovon du redest. Man kann nicht einfach mit einem Mann vögeln und es danach nicht mehr tun und trotzdem Freunde bleiben. Männer machen das nicht mit, sie werden es immer wieder tun wollen."

„Na, dann tut es halt wieder. Herrje, ist doch nur Sex."

Lisa stöhnte genervt. „Du redest schon wie Fabian."

Rosie lächelte süffisant. „Dein hübscher Kollege?"

„Ja-haaa..."

„Der mit dem süßen Hintern?"

„Genau der."

„Der gerade zu uns rüberkommt?"

„Ganz recht... was?"

Lisa drehte sich abrupt um. Und da stand Fabian auch schon vor ihr. Nur in Badehose, gerade aus dem Wasser gestiegen, nass und schwer atmend. Christiane und Rosie lächelten ihn äußerst wohlwollend an und rückten die Träger ihrer Badeanzüge grade.

„Ladies..." begrüßte Fabian sie mit höflichem Ton und unverschämtem Grinsen.

Lisa flüchtete sich in ein überraschtes Lachen. „Was machst du denn hier? Ich dachte, du bist im LKA?"

„Es ist auch nett, dich zu sehen, danke. Darf ich mich setzen?"

Er nahm breitbeinig auf einer Decke Platz. Christiane und Rosie warfen Lisa vielsagende Blicke der Marke „Hat der eine Hausmacherblutwurst in der Badehose oder freut der sich nur uns zu sehen?' zu. Rosie schnalzte gar mit der Zunge, während Christiane es bei einem frechen Dauergrinsen beließ. Sicher, sie hatte einen festen Freund, aber gucken durfte sie ja wohl.

„Also im Ernst", sagte Lisa verlegen, während sie überlegte wie sie möglichst elegant ein Badetuch um ihren Körper wickeln konnte, ohne dass es peinlich war, „was führt dich hierher?"

„Wieso?" Fabian spielte den Unschuldigen. „Ich sollte dich doch informieren, wenn weitere Infos vorliegen. Und du bist doch nicht die einzige Person, die bei dieser Hitze gern ins Freibad geht. Außerdem wohne ich nur fünfzehn Minuten weg."

„Soll ich dich mal eincremen?" fragte Rosie unschuldig. Zu Lisas Entsetzen stimmte ihr Kollege fröhlich zu und räkelte sich auf dem Bauch in Massierposition. Rosie leckte sich lasziv die Lippen und knackte mit den Fingern; Lisa hatte schon Angst, sie wollte ihn abschlecken, aber dann griff sie doch zur Tube mit Schutzfaktor 12. Fabian war schon leicht angebräunt, und er sah verdammt geil aus. Christiane hatte nun doch ein schlechtes Gewissen und sagte, sie werde Sven Gesellschaft leisten.

„Redet ruhig über euer Mordgeschäft", sagte Rosie nonchalant, „ich stör euch nicht und widme mich ganz dem Handwerk. Oder darf ich euch nicht zuhören?"

„Hast du 'n Alibi?" fragte Fabian ebenso nonchalant zurück.

„War im Bett mit einem süßen indischen Studenten. Unglaublich, was man in der Mensa so alles abschleppen kann. Da lohnt sich der Semesterbeitrag nicht nur für's

Essen und für die Straßenbahn. Frau hat da praktisch unbegrenztes Material zur Verfügung."

„Ja, sehr interessant, Rosemarie", sagte Lisa eine Spur zu pampig. Sie entschloss sich, das beste aus der Situation zu machen, legte sich quer zu Fabian hin und präsentierte ihm tiefe Einblicke in ihre beträchtliche Busenspalte – er war nicht der einzige, der hier was zu bieten hatte, soviel sollte mal klar sein.

„Dann erzähl mal, Kollege."

„Nun denn", begann Fabian, „wie es aussieht, hat Lamprecht nichts zurückzunehmen. Krumm wurde mit einem Schwert oder ähnlichem Gerät abgemurkst. Keine nennenswerten Spuren bis auf den Schuhabdruck in dem Kotzflecken, der vermutlich zu Krumm gehört, weil er mit seinem Mageninhalt korrespondiert. Die machen noch einen DNA-Test, aber ich denke, das können wir knicken."

„Mist", maulte Lisa, „dann haben wir ja überhaupt nichts mehr."

„Tja, der Täter ist sehr geschickt vorgegangen, vielleicht hat er vorher irgendwie mit Tieren oder so geübt, denn er hat den Schnitt so angebracht, dass das Blut langsam heraussickerte und nicht losspritzte wie in den Horrorfilmen. War wohl wirklich ein sehr scharfes Schwert. Fingerabdrücke oder ähnliches Fehlanzeige. Das Türschloss wurde nicht aufgebrochen, sondern wohl mit einem Dietrich oder etwas in der Art geöffnet."

„Hat Hoffmann was rausgekriegt?"

„Keine Ergebnisse bei der Frage, was Krumm so in seinen Exkursen nach Thailand und Osteuropa getrieben hat. Vielleicht hat er sich irgendwelche Katalogbräute angesehen."

„Entweder das", stimmte Lisa zu, „oder er hat sich mit der wunderschönen Architektur der osteuropäischen Metropolen beschäftigt und in Thailand buddhistische Lehrer um Erleuchtung gebeten."

„Du bist krank."

„Sagt mal", mischte sich Rosie denn doch ein, „macht ihr das eigentlich immer so?"

„Was meinst du?" fragte Lisa verdutzt.

„Na ja, so miteinander zu reden. Ihr hört euch an wie ein junges Ehepaar, das über das Fernsehprogramm diskutiert. Ich hätte gedacht, bei Mordermittlungen geht es etwas ernsthafter zu. Nicht, dass ich das kritisiere, aber…"

„Das ist unterschiedlich", erklärte Fabian. „Als wir in der Mordkommission über das tote Mädchen in Lichterfelde waren, sind wir schon anders rangegangen."

„Wir konnten beide kaum schlafen", ergänzte Lisa, „weißt du noch?"

„Aber hier geht es nur um einen alten Säufer, den niemand vermisst", fuhr Fabian fort, „da sehe ich den Beruf eher sportlich. Ich habe keinerlei persönliche Gefühle bei der Angelegenheit."

„Ich auch nicht, der Mann ist mir egal, und wer ihn umgebracht hat, ist für mich zumindest kein Monster."

„Er hat den Mann geköpft!" protestierte Rosie.

„Ist das so schlimm?" fragte Lisa. „Er dürfte nichts gespürt haben, ist im Schlaf gestorben."

„Ja, das meint auch Lamprecht", stimmte Fabian zu. „Krumm war sofort tot, er dürfte keine Geräusche gemacht haben. Ein völlig lautloser Tod. Todeszeit circa 3 Uhr 30. Damit ist auch das Alibi der Nielsens bestätigt. Einer der Feuerwehrleute hat sich genau an das Paar mit der verhuschten Iranerin erinnert, sie war wohl sehr verschreckt gewesen."

„Mit anderen Worten", fasste Lisa deprimiert zusammen, „wir haben nichts."

„So sieht's aus", schnurrte Fabian behaglich, denn Rosie war inzwischen vom Eincremen zur Massage übergegangen und arbeitete sich langsam in Richtung Gesäß vor. Bevor das noch weiterging, kamen Christiane und Sven zurück. Die Begrüßung zwischen ihm und Fabian war nicht ganz so herzlich wie bei den beiden Frauen zuvor.

„Tag", sagte Sven.

„Enchanté", antwortete Fabian, ohne aufzublicken.

„Störe ich?" fragte Sven gereizt.

„Ja", brummte Fabian.

Sven wurde rot, ob aus Verlegenheit oder Wut, war bei ihm schwer zu sagen. Lisa entspannte die Situation.

„Schon gut, wir haben ja erst mal alles besprochen." Sie sah zu Rosie. „Wollen wir schwimmen gehen?"

„Ja klar", sagte Fabian und sprang auf.

„Ähh... ich..." Lisa sah verunsichert von Fabian zu Sven, der äußerst unglücklich dreinsah. Aber dann nahm Fabian sie schon bei der Hand und führte sie rigoros in Richtung Schwimmbecken. Während Christiane und Rosie Sven in ihre Mitte nahmen und ihn trösteten. Lisa ging hilflos mit, was sollte sie auch sonst tun?

Dominante Ader hat der Typ, dachte sie. *Denkt der vielleicht, das macht mich an? Na gut, es macht mich tatsächlich an, aber was soll das? Frechheit! Ich gehe schwimmen, wann und mit wem es mir passt. Wie jetzt zum Beispiel mit ihm.*

Und schon war wieder dieses Gefühl da, dass sie von

allen angestarrt wurde. Es gab natürlich viele übergewichtige Frauen hier, eigentlich war sie sogar eher noch im guten Durchschnitt, wenn sie sich die ganzen Brandenburger Landfrauen hier so ansah. Dennoch konnte sie sich vorstellen, was die anderen so dachten: Was hat denn die Dicke da mit dem Klasse-Hengst zu schaffen? Ist die seine Schwester oder hat er 'ne Wette verloren?

Aber diese Befürchtungen wurden sofort verdrängt durch das Erscheinen von Charlie Sander.

„Ach, hallo Herr Kommissar!"

Seitlich von hinten hatte er sich angeschlichen, der Reporter vom *Volksmund*. Nun stand er auf einmal vor ihnen und zückte seine Kamera, die ihm über dem schwammigen Bauch baumelte. In seinen Khaki-Shorts sah er aus wie ein haarloser Mops mit Brille. Mit einem Grinsen, das dem Wort „schmierig" eine völlig neue Dimension verlieh, schoss er sofort mehrere Bilder von Fabian und Lisa Hand in Hand. Dann schließlich nahm er Reißaus, als Fabian bedrohlich auf ihn zuging.

„Kommissare vergnügen sich im Schwimmbad, während Mörder frei rumläuft!" krähte Sander triumphierend, als er in Richtung Toiletten lief. „Das wird morgen früh viele Leser interessieren!"

Fabian verzichtete darauf, ihm nachzulaufen. Das verstieß gegen mehrere Coolness-Paragraphen.

„Ob der uns gefolgt ist?" fragte Lisa.

„Keine Ahnung, ist auch egal."

„Wie meinst du das? Wir könnten Ärger kriegen!"

Aber das war in Wirklichkeit gar nicht Lisas Hauptsorge. Morgen würde in der Zeitung ein Bild von ihr im Badeanzug erscheinen! Und daneben der schlanke sexy Fabian in Badehose! Und zwar Hand in Hand mit ihr!

Ich wünschte, ich wäre tot.

Für jemand anders ging dieser Wunsch schon in der kommenden Nacht in Erfüllung.

Siebzehn

Am nächsten Morgen wachte er auf und stellte mit nicht geringem Erstaunen fest, dass er tot war. Sein teures Seidenbettlaken war rostrot gefärbt vom getrockneten Blut, das aus seinem Hals herausgesickert war. Irgendwann im Laufe der Nacht war sein Kopf heruntergefallen, auf den Boden aufgeschlagen und einen Meter neben das Bett gekullert. Nun lag sein Schädel da und schaute zur Decke. Alles in allem kam ihm das sehr ungelegen.

Er hatte noch so viel vorgehabt. Es gab noch so viele Menschen, die er fertigmachen wollte. Er führte seit vielen Jahren eine Feindesliste, inzwischen mit etwa zwei Dutzend Namen - die Hälfte davon freilich abgehakt. Die waren erledigt. Es hatte leider nie so viel Spaß gemacht, wie er gehofft hatte. Nicht, weil ihn sein Gewissen geplagt hatte. Falls er je eins gehabt haben sollte, so konnte er sich nicht mehr daran erinnern. Tief im Innern war ihm stets klar gewesen, dass er nur ein mieser kleiner Drecksack war, ein wertloser Haufen Abfall. Er hatte nie Freude am Leben, er hatte lediglich Macht. Und er hatte stets gewusst, wie er sie missbrauchen konnte, mal zu seinem eigenen Vorteil, mal zum Schaden anderer. Die Vorgehensweise war immer die gleiche: Sich zunächst einschleimen bei den richtigen Leuten, dann Protektion genießen, um später, zu einem Moment, an dem es am wenigstens erwartet wurde, von hinten mit dem Messer zuzustoßen. So hatte er es bei seinen Vorgesetzten und beruflichen Kontakten gemacht, um aufzusteigen, und so hatte er es gemacht bei denen, die er zur Strecke bringen wollte.

Aber die waren ja selbst schuld. Was gaben sie sich überhaupt mit ihm ab. War ihnen nicht klar, dass sie Leuten wie ihm nicht trauen konnten? Waren sie so dumm, in ihm einen Verbündeten, einen Freund zu sehen? Tatsächlich? Tja, Pech gehabt. Er hatte keine Freunde. Noch nie gehabt. Auf der Schule war er ein Außenseiter. Das war noch nicht so schlimm, es gab viele Arten von Außenseitern, und nicht aus allen wurden später Dreckschweine wie er. Nein, er wusste von dem einzigen Klassentreffen, auf das er sich je getraut hatte, dass es gerade die Sonderlinge von damals waren, die inzwischen Erfolg hatten, und zwar in akzeptablen Berufen. Einige waren sogar Künstler geworden und ernteten eimerweise den Rohstoff, an dem es ihm so mangelte und den er sich mehr gewünscht hatte als alles andere im Leben. Aber Anerkennung gab es keine für ihn. Nicht einmal in den Stunden seiner größten Triumphe.

Im Gegenteil. Die grimmige Zustimmung seiner Chefs, die ihm auf die Schulter klopften und zum Essen einluden, signalisierte im Grunde nur: Zum Glück hab ich dich, damit ich mir nicht die Hände schmutzig machen muss. Du bist ein Arschloch und stolz darauf. Natürlich könnte jeder das machen, was du eben machst, das ist eigentlich leicht, aber es gibt nicht so viele, die bereit sind, sich dermaßen zu erniedrigen. Dein Talent ist nicht dein hohes Maß an Integrität und beruflicher Kompetenz, sondern der Mangel daran. Du interessierst dich nicht für die ethischen Prinzipien deines Jobs wie die anderen, du hast kein Berufsethos. Und das, obwohl du in einer so unglaublich wichtigen Branche arbeitest. Es gehört eigentlich zu deinen Aufgaben, Gerechtigkeit und

Wahrheit zu verteidigen, den Menschen Aufklärung und Wissen zu bringen, ja – sie zu besseren Menschen zu machen. Aufgabe deines Berufsstands ist es letzten Endes, zu einer besseren Welt beizutragen. Aber du hast stets das Gegenteil bewirkt. Und deshalb bist du, trotz deines hohen Einkommens und deiner angeeigneten Macht, nur ein erbärmlicher Versager.

Charlie Sander war sich nicht mehr ganz sicher, ob er seinen eigenen Tod bedauern musste. Vielleicht wurde es ja im nächsten Leben besser. Aber da kannte er das Nirwana schlecht.

Eine Stunde später öffnete seine Putzfrau die Wohnungstür und fand ihn. Hinterher war es ihr peinlich, dass sie als erstes die Ambulanz angerufen hatte und nicht die Polizei. Der Notarzt war entsprechend ratlos: Was hatte sie denn gedacht, das er bei einer geköpften Leiche noch bewirken konnte? Zum Spaß fühlte er Sander den Puls. Und so wurde kurz nach Sanders Tod schon wieder über ihn gelacht.

Lisa Becker erfuhr es diesmal rechtzeitig. Die Katze hatte sich gerade über den Rest ihres Müslis hergemacht und sich zufrieden auf dem Sofa zusammengerollt. Lisa wollte zur Tür raus, als das Telefon erschall.

„Lisa, hier ist Fabian. Bin auf dem Weg zu dir. Bist du angezogen?"

„Na ja, ich hab noch meinen Spitzenbody an, wenn du das Kleidung nennen willst?"

„Baby, ich finde, das ist die einzig vernünftige Kleidung für Frauen. Aber im Ernst, ich bin in zehn Minuten da, okay?"

„Haben wir was Bestimmtes vor? Ich will ja nicht neugierig sein..."

„Weißt doch noch neulich, am Freitag, die Leiche ohne Kopf?"

„Meine Güte, was soll ich denn noch alles behalten? In meiner Bude haust seit Tagen eine Katze, und ich werde sie einfach nicht los. *Das* sind Probleme!"

„Erschieß das Vieh, du hast doch 'ne Knarre. Zum Thema: Dieses Abtrennen von Köpfen scheint eine populäre Mode zu werden, ähnlich wie Pokémon oder Biographien von TV-Analphabeten."

Lisa kam nicht gleich dahinter. „Was soll das denn heißen?"

„Karl-Heinz Sander vom *Volksmund* wurde heute morgen in seiner Wohnung tot aufgefunden."

Lisa hielt den Atem an. „Ohne Scherz? Und ohne Kopf?"

„Ohne Scherz und ohne Kopf. Noch mal: Bist du angezogen?"

„Ja."

Lisa setzte sich neben Katze und sah ihr zu, wie sie sich ausgiebig putzte. Dabei fiel ihr auf, dass auch die Geschlechtszugehörigkeit von Katze geklärt war. Sah schon komisch aus, so ein Katzenpenis. Wie ein Cinch-Stecker.

Manchmal half es Lisa, sich sofort mit irgendwas Trivialem abzulenken, um unangenehme Gedanken nicht an sich ran zu lassen. Wie sollte sie diese neue Entwicklung bewerten?

Also, zunächst mal: Mist. Drei Tage nach dem ersten Mord schon der zweite. Und wir haben keine Spur. Total blamabel, absolut peinlich. Andererseits: Auch das zweite Opfer ist alles andere als ein Sympathieträger, weshalb der öffentliche Druck nicht so hoch sein wird.

Aber: Das zweite Opfer ist im weitesten Sinne so etwas Ähnliches wie ein Beinahe-Journalist unterster Kategorie auf Probe. Seine Kollegen werden an der Aufklärung starkes Interesse haben. Oder nicht? Gut jedenfalls: Es wird nun vielleicht keine Fotos von mir und Fabian in der Zeitung geben. Schlecht: Daraus kann man mir ja beinahe ein Motiv unterstellen! Aber das wird doch keiner ernsthaft glauben, ich mach den Sausack schräg, nur um keine negative Publicity zu kriegen? Also, ganz cool bleiben. Hab ich eigentlich ein Alibi?

Sie kraulte Katze (sie blieb dabei, den Kater so zu nennen) hinterm Ohr und dachte nach. Sie war nach dem Schwimmen noch mit Sven und den Mädels essen gegangen, nachdem Fabian sich verabschiedet hatte. Etwa gegen Mitternacht hatten sie sich aufgelöst, und sie war etwa um halb eins zuhause gewesen, allein. Katze war da gewesen und gleich auch da geblieben, wieso auch nicht. Wahrscheinlich würde Lisa doch heute mal ein paar Dosen Katzenfutter kaufen. Aber dieses billige Zeug, das zu achtzig Prozent aus Asche und Kuhn äsen bestand.

Einem Impuls folgend, huschte Lisa schnell nach oben ins Dachgeschoss und klingelte bei Sven. Der brauchte eine Weile, bis er ihr schließlich in einem blauen Pyjama die Tür öffnete.

„Wasnlooooos?"

„Meine Güte", grinste Lisa, „hast du letzte Nacht noch jemand abgeschleppt, oder warum bist du so fertig?"

Sven grunzte müde. „Geht dichn dsan?"

„Oh je, ich schätze, ich komme wieder, wenn du auf dem Damm bist."

„Was wecksu mich dann ers?" Lisa hatte Sven noch nie

so unfreundlich erlebt. Dabei hatte er doch kaum was getrunken gestern Abend. Er betrank sich nie. Vielleicht hatte er einen eisernen Vorrat zuhause? Vielleicht war er immer noch eingeschnappt wegen Fabian? Die Atmo zwischen den beiden hatte sich im Laufe des Sonntags weder im Schwimmbad noch in der Kneipe nennenswert entspannt. Ein paar von Fabians illegalen Siedlungen standen immer noch in Svens Territorium.

„Ich wollte nur wissen, ob du gestern Abend noch Licht bei mir gesehen hast? Du bist ja noch etwas geblieben, als wir die Kneipe verlassen haben."

Sven leckte sich die trockenen Lippen und starrte sie seltsam an. Er schien zu überlegen und wurde dabei langsam wach.

„Nein, ich glaub nicht", sagte er dann. „Entschuldige, hab schlecht geschlafen."

„Nein, entschuldige du. Ich sollte dich so früh nicht wecken."

„Quatsch", sagte er dann wieder gutmütig wie eh und je, „ich kreuz ja auch dauernd so früh bei dir auf."

„Leg dich wieder schlafen. Oder musst du arbeiten?"

„Nein, nein. Im Moment nichts Wichtiges."

Lisa überlegte kurz, entschied sich dann für die Wahrheit. Irgendwie fand sie, dass es ihn durchaus etwas anging.

„Dass du dich da mal nicht täuschst, Mann. Der Sander vom *Volksmund*..."

„Der gestern im Schwimmbad? Das Arschloch?"

„Ja. Der ist jetzt ein totes Arschloch."

Sven glotzte. „Echt?"

„Rübe ab", bestätigte Lisa, „genau wie bei Fritz Krumm. Vielleicht derselbe Täter, also wahrscheinlich, tät ich mal schätzen."

„Könnte auch ein Nachahmer sein", schlug Sven spontan vor.

„Werden wir sicher bald wissen."

„Vielleicht sollte ich da mal hinfahren", überlegte Sven, „also als Reporter, meine ich."

„Ach, vergiss es. Erstens ist auch die restliche Pressemeute garantiert schon mit Rollkommandos unterwegs, Sanders eigene Redaktion inklusive, und zweitens lassen wir euch da sowieso nicht rein. Schlaf lieber weiter."

„Wie soll ich denn jetzt noch schlafen?" maulte Sven.

Achtzehn

Die Wohnung befand sich in Mitte. Wo auch sonst, schließlich hatte jeder andere Stadtteil Berlins irgendeine Art speziellen Charakter, und Charakter war keine Aktie, in die man als *Volksmund*-Reporter Geld investierte. In Mitte ging es um Prestige und Geld.

Sanders Leiche bewohnte ein Loft im Dach eines Wohnkomplexes in der Charlottenstraße. Ziemlich teuer und angemessen Eindruck schindend, ohne dass es nach platter Angeberei aussah, das war offenbar die Grundidee. Diese bildete freilich einen Kontrast zur Einrichtung. Welcher Innenarchitekt sich auch immer hier ausgetobt und hinterher ein fünfstelliges Honorar eingestrichen hatte, er hatte offenbar eine Vorliebe für Edelstahl. Es war entsetzlich; ein blinkender, kalter Alptraum aus Metall. Dies galt nicht nur für die Küche, die anscheinend nie benutzt wurde, sondern auch für das Badezimmer, für das Arbeitszimmer und grauenvollerweise auch für das Schlafzimmer: Alle Möbel bestanden durchgehend aus Chrom, Aluminium und Stahl. Es war so, als lebte man in einem OP.

„War ja klar, dass der Typ irgendwie krank war", kommentierte Fabian die Umgebung. Er und Lisa hatten brav gewartet, bis Erkennungsdienst und die Laborratten, wie Fabian die Herrschaften der Gerichtsmedizin beschlossen hatte zu nennen, ihren Job erledigt hatten. Nun standen sie wieder in einem Schlafzimmer, zusammen mit einer zweigeteilten Leiche und einer großen, getrockneten Blutlache.

„Hast du auch manchmal so ein Deja-vu-Erlebnis?"

fragte Lisa.

„Nein, nie. Was ist das?"

„Du kennst das Wort wirklich nicht?"

„Nein, nie. Was ist das?"

Keiner von beiden fühlte sich irgendwie schlecht. Lisas Ekel, den sie bei Fritz Krumm noch verspürt hatte, war schon nicht mehr so stark – man gewöhnt sich an alles. Die Tatsache, dass sie das Opfer diesmal sogar flüchtig gekannt hatte, trübte ihre Stimmung nicht im Mindesten. Im Gegenteil, sie war gerade deshalb besonders cool. Denn sie wusste ja, dass es jemanden erwischt hatte, dessen menschliche Qualitäten sich darauf beschränkten, niemals alte Omas vor Straßenbahnen zu schubsen. Sollte sich diese Einschätzung als Irrtum herausstellen, wäre sie aber auch nicht überrascht gewesen. Jeder braucht ein Hobby.

„Genau wie beim letzten Mal", fand Lisa.

„Ja", beipflichtete Fabian, „aber hier ist es zumindest sauberer. Und Schuhabdrücke in Kotzflecken gibt's auch nicht."

„Das Blut hat fast etwas Beruhigendes. Wenn ich in solche Wohnungen komme, in denen alles blitzblank und steril ist, habe ich sofort das Bedürfnis, irgendetwas kaputt zu machen."

„So geht es mir in Shopping-Centern. Das macht mich richtig aggressiv, diese klinische Keimfreiheit."

„Vielleicht hat ihn seine Putzfrau kaltgemacht", schlug Lisa vor. „Wo ist die eigentlich?"

„Schon wieder zuhause. Die hatte keinen Schock, war sogar richtig geschwätzig, sagt der Sanitäter, der mit dem Krankenwagen kam. Können wir gleich befragen, wenn du Lust hast."

„Später. Hier haben wir ja alles gesehen. Und ehrlich, das Ding da ist nicht halb so gruselig wie die Einrichtung."

Sie deutete mit dem Fuß auf den Kopf des toten Schreiberlings, der auf dem kalten Fliesenboden, der das ganze Apartment durchzog, allmählich erkaltete.

„Ich finde sogar, der sieht jetzt besser aus als vorher", fand Fabian. „Jetzt hat er nicht mehr diese verschwitzte Schmierigkeit und diese Ohrfeigenhackfresse. Er sieht so nachdenklich aus, als ob er gerade eine Bilanz seines Lebens ziehen würde."

„Was bist du heute philosophisch. Komm, wir sagen den Boys, sie sollen ihn eintüten."

„Ach übrigens", sagte Fabian beiläufig, als sie den Lift nach unten nahmen, „Sanders Kamera wurde nicht gefunden."

„Oh ja?"

„Oh ja. Vielleicht hat der Täter sie geklaut?"

„Warum sollte er? Das Geld hat er nicht angerührt, und das war keine High-End-Kamera, höchstens 200 Euro. Ich wollte mir mal eine ähnliche zulegen für den Urlaub."

„Ja, Sander war kein Fotograf. So ein Handwerk muss man lernen, im Gegensatz zu *Volksmund*-Reporter, wofür man nur ein psychologisches Gutachten vorlegen muss, dass man seine pädophilen Triebe unter Kontrolle gekriegt hat."

„Glaubst du, das könnte ein Problem für uns werden? Das mit der Kamera?"

Fabian sah sie ungewohnt ernsthaft an. „Du meinst, dass uns einer unterstellt, wir hätten die Type geköpft, damit er uns nicht mit seinen Fotos denunziert?"

„Ja, ich weiß, das ist Schwachsinn. Aber es passiert unheimlich viel Schwachsinn in der Welt."

„Das mit der Kamera ist nicht uninteressant, schon wahr, aber das kann uns niemand ernsthaft unterstellen. Vielleicht war noch was anderes drauf."

„Die Frage ist, was für Feinde Sander hatte."

Die Fahrstuhltür öffnete sich. Draußen vor dem Hauseingang standen zwei Dutzend Pressevertreter. Kameras blitzten, Stimmen wirrten, Diktiergeräte digitalisierten, iPads ipaddeten.

„Wir können die da ja mal fragen", brummte Fabian, „es sind vielleicht dieselben."

„Na, dann wühlen wir uns mal durch das Geierrudel", seufzte Lisa. „Oder wie immer man eine Gruppe Geier nennt."

„Wie wär's mit ‚Redaktion'?"

Aber diesmal war es irgendwie anders. Die Reporter sagten kaum ein Wort und öffneten bereitwillig einen Korridor für die beiden Kommissare. Fotografiert und gefilmt wurde, wie sie zu Fabians Wagen gingen, sich hineinsetzten und davonfuhren. Niemand stellte eine Frage, und als Lisa in den Rückspiegel sah, erkannte sie die Verunsicherung und die Angst in den Augen der Leute.

„Die sind völlig fertig", konstatierte sie trocken, während Fabian den Gang einlegte.

„Ob die den Kerl so gemocht haben?"

„Kann ich mir nicht vorstellen. Aber na ja, sie haben ihn halt persönlich gekannt. Ein paar werden mal mit ihm ein Schultheiß gezischt haben oder so was. Das verbindet, auch wenn man sich nicht besonders mag."

„Ich glaube, da ist noch was anderes", sagte Fabian.

„Die sind beunruhigt."

„Klar, die fragen sich, warum ein Journalist, wenn wir ihn mal so nennen wollen, ermordet wird. Also, mal abgesehen von den offensichtlichen Gründen."

„Weil er zu viel wusste!" tönte Fabian melodramatisch. „Man musste ihn zum Schweigen bringen."

„Das sollte herauszufinden sein." Lisa schnappte sich Fabians Handy und wählte das Büro an. Hoffmann meldete sich.

„Morgen, Becker."

„Morgen, Hoffmann. Schon emsig?"

„Ich checke seine Familie, damit wir sie benachrichtigen können. Eltern leben noch, im Schwarzwald. Ein Beamter dort wird sie besuchen. Keine Kinder, keine Geschwister. Eine Ex-Frau – soll man die auch anrufen?"

„Gibt's da irgendeine Art von Protokoll?"

„Nur Gatten und Blutsverwandte."

„Dann soll sie's aus der Zeitung erfahren. Es sei denn, du überbringst hobbymäßig gerne Todesnachrichten."

„Na ja, ich nehme an, sie erfährt es spätestens, wenn die Alimente ausbleiben."

„Gut kombiniert, mein kleiner Freund", grinste Lisa. Sie fragte sich, wieso sie eigentlich so gut gelaunt war. „Folgendes: Sag mal dem Chefredakteur vom *Volksmund* Bescheid, dass wir gleich mal bei ihm reinschneien. Du hast doch die Nummer?"

„Ich hab sogar seine Handy-Nummer", sagte Hoffmann eine Spur zu stolz.

„Na fein." Lisa legte auf. „Ich glaube, du hast recht gehabt."

„Sag ich ja", brummte Fabian. „Womit speziell?"

„Ich glaube, Hoffmann spielt der Presse Informationen zu. Er hat die private Handy-Nummer vom *Volksmund*-Chefarsch."

„Reizend. Da versucht unsereins, der dreckschleudernden Zunft so weit wie möglich aus dem Wege zu gehen, und der schleimt sich noch extra ein. Ob er Kohle dafür kriegt?"

„Der will sich nur beliebt machen bei seinen eigentlichen Vorgesetzten."

„Ja", sagte Fabian, „irgendwie ist die Presse unser aller Vorgesetzter. Wer im Dienste oder im Lichte der Öffentlichkeit steht, hat immer die Journaille als zusätzliche Chefetage."

„Gibt ja auch gute Journalisten."

„Natürlich, ich würde sagen, die guten sind sogar in der Mehrheit. Aber die minderwertige Minorität ist besonders aggressiv und hat besonders viele Leser. Die Aasgeier mit ihrer Reichspropaganda im Schafspelz machen den Ruf der seriösen Medien kaputt. Was glaubst du, warum die Zeitungsauflagen stetig sinken, nicht nur bei den Boulevard-Triebtätern? Das liegt nicht nur am Internet. Es liegt daran, dass auch die guten Journalisten glauben, sie müssten jeden Müll, den sich die Presse-Parasiten aus den Fingern saugen, auf der Stelle nachdrucken. Denn wenn sie das nicht tun, könnten sie ja was Wichtiges verschlafen."

„Ja", sagte Lisa, „bestimmt gibt es da draußen eine Menge Journalisten, die ihren Beruf hassen. Deshalb reagieren die auch so empfindlich auf Kritik. Man wird ja nicht Journalist, um sich kritisieren zu lassen, sondern um andere zu kritisieren, nicht wahr?"

„So steht's in der Verfassung, schätze ich."

Neunzehn

„LKA", begrüßte Lisa die Empfangsdame, „wir sind mit Herrn Lobsang verabredet."

„Da wissen Sie mehr als ich", konterte die junge Frau geistesgegenwärtig. Sie war Anfang 20, trug ein Headset und saß ganz allein in der riesigen Empfangshalle. Und sie hatte offensichtlich keine Ahnung, was sie hier tun sollte.

„Na gut", stöhnte Fabian, „mal so gefragt: Wo finden wir Herrn Lobsang?"

„In seinem Büro", antwortete das liebreizende Doofchen, „wo sonst?"

„Wir kommen der Sache langsam näher", freute sich Lisa. „Und wo ist nun dieses Büro?"

„Oberste Etage, nehmen Sie Lift Eins."

Lisa und Fabian sahen sich an.

„Sagen Sie, mein gutes Kind", fragte Fabian, „lassen Sie jeden einfach so zum Chef rauf?"

„Ja", kam die schulterzuckende Antwort, „ich kann ihn nicht leiden."

„Wie haben Sie Ihren Job bekommen?" wollte Lisa wissen.

„Ich hab mit ihm gepennt."

Sie sah die beiden Kommissare an, als erwartete sie Applaus. Lisa konnte nur geringschätziges Mitgefühl aufbringen, während Fabian prophylaktisch sein Flirtlächeln Nr. 17 aufsetzte. Wie jeder gute Jagdhund witterte er eine leichte Beute. Aber das ging Lisa jetzt zu weit.

„Dann trollen wir uns mal nach oben. Kommen Sie,

Herr Zonk."

Fabian ging Lisa etwas missmutig nach, wobei er in seinen Knackarsch-Gang überwechselte, der seinen Hintern am besten in Szene setzte. Auf dem Rückweg würde er noch mal den Erfolg testen.

Lisa kam nicht umhin, ihren Kollegen böse anzufunkeln, als sie nach oben fuhren.

„Ist das Müdigkeit oder bist du sauer auf mich?" fragte Fabian.

„Ich weiß nicht", schmollte Lisa, „vielleicht kann ich es nicht haben, wenn du während der Arbeitszeit irgendwelche Mädels anbaggerst."

„Wer hat denn hier gebaggert? Ich hab keinen Ton gesagt."

„Ich kenn doch deine Technik. Dieses komische Grinsen, das du für charmant hältst. Und deinen Gang, mit dem du deinen süßen Arsch betonst."

„Na und? Ich kenne deine Technik auch, wie du deine Haare zurückwirfst und deine Wahnsinnstitten rausdrückst."

Lisa lachte fröhlich und brachte sich sofort in Pose, indem sie ihr Haar über die Schultern warf und so tief einatmete, dass ihr Busen sich aufblähte wie zwei fleischgewordene Luftballons. „Ach, meinst du vielleicht so in der Art?"

Fabian verlor sich für ein paar Sekunden in Lisas Anblick. Noch nie war sein Drang, seine Kollegin zu berühren und zu liebkosen, so stark gewesen. Er ging einen halben Schritt auf sie zu, und beide sahen sich tief in die Augen.

„Ja", sagte Fabian leise, „genau so..."

Die Lifttür öffnete sich mit einem leisen Zischen. Lisa

atmete aus, und Fabian drehte sich zur Tür. *Verdammter Mist*, dachten beide unisono.

„Wer hat Sie denn hier raufgelassen?"

Die prompte Frage stammte von einem reptilienhaften Geschöpf, das mit achtzigprozentiger Sicherheit dem weiblichen Geschlecht der Spezies Mensch zuzurechnen war. Es saß hinter einem L-förmigen Schreibtisch im Vorzimmer des Fürsten der Finsternis. Beiden Kommissaren kam es so vor, als sei es plötzlich kälter geworden. Fabian fasste sich als erster.

„Die Kleine von unten", antwortete er, „die mit dem Minirock und dem Maxi-BH..."

„Ach, die kleine Fotze", fauchte der Drache, „die lässt auch jeden rein."

Ja, so hat sie auch ihren Job gekriegt, dachte Lisa. *„Wir wollten zu Herrn Lobsang."*

„Haben Sie einen Termin?" fragte das Ungeheuer. „Ach nein, was rede ich denn da, haben Sie nicht. Das wüsste ich nämlich, Herr Lobsang hat keinen Termin mit irgendwelchen Prolo-Pennern in C&A-Klamotten."

„Das ist von Karstadt", raunzte Fabian. „Und was Sie da anhaben, Gnädigste, war vielleicht in Ihrer Jugend modern, aber inzwischen ist einiges passiert. Zum Beispiel wurde das Rad erfunden."

„Also raus hier oder..."

„Oder was?" fragte Fabian. „Werden Sie mich in einen Frosch verwandeln?"

Lisa kicherte in sich hinein, beendete das Schauspiel aber dann doch, bevor es hässlich wurde.

„Wir sind vom LKA, Mordkommission. Es geht um Herrn Sander. Wir würden Herrn Lobsang gerne ein paar Fragen stellen."

Der Saurier blinzelte verunsichert. Er brauchte ein paar Sekunden, um seine Einschätzung der Lage zu korrigieren und sein Verhalten umzustellen. Dann erschien eine Korrosion in seinem Gesicht, das unter Warmblütern als Lächeln ausreichen musste. Er stand auf.

„Ich bringe Sie schon mal in sein Büro. Herr Lobsang kommt gleich, er ist noch am Balken."

„Auf der Toilette?" fragte Lisa.

„Nein, Balken heißt bei uns der Konferenztisch. Um 10 Uhr morgens findet dort die große Konferenz statt, wo die Themen des Tages festgelegt werden."

Der Stegosaurus führte Lisa und Fabian in das Allerunheiligste und zog dann die Tür hinter ihnen zu. Sie setzten sich auf die beiden Drehstühle vor dem Schreibtisch und verarbeiteten ihre Eindrücke.

„Hier sieht's aus wie bei Sander zu Hause", stellte Fabian fest.

„Meine Güte, offenbar ist das der neue Einheitslook für Drecksjournaillen. Glas und Edelstahl. Vielleicht wollen die sich auf diese Weise davon ablenken, dass sie tagtäglich in ihren eigenen Exkrementen waten."

„Gut analysiert."

Der Raum, der sich auf dem Dach des Gebäudes befand, war nach drei Seiten offen. Durch die Glaswände hätte sich ein überwältigendes Panorama ergeben können, wenn der Bau nicht gerade in Friedrichshain gestanden hätte. So sah man nichts als eine graue Plattenbauwüste. Warum sich Lobsang freiwillig jeden Tag dieser optischen Folter aussetzte, blieb sein Geheimnis. Vermutlich war das wieder eines jener Statussymbole, die mehr Ärger als Nutzen einbrachten.

So ähnlich wie ein Oldtimer-Porsche oder eine neunzehnjährige Freundin mit Hang zum Swarovski-Konsum. Das Büro selber war so kalt und steril, als stünde es im Museum für geschmacklose Inneneinrichtung. Nirgends persönliche Gegenstände, dafür überteuerter Designer-Firlefanz. Auf dem Schreibtisch lag lediglich die *Volksmund*-Ausgabe von gestern, ein paar Schreibutensilien, ein megacooles schwarzes Telefon, eine Gegensprechanlage und ein Bilderrahmen. Fabian war neugierig und drehte ihn kurz um.

„Du lieber Himmel", staunte er, „das ist ein signiertes Foto von Helmut Kohl."

Lisa lachte. „Na ja, er hat ein Recht auf seinen eigenen Fetisch."

Fabian drehte den Rahmen schnell wieder um, als sich die Tür öffnete und ein kleiner Mann in einem zerknitterten Armani-Anzug hineinstürmte und innerhalb von zwei Sekunden auf dem Chefsessel saß. Die beiden Kommissare wussten gar nicht, wie ihnen geschah. Schon strahlte Karl-Dietrich Lobsang, der Chefredakteur des *Volksmunds*, die beiden an.

„Guten Morgen! Möchten Sie einen Kaffee?"

Lisa und Fabian nickten überrumpelt. Lobsang betätigte die Sprechanlage.

„Frau Olm, warum haben die Herrschaften noch keinen Kaffee?"

„Ich wollte auf Sie warten, dann muss ich nicht zweimal gehen", bellte es aus dem Lautsprecher zurück.

„Jetzt aber flott, Sie altes Fossil!" brüllte Lobsang.

„Sie können mich mal, Sie Spasti!"

Lobsang lehnte sich zurück und lächelte etwas

verlegen zu seinen Besuchern rüber. „Frau Olm ist eine Bekannte unserer Herausgeberin. Unkündbar. Aber eine gute Kraft. So, Sie sind wegen Sander hier?"

Lisa räusperte sich. „Wir möchten Ihnen natürlich unser Beileid aussprechen für den Verlust Ihres Kollegen."

„Häh?" machte Lobsang. „Ach so, ja. Klar. Danke. Ist ein großer Verlust. Werden ihn vermissen. Morgen gibt's eine großen Nachruf und natürlich sein Bild, aber wahrscheinlich nicht auf Seite eins. Übrigens hab ich gleich ein Vorstellungsgespräch mit seinem designierten Nachfolger. Show must go on, right?"

Lisa sah sich Lobsang genauer an. Sie hatte ihn schon ein paar Mal im TV gesehen und ihn spontan in die Top Ten der ekeligsten Männer Deutschlands eingereiht. Auch Christiane und Rosie waren jedes Mal entsetzt, wenn sie sein aufgedunsenes, verschwitztes Gesicht sahen, das sich hinter einer teuren Schildpattbrille verbarg, für die eine hundert Jahre alte Kreatur ihr Leben gelassen hatte. Die dünnen schwarzen Haare, die er sich nach hinten geölt hatte, weil er sich anscheinend einredete, so sein desaströses Äußeres zu entschärfen, verschlimmerte nur den Gesamteindruck, der sich jedem Menschen sofort in einem einzigen Wort offenbarte: schmierig.

Wenn der ausrutscht, knallt er glatt durch die Glaswand nach draußen, dachte Lisa angewidert.

Die Tür schwang auf, und Frau Olm, Frankensteins letztes Verbrechen, trug eine Kaffeekanne und drei Tassen auf einem Tablett hinein. Sie stellte ihre Ladung wortlos auf dem Schreibtisch ab und verzog sich wieder. Kurz vor dem zuknallen der Tür schnauzte sie noch ihren

Chef an: „Vergessen Sie nicht Ihren Termin gleich mit Herrn Fechner."

Seufzend nahm sich Lobsang des Kaffees an und füllte die Tassen. Lisa wunderte sich, dass ihm die Kanne nicht aus der Hand flutschte.

„Tut mir leid", sagte das Schweißmonster, „aber sie hat weder Milch noch Zucker gebracht, und ich hab echt keinen Nerv, mich schon wieder mit ihr anzulegen."

Die beiden Kommissare versicherten ihre Vorliebe für schwarzen Kaffee und bedienten sich. Das Gebräu war fürchterlich, und beide setzten schnell ihre Tassen ab. Lobsang jedoch trank einen großen Schluck und schien sich gar nicht daran zu stören, dass seine Sekretärin ihm anscheinend seit Jahren in den Kaffee urinierte.

„Sie hat aber recht, ich hab nicht viel Zeit. Walter Fechner ist in fünf Minuten angesagt, wir besprechen sein Exklusiv-Interview."

Walter Fechner war einer der führenden Köpfe der lokalen Rechten. Er hatte einen besonders ausgekochten Mix aus Berliner Lebensart und Ausländerhass zusammengerührt, das Rezept hatte den Namen „Berlin Zuerst". Die Abkürzung BZ hatte zu einem Rechtsstreit mit der gleichnamigen Zeitung geführt, das Gericht hatte die Verwechslungsfahr jedoch als „relativ gering" eingestuft. Die wesentliche Botschaft lautete: Berlin braucht niemanden von außerhalb, Jobs sollten zuallererst an gebürtige Berliner vergeben werden. Und natürlich gab es für ihn viel zu viele Ausländer, wobei er es schon als gnädig erachtete, nicht in Berlin geborene Deutsche nicht auch als Ausländer zu bezeichnen.

„Sie geben diesem Furunkel ein Exklusiv-Interview?" fragte Lisa kühl.

„Nun, dies ist eine Demokratie, und wir wollen doch keine Partei benachteiligen, nicht wahr?"

„Wann hatten Sie denn zuletzt jemanden von der Regenbogen-Liste in Ihrem Blatt? Oder von den Piraten?"

„Die Tucken sind immer noch beleidigt, weil wir ihr Hauptquartier mal als Aids-Falle bezeichnet haben. Und die Chaoten legen jedes Mal auf, wenn wir bei ihnen anrufen."

„Lassen wir das", sagte Fabian leutselig und eröffnete die Fragestunde. „Wann haben Sie Herrn Sander zuletzt gesprochen?"

„Er hat mich gestern angerufen", sagte Lobsang, „sagte, er wolle noch was reinschieben, irgendwas über die Polizei und ihre Lahmarschigkeit. Oh, ich meine, entschuldigen Sie, das war nicht so gemeint."

„Hat er das konkreter ausgeführt?" fragte Lisa vorsichtig.

„Nein. Ich hab ihm gesagt, für morgen sei schon alles voll, und weil er gesagt hat, es wär nicht so eilig, wollte er es heute erst vorlegen. Aber daraus wurde ja nichts."

Fabian und Lisa sahen sich an. Sie dachten beide dasselbe: *Wenn wir nicht die Ermittlungen führen würden, säßen wir ganz schön in der Scheiße.*

„Wie spät war es bei dem Anruf?" fragte Fabian.

„So am Nachmittag. Drei Uhr, schätze ich."

Lisa holte ihr Notizbuch raus und fing an, sich das Wesentliche zu notieren. Das war Aufgabe der Rangniedrigeren.

Das Telefon erzeugte einen elektronischen Klingelton, und Lobsang drückte auf einen Knopf. „Ja?" sagte er, ohne den Hörer abzunehmen. Aus dem Lautsprecher kam eine männliche Stimme.

„Gibt was ganz tolles! Ein vergewaltigtes Mädchen in Freising! Total brutal, der Täter ist flüchtig."

„Ist die Kleine tot?" fragte Lobsang fröhlich.

„Nein, aber kann noch sein. Der Mann hat ihr die Muschi mit einer Rasierklinge zerfetzt, nachdem er fertig war. Geil, was?"

Lobsang grinste breit. „Wahnsinn! Denkt euch schon mal was aus für die Titelseite. Irgendwie, keine Ahnung, Sex-Monster zerstückelt Mädchen, aber irgendwie griffiger, damit es die Leute auch anspricht, okay? Ciao!"

Die beiden Kommissare hatten mit offenem Mund zugehört und starrten ihr Gegenüber entsetzt an, aber der redete weiter, als habe er gerade einen fabelhaften Witz gehört.

„So, wo waren wir? Also, gestern um drei, da hab ich zuletzt von Sander gehört. War eigentlich sein freier Tag, aber der ist irgendwie immer im Dienst."

Lisa schluckte ihren Zorn runter und setzte die Befragung fort. „Wir sind natürlich auf der Suche nach einem möglichen Motiv. Hatte Herr Sander Feinde?"

Lobsang holte tief Luft. „Du lieber Himmel, natürlich. Der bekommt ständig Morddrohungen. Wie viele andere hier auch, sogar ich."

„Von wem?"

„Von allen möglichen Spinnern, Herr Kommissar. Sie wissen ja, diese linken Öko-Fritzen, die uns grundsätzlich für alles verantwortlich machen, was schief läuft in diesem Land."

„Sind Sie das denn nicht?" fragte Lisa so freundlich wie möglich.

Lobsang runzelte die Stirn. „Wie meinen Sie das?"

„Ich meine", begann die Kommissarin, „dass der Volksmund und andere Boulevardzeitungen es ganz allgemein darauf anlegen, ihre Leser zu desinformieren, indem sie die existierenden Informationen derart verknappen, dass nur ein verzerrtes Bild der Wahrheit dabei herauskommt. Ein verzerrtes Bild, das regelmäßig dazu dient, Ängste zu schüren, Vorurteile zu bestätigen, richtige Probleme zu verharmlosen oder wahlweise zu übertreiben, so dass eine vernünftige Sicht der Dinge unmöglich wird und die Politik zur Tatenlosigkeit verdammt ist, weil sich keiner traut, sich Ihrer Macht entgegenzustellen. Und dafür werden diese Politiker, denen Sie es unmöglich machen, ihre Arbeit zu erledigen, dann auch noch angegriffen und als faule, geldgierige Labersäcke angeprangert, was wiederum zu Politikverdrossenheit und dem Emporkommen von Rechtspopulisten führt. So was in der Art."

Lobsang blinzelte irritiert und verzog den Mund. Von einer Polizistin hatte er ein solches Statement, das er von anderer Seite schon tausendmal gehört hatte, nicht erwartet. Er grinste schief zu Fabian rüber. „Ihre Kollegin hat ja richtig Haare auf den Zähnen, was?"

„Nicht, dass ich wüsste", antwortete Fabian ruhig. „Aber Frau Becker hat da etwas Wesentliches zur Sprache gebracht. Gab es Ihres Wissens nach in letzter Zeit besonders schwere Konflikte, die durch Herrn Sanders Arbeit entstanden sind?"

„Na ja", brummte Lobsang, „Sander war immer einer unserer Streitbarsten. Sie wissen ja, Schlagzeilen können auch Schläge sein." Er hielt inne, als erwartete er Beifall für dieses unglaublich witzige Bonmot. Als keiner kam, fuhr er fort. „Schauen Sie, wir liefern leidenschaftliche

Meinung und geben so dem Leser die Möglichkeit, sich eine eigene Meinung zu bilden. Wir wollen die Menschen orientieren."

Merkt dieser Clown eigentlich gar nicht, wie widersprüchlich das ist, was er da von sich gibt? Lisa musste sich beherrschen. *„Was für leidenschaftliche Meinung hat Herr Sander zuletzt denn so verbreitet? Ich frage das speziell mit Hinsicht darauf, dass sich daraus eine echte Mordabsicht entwickelt haben könnte. Morddrohungen gibt es ja häufiger mal, ohne dass etwas dabei herauskommt."*

„Ja, das stimmt", nickte Lobsang. „Lassen Sie mich überlegen..."

„Hat Sander vielleicht irgendjemandem ernsthaft geschadet?" fragte Fabian.

Lobsang richtete sich in seinem Sessel auf. Er biss sich auf die Lippen und verfiel in ein bedrücktes Grübeln. Schließlich lehnte er sich wieder zurück. „Also, da war natürlich diese Weinstein-Geschichte. Das ist übel gewesen, keine Frage. Das ist nicht gut gelaufen."

Sofort fiel es Lisa wieder ein. David Weinstein war ein angesehener Rechtsanwalt. Über Jahrzehnte hatte er sich einen Namen gemacht als Verteidiger von RAF-Terroristen, als Rechtsbeistand für Opfer von Brandanschlägen, ganz gleich welcher Religion, und als Rechtsexperte für diverse Menschenrechtsgruppen. Mehrmals war er nach Karlsruhe gezogen, um die Rechtsprechung in Deutschland entscheidend zu verändern. Er hatte einen Ruf wie Donnerhall. Aber all das nahm ein abruptes Ende, als er vor einem halben Jahr Besuch von der Polizei erhalten hatte.

Christiane hatte Lisa davon erzählt, auch wenn sie

nicht direkt in den Fall eingebunden gewesen war. Es ging um einen Serien-Vergewaltiger. Der Täter war immer maskiert, aber es schien sich jedes Mal um einen Mann um die sechzig zu handeln, der einen „merkwürdigen" Akzent sprach, den keins der Opfer so recht einzuordnen wusste. Der Täter schlug meistens nachts zu, auf Parkplätzen oder in Tiefgaragen von Bürogebäuden, manchmal aber auch in Parks. Vor einem halben Jahr hatte die Sonderkommission, die auf den Fall angesetzt war, auch David Weinstein aufgesucht. Weinstein kannte das Opfer und passte oberflächlich auf die Beschreibung. Er war 64 und hatte immer noch seinen leichten jiddischen Akzent, den er liebevoll pflegte, auch wenn er ihn im Gerichtssaal meistens unterdrückte. Er wollte sich keinen moralischen Vorteil dadurch verschaffen, dass er Jude war.

Es war reine Routine, zumal das Opfer klargestellt hatte, dass sie ihn nicht für den Täter hielt, die Stimme sei einfach anders gewesen. Aber Stimmen konnte man verstellen, und sonst gab es einfach keine Spur, also traf man sich mit Weinstein zu einer informellen Befragung. Charlie Sander bekam davon Wind und platzierte am nächsten Tag ein großes Bild von Weinstein, zusammen mit der Schlagzeile „Ist er der Sex-Gangster?"

Was Sander – und natürlich auch Lobsang – dazu getrieben hatte, die Jagd auf Weinstein zu eröffnen, war unklar. Vermutlich war es blinde Rache. Weinstein hatte häufig gegen den *Volksmund* Klagen angestrengt wegen Verletzung von Persönlichkeitsrechten und anderen Vergehen gegen die guten Sitten. Er hatte immer gewonnen. Außerdem war er als Edel-Linker und liberaler Verfechter von Freiheit und Gleichheit ein natürlicher Feind des Volksmunds. Und dass er Jude war, passte wohl auch ins Programm.

Der Druck auf das LKA nahm zu. Es gab keinerlei belastende Indizien gegen Weinstein. Für die meisten Taten konnte er unerschütterliche Alibis vorweisen. Für einige allerdings nicht, und Sander fand im Alleingang heraus, dass er auch ein weiteres der insgesamt dreißig Opfer persönlich gekannt hatte. Das war natürlich wieder eine Schlagzeile wert, und das LKA erwirkte unter dem Druck der Öffentlichkeit einen Haftbefehl. Für zwei Tage kam der Anwalt in Untersuchungshaft. Den ermittelnden Beamten war es furchtbar peinlich, und sie behandelten ihn so zuvorkommend wie möglich. Weinstein reagierte dergestalt, dass er nichts mehr sagte. Er verfiel in dumpfes Schweigen, und auch sein Sohn Richard, der ebenfalls Anwalt war, konnte ihn nicht aus seiner Lethargie befreien. Leichter war es, ihn aus seinem Gefängnis zu befreien, denn in der Nacht, in der er eingesperrt war, fand eine weitere Vergewaltigung durch den gesuchten Täter statt.

Weinstein wurde entlassen, aber nicht entlastet. Die Polizei entschuldigte sich höflich, aber der alte Mann reagierte schon gar nicht mehr. Sein Sohn brachte ihn nach Hause und kümmerte sich um ihn, was unter anderem bedeutete, dass er die Fensterscheiben am Haus seines Vaters reparieren ließ, die zuvor vom Pöbel eingeschmissen worden waren. Weinsteins Frau sagte, darunter seien auch ein paar ihrer Nachbarn gewesen. Auch nicht so schön waren die Klienten, die nicht mehr von Weinstein vertreten werden wollten. Die Familie hatte jedoch die Hoffnung, dass alles wieder in Ordnung käme, sobald dieselben Medien, von denen sie attackiert worden waren, die Nachricht von Weinsteins Unschuld verbreiten würden.

„Machen wir nicht", erklärte Lobsang den Kommissaren, „das erweckt nur den Eindruck, als würden wir nicht die Wahrheit schreiben."

„Tun Sie ja auch nicht!"

„Frau... ähh..."

„Becker."

„Frau Becker, wir sind nicht vollkommen. Wir haben das recht, Fehler zu machen, so wie Sie auch."

„Der Unterschied ist nur: Wenn Sie etwas falsch machen, gibt es niemanden, der Sie öffentlich an den Pranger stellt. Sie können sich im Grunde jede Schweinerei leisten, es gibt kaum Konsequenzen, höchstens die regelmäßigen Rügen vom Presserat, für die Sie ein lebenslanges Abo haben."

„Frau Becker, die Pressefreiheit ist ein hohes Gut, und..."

„Schnauze!" schrie Lisa. „Die Pressefreiheit gibt Ihnen noch lange nicht das Recht, Kampagnen gegen unschuldige Leute zu fahren, bis sie Selbstmord begehen!"

Lobsang nahm seine Tasse und trank aufreizend ruhig einen Schluck Kaffee, bevor er antwortete. „Wir fahren keine Kampagnen, das ist lediglich pointierte Berichterstattung, finde ich. Herr Weinstein hat das aus eigenem Ermessen heraus getan, und ich versichere Ihnen, dass mir das furchtbar leid tut. Aber wir haben nichts weiter getan als, na ja, wir haben eben dem Volk aufs Maul geschaut und das geschrieben, was die Leute eben so denken. Und die Menschen sind sehr aufgebracht bei Themen wie Vergewaltigung, Kinderschänderei und diese Dinge. Wir haben diese Welt nicht erfunden, wir beschreiben sie nur. Das macht uns durchaus keinen Spaß, das versichere ich Ihnen."

Bevor Lisa antworten konnte, klingelte wieder das Telefon.

„Tolle Neuigkeiten", verkündete wieder die männliche Stimme von vorhin, „die Göre ist tot!"

„Super!" Lobsang strahlte. „Das ist unser Titel für morgen! Habt ihr Bilder von der Leiche? Oder wenigstens von dem Balg, als es noch gelebt hat?"

„Kriegen wir. Die Familie hat unseren Reporter rausgeschmissen, als er sich Zutritt verschaffen wollte, aber ein Nachbar hat gesagt, er hätte ein Foto von einem gemeinsamen Grill-Abend. Ist nicht übel, die Kleine war mit ihren dreizehn Jahren schon gut entwickelt, echt gute Titten, da kann man unser Sex-Monsterchen schon verstehen. Fotos von der Leiche sind noch nicht freigegeben, aber unser Verbindungsmann im Bayerischen Innenministerium tut uns gerne jeden Gefallen, dafür müssen wir ihn nur demnächst mal wieder öffentlich loben. Der will noch Minister werden."

„Okay", sagte Lobsang, „tut was ihr könnt. Gute Arbeit."

Fabian und Lisa tauschten einmal mehr Blicke aus. Dieses Mal waren sie nur noch traurig. Die Verachtung, die sie für diesen Menschen und seine Helfershelfer verspürten, war beinahe physisch existent. Lobsang focht das jedoch nicht an.

„Sehen Sie?" meinte er. „Das greift alles ineinander. Daran können Sie sehen, was für wichtige Arbeit wir leisten. Wir sind die ersten, die berichten werden, und wir werden am ausführlichsten und am hautnahesten berichten. Mit unserer Hilfe wird der Verbrecher vielleicht geschnappt."

„Wie soll das funktionieren?" fragte Fabian. „Ich verstehe auch ein bisschen was von Verbrechensaufklärung, wenn auch natürlich nicht so viel wie Sie. Aber mir ist noch nie ein Fall zu Ohren gekommen, bei dem ein Verbrecher geschnappt wurde, weil sein Opfer der Blutgier einiger Millionen emotional verkrüppelter Menschen zum Fraß vorgeworfen wurden. Was Sie machen, ist nicht Aktenzeichen XY, sondern eine Art Jahrmarkt-Schau mit toten Kindern, Eintritt 70 Cent."

Damit war alles gesagt. Der Chefredakteur wusste nichts mehr zu erwidern und hatte auch keine Lust mehr. Fabian versuchte noch, ein paar Informationen aus Lobsang herauszukitzeln. Aber abgesehen von der Affäre Weinstein fiel dem nichts aus der jüngeren Vergangenheit ein, das auf Sanders Mörder hinweisen konnte. Grußlos ging man auseinander.

„Mit dem haben wir's uns verscherzt", sagte Fabian, als sie zusammen runterfuhren.

„Ist doch egal", brummte Lisa, „du hast doch auch keine Manschetten vor diesen Pennern."

„Ich hab auch nicht vor, großartig Karriere zu machen. Aber du schon, dachte ich."

„Es gibt Grenzen. Mein Gott, ich habe schon mit Mördern gesprochen und Typen, die ihre Kinder am Hals aus dem Fenster gehalten haben, aber mich hat noch nie ein Mensch dermaßen angekotzt."

„Vielleicht hatte er eine schwere Kindheit."

„Ja, wahrscheinlich war er Bettnässer und der einzige in seiner Klasse ohne Freundin. Dieses aufgedunsene

Glibbergesicht will sicher keine Frau aus der Nähe sehen, wenn sie davon keine beruflichen Vorteile hat."

„Apropos", grinste Fabian, als sich die Lifttür öffnete. Er steuerte auf das Empfangsmäuschen zu, das ihn schon einladend anlächelte. Lisa wollte noch protestieren, aber sie hatte sich fürs erste genug gestritten. Fabian hatte denn auch nur eine Frage an die Kleine.

„Stimmt eigentlich das Gerücht, das man sich über Lobsangs winzigen Pimmel erzählt?"

Sie grinste breit.

„Ich hab 'ne Lupe gebraucht."

Zwanzig

Juhnke war nicht gut gelaunt. Insofern gab es für Lisa und Fabian keinen Grund zur Beunruhigung, denn Juhnke war nie gut gelaunt. Offenbar hatte Lobsang es für nötig gehalten, sich beim Chef der beiden impertinenten Ermittler zu beschweren über die beleidigende Art, in der sie mit ihm zu sprechen gewagt hatten. Juhnke, zu dessen positivsten Charakterzügen der Hass auf die Boulevardpresse gehörte, hatte sich alles mit stoischer Ruhe am Telefon angehört und dann versprochen, dass so etwas nicht noch einmal vorkommen werde. Er wisse die wertvolle Arbeit der Presse durchaus zu würdigen und sei sich sicher, dies gelte auch für den größten Teil der Polizeibeamten. Und er sei Lobsang sehr dankbar, wenn er und seine Redaktion jede nur denkbare Information zur Aufklärung des „irgendwie doch fast bedauerlichen Mordes" liefern könnten.

„Ich wünsche Ihnen einen schönen Tag", beendete Juhnke das Gespräch. Lobsang wollte noch weiterreden und diverse Disziplinierungsmaßnahmen vorschlagen, aber die Geduld des Kriminaldirektors hatte ihre Grenze erreicht. Dann wandte er sich an Fabian und Lisa, die vor seinem Schreibtisch saßen. „Der blöde Wichser findet, Sie waren unhöflich zu ihm."

„Wirklich?" wunderte sich Lisa. „Ich kann mir überhaupt nicht vorstellen, was er meint."

Juhnke beließ es dabei. Der Rest des Gesprächs drehte sich um den zweiten Mord, verwertbare Spuren und Zusammenhänge zum ersten Fall. Und darum drehte es sich auch noch, als die beiden Kommissare wieder im Büro saßen und kaffeetierten. Hoffmann hatte bereits versucht, Richard Weinstein telefonisch zu erreichen. Seine Sekretärin hatte jedoch versichert, er sei seit gestern auf einer Geschäftsreise und käme erst morgen zurück. Und er glaube nicht an alberne Modeerscheinungen wie Handys.

„Na gut", meinte Lisa, „sagen wir mal, dieser Weinstein ist eine Spur. Also, sein Sohn. Dann haben wir ja schon wieder ein Problem."

„Ja", sagte Fabian, „dann hat er wohl ein Alibi, diese Geschäftsreise werden sicher viele bestätigen können."

„Zum Mäusemelken. Ich komme mir langsam richtig doof vor. Kann dieser Killer nicht irgendwelche Leute umbringen, wo man den Täterkreis vernünftig einengen kann? Nur so aus Fairness?"

„Wir müssen eine Verbindung zwischen den Morden suchen", brummte Fabian, als ob das seiner Kollegin nicht klar wäre. „Ich wüsste außer Weinstein im Moment niemanden, den wir befragen könnten."

„Zeugen gibt es keine. Die hätten sich sofort gemeldet. Die Schupos haben ja auch die Nachbarn sofort abgeklappert, aber keiner hat was gehört oder gesehen."

„Feinde hatte er haufenweise, aber eben nix Konkretes. Wenn wir seine Bude durchwühlt haben, wissen wir vielleicht mehr. Gab vielleicht irgendwelche aktuellen Morddrohungen."

„Ich hasse es, so in der Luft zu hängen", quengelte Lisa, „immerhin sind zwei Menschen umgebracht worden, auf irgendwie gar nicht fotogene Weise, und wir sitzen hier und drehen Däumchen."

„Wir können ja jeden seiner Kollegen einzeln

verhören, die Alibis seiner Freunde und Verwandten überprüfen und alle Menschen aufspüren, über die er je etwas Negatives geschrieben hat."

„Na toll. Oder wir könnten unser Hirn benutzen."

„Warten wir mal auf das Ergebnis von Spurensuche und Laborratten", schloss Fabian, „dann gibt's vielleicht was interessantes."

Die Tür sprang auf, und Alfie Hoffmann kam herein.

„Leute, das ist es!" strahlte er. „Ich hab eine Verbindung."

„Wohin?" fragte Lisa.

„Zwischen den Morden!"

Das war dann doch mal eine Nachricht. Lisa und Fabian setzten sich gespannt auf.

„Ich hab mir gestern ja noch mal einiges aus dem Archiv geholt über den Fall Nielsen", begann Hoffmann aufgeregt. „Und dann habt ihr mir Weinsteins Namen vorgelegt. Ich hab erst gedacht, woher kenn ich den Namen, aber dann hab ich's geschnallt. Ratet mal, wer damals die Nebenklagen der Nielsens gegen die Vergewaltiger und gegen Fritz Krumm geführt hat. Richard Weinstein, David Weinsteins Sohn!"

Lisa biss sich auf die Lippen, und Fabian atmete tief durch. „Danke, Alfie", sagte er, „das ist sehr hilfreich."

Hoffmann war enttäuscht, er hatte wohl mindestens eine Umarmung erwartet. „Okay", murmelte er, „das war's erst mal."

„Alfie!" rief Lisa ihn zurück.

„Ja?"

„Das bleibt erst mal unter uns, okay?"

„Ja, ist gut."

„Das hat uns gerade noch gefehlt", stöhnte Lisa, als

Hoffmann wieder draußen war. „Jetzt ist unser Hauptverdächtiger ein Jude."

„Na ja, er hat ja ein Alibi. Zumindest für gestern."

„Besser, er hat auch eins für Freitag, sonst ist hier bald die Hölle los."

„Das ist sie doch jetzt schon."

„Ja, aber dann ist es nicht mehr so witzig."

Den Rest des Tages verbrachten sie mit Telefonarbeit. Sanders Ex-Frau hatte inzwischen die Nachricht vernommen, und sie war äußerst gut gelaunt. Das künftige Ausbleiben der Alimente war ihr anscheinend egal, aber es stimmte sie erfrischend fröhlich, dass „die miese Sau" nun nicht mehr auf Erden weilte. Sie war letzte Nacht zu Hause gewesen, mit ihrem neuen Lebensgefährten. Nicht das beste Alibi der Welt, meinte Lisa, aber es reichte fürs Erste. Da Sander offensichtlich von vielen gehasst wurde, gab es auch keinen Grund, seine ehemalige Lebensgefährtin gesondert zu verdächtigen. Abgesehen davon, so stellte Fabian klar, musste der Täter ein Mann sein. Bei dem Kraftaufwand, der nun mal nötig war, um jemandem die Rübe abzuhacken.

Nicht ganz so fröhlich, aber doch recht gefasst reagierten Sanders Eltern, die bereits von einem örtlichen Polizisten benachrichtigt worden waren. Der gelassene, beinahe gleichgültige Ton, mit dem sie Fabians Fragen beantworteten, war das Deprimierendste, das er seit langem gehört hatte. Seit vielen Jahren hatten sie nur noch flüchtigen Kontakt zu ihrem Sohn, und es war offensichtlich, dass sie das auch nicht bedauerten.

Außerdem nahmen sich die beiden Kommissare am Telefon diverse Nachbarn und Kollegen vor. Niemand hatte irgendetwas zu sagen. Auch die Fahndung nach Menschen, die Sander als ihren „Freund" bezeichnen würden, verlief im Sand.

„War ein ziemlicher Einzelgänger, unser toter Schreibtischtäter", resümierte Lisa nach ein paar Stunden müde.

„Manche von uns sind freiwillig und gerne Einzelgänger", meinte Fabian, „und andere sind es, weil niemand sie erträgt."

Lisa wollte jetzt nicht rumphilosophieren. Sie wechselte das Thema. „Was sagt Lamprecht?"

„Noch gar nichts, wie immer. Sollen wir runter gehen und mit seinen Einmachgläsern spielen, bis er die Nerven verliert?"

Lisa dachte nach. „Nein, aber ich hab eine andere Idee."

Sie griff zum Hörer und wählte die Nummer der Gerichtsmedizin. Das Gespräch dauerte nur dreißig Sekunden.

„Steh auf", kommandierte Lisa ihren Partner, der sie verwundert ansah.

„Wozu wolltest du denn die Adresse von diesem Tierzerstückler?"

„Wir fahren da jetzt hin, und ich beweise dir was."

Die Metzgerei Frotz in Wedding war nicht weit weg, und der Inhaber zuckte nicht einmal mit der Wimper, als Lisa und Fabian bei ihm vorstellig wurden. Stattdessen führte er sie sofort in sein Allerheiligstes, den großen Fleischraum hinter dem Verkaufsbereich.

Geruch und Anblick waren überwältigend. Die theoretische Vegetarierin Lisa bereute ihre Idee sofort, während Fabian anscheinend das Wasser im Mund zusammenlief beim Anblick der toten, gehäuteten Tier-Torsos, die von den Wänden hingen. Frotz war anscheinend gerade dabei, ein paar Rinderhälften und Schweine zu zerlegen, die ihm im Ganzen vom Schlachthof gebracht worden waren. Auf separaten Tischen und in Körben sammelte sich alles, was der Fleischfresser so gerne hat, und Lisa wagte gar nicht, genauer hinzusehen. Nie wieder Fleisch, sagte sie einmal mehr zu sich, höchstens als Würstchen oder so, das ist dann wenigstens nur etwas Dünndarm und irgendwelche Reste von Körperteilen, die ein Tier im Prinzip sowieso nicht zum Leben braucht.

Frotz nahm sich eins seiner Hackebeile und hieb damit auf ein pensioniertes Schwein ein, das friedlich auf einem Metalltisch lag. Natürlich war es schon tot und aufgeschnitten und hatte keinen Kopf mehr, aber trotzdem, das war doch keine Art!

„Also, was soll es sein?"

„Wir sind nicht hergekommen, um Fleisch zu kaufen", sagte Lisa beleidigt.

„Sprich nur für dich", sagte Fabian. „Krieg ich ein paar dicke Hüftsteaks?"

„Sicher."

Frotz holte sich ein großes Stück der entsprechenden Rinderanatomie und fing an, es zu zerschneiden. „Mach ich Ihnen zum Selbstkostenpreis", brummte Frotz, „wie für den Professor."

„Das ist nett", freute sich Fabian. Allerdings fragte er sich, welche Gegenleistung Frotz wohl erwartete. Und welche er von Lamprecht erhielt. Vielleicht waren die beiden Komplizen in einem Menschenfresser-Syndikat, das Leichenteile unter die Leute brachte? Ja, das klang ziemlich wahrscheinlich.

Lisa fasste sich ein Herz. Also, kein richtiges, obwohl da einige rumlagen, sondern im übertragenen Sinne. Schon klar.

„Herr Frotz, ich würde gerne sehen, wie Sie ein Schwein oder ein anderes großes Tier enthaupten."

„Wie ich was?"

„Wie Sie einem Vieh die Rübe abhacken."

„Oh. Na schön."

Frotz ließ von den Hüftsteaks ab und ging rüber zu einer großen, schweren Tür. Dahinter befand sich der Kühlraum, aus dem Frotz Sekunden später mit einem intakten, wenn auch toten Schwein auf der Schulter herauskam. Er knallte das Tier auf den großen, blutüberströmten Tisch in der Mitte des Schlachtraums und holte etwas, das aussah wie eine Art Machete.

„Warten Sie", hielt Lisa ihn auf, „ich würde es gerne selbst versuchen."

Frotz ließ sein Handwerkszeug sinken und sah sie an, zum ersten Mal mit einem Ausdruck, der beinahe Überraschung signalisierte.

„Haben Sie so was schon mal gemacht?"

„Nein", sagte Lisa und stellte sich vor den Tisch, „aber ich bin für alle neuen Erfahrungen offen. Darf ich?"

Er gab ihr das Instrument und entsprechende Instruktionen, wie weit sie ausholen musste und wo man am besten ansetzte. Fabian Zonk sah mit grenzenloser Faszination, wie seine Kollegin schließlich ausholte und mit einem einzigen Schlag den Kopf des Schweins vom Körper abtrennte.

Frotz fing den Kopf auf. „Gut gemacht", sagte er widerstrebend. „Sie haben ganz schön Kraft im Arm."

Lisa war zufrieden, auch wenn sie ein inneres Kriegsverbrechertribunal durchlebte oder wie man das nannte. Sie war jetzt eine Tierschlachterin. Sicher, Schweinchen Babe war schon tot gewesen, aber trotzdem. Als nächstes würde sie Bambis Mutter von hinten erschießen und Moby Dick eine Harpune ins Auge rammen.

Fabian gratulierte ihr herzlich. „Ich nehme an, damit wolltest du mal eben durch die Blume darauf hinweisen, dass auch eine Frau stark genug ist, um jemandem den Kopf abzuschlagen?"

„Danke, Watson. Du hast es erfasst." Lisa wandte sich an Frotz. „Kann der Tote, den sie neulich inspiziert haben, mit diesem Gerät hier geköpft worden sein?"

„Nein", sagte Frotz sofort, „das hab ich dem Professor gleich gesagt. Sehen Sie hier die Fransen und die abgeknickten Adern bei dem Schwein?"

Lisa sah nicht hin, sie glaubte ihm auch so.

„Na, jedenfalls war der Schnitt bei der Leiche viel sauberer. Das war irgendwas Härteres und schärferes. Beim Schlachten kommt's halt nicht so sehr auf Präzision an."

„Hat Lamprecht Ihnen eigentlich auch schon die neue Leiche gezeigt?" wollte Fabian wissen.

„Ja klar, war in der Mittagspause da. War dieselbe Waffe, schätze ich. Sah jedenfalls genauso aus."

„Danke", sagte Lisa.

„Ihr Fleisch!"

Fabian bezahlte einen verblüffend niedrigen Preis für seine Hüftsteaks, und die beiden Kommissare traten wieder nach draußen. Lisa kämpfte immer noch gegen ihre Übelkeit an und atmete tief durch. Trotzdem bestand sie auf ihrem Triumph.

„Was haben wir heute gelernt, Herr Zonk?"

„Dass Frauen genau so gewalttätig sein können wie Männer?"

Lisa zog eine Schnute. „Ja, genau. So musst du es ja gleich sehen."

„Okay, also sagen wir mal, der Täter war vielleicht auch eine Frau. Eine, die so kräftig ist wie du."

„Was soll das denn nun schon wieder heißen?"

Kräftig?

Einundzwanzig

Kräftig?

Am nächsten Morgen hatte sich Lisa immer noch nicht beruhigt. Sie machte Katze missmutig eine billige Dose Viehfutter auf und klatschte ihr den halben Inhalt in eine Müslischüssel. Katze, die mal wieder auf dem Sofa übernachtet hatte, ließ sich aber nicht die Laune verderben und gurrte ihr typisches Danke-Gurren. Lisa selbst mampfte ihr Müsli in sich rein und machte dabei ähnliche Geräusche wie das Tier.

Was soll das denn bedeuten, kräftig? Wie meint er das? Hey, ich bin doch kein Preisboxer, oder was? Kräftig! Hah! Dem hau ich mal voll eine rein, dann sieht er wie kräftig ich bin. Obwohl, das wäre vielleicht doch eher kontraproduktiv. Im Gegenteil, von jetzt an werde ich mich mal etwas mehr ladylike geben. Er soll mir die Türen öffnen und so was, wie sich das gehört. Da hat sich so ein Schlendrian eingeschlichen in unsere Beziehung, das hört mir jetzt aber auf. Der sieht mich ja kaum noch als Frau! Oder?

Sie dachte an den Moment im Fahrstuhl. Da hatte es doch ganz andere Vibrations gegeben. Oder hatte sie sich das nur eingebildet?

Was mach ich mir da 'nen Kopf drum? Wenn er was will, soll er das sagen. Ich mach jedenfalls nicht den ersten Schritt. Kräftig wie ich bin, könnte ich ihn damit ja erschrecken.

Lisa schmollte immer noch vor sich hin, als sie mit Fabian nach Dahlem fuhr, zum Haus von Richard Weinstein. Ihr Kollege hatte ihr eine Ausgabe des

Volksmunds mitgebracht, was auch nicht gerade spaßfördernd war. Abgesehen von einem zweiseitigen Porträt und Interview mit Walter Fechner, dem das Blatt sympathieträchtige Attribute wie „Ur-Berliner", „traditionsbewusst" und „Currywurst-Gourmet" nur so um die Ohren haute, gab es anscheinend eine „Heiße Spur im Schlächter-Fall". So lautete jedenfalls die optimistische Headline, gefolgt von einem andeutungsschwangeren „Bericht", der so gut wie keine Informationen enthielt, abgesehen von der Tatsache, dass die Ermittler eine Verbindung zwischen den beiden Entkopfungen hergestellt hatten. Gottseidank hatte Lobsang darauf verzichtet, gleich mit Weinsteins Identität und seiner Glaubensrichtung zu kommen. Ob Lisas Rede am Vortag etwas in seinem Kopf bewirkt hatte? Kaum. Viel wahrscheinlicher war, dass sogar ein Boulevard-König wie Lobsang immer noch genug Gespür dafür besaß, wie weit er zu welchem Zeitpunkt gehen konnte. Und wie man seine Informationen solange zurückhielt, bis sie nützlich wurden. Schließlich wollte man auch nicht gleich alles auf einmal verbraten.

Lisa sah Fabian verstohlen an und verlor sich einmal mehr in seinem klassischen Profil. *Nicht klassisch im Sinne von Alexander dem Großen, sondern nach der Art von James Dean. Eigentlich gar nicht so hübsch, kein süßes Schnucki-Boygroup-Gesicht, aber dafür Charakter und Selbstbewusstsein, zusammengesetzt aus stahlblauen Augen, energischem Kinn und unrasierter Haut, in Kombination mit seinem unverschämten Grinsen und dem verwuschelten Pony, der ihm manchmal fast bis zur Nase hing. Warum kann Sven nicht so aussehen? Ist denn das zu viel verlangt? Oder noch besser: Warum kann Fabian nicht so ein netter Kerl sein wie Sven? Und warum kann Fabian nicht so auf mich abfahren wie er?*

„Hab ich was im Gesicht oder was gibt's zu glotzen?" fragte Fabian unvermittelt. „Du starrst mich jetzt schon drei Minuten lang an."

„Ich hab drüber nachgedacht, an wen du mich die ganze Zeit erinnerst", antwortete Lisa geistesgegenwärtig.

„Nämlich?"

„Ähhh... dieser Schauspieler aus dieser amerikanischen Serie ,Pushing Daisies'."

„Kenn ich nicht. Sieht der gut aus?"

„Ja, und er ist viel süßer als du. Und gepflegter. Auf jeden Fall ist er nicht *kräftig*."

„Oha", grinste Fabian, „das war wohl ziemlich undiplomatisch von mir gestern."

„Entschuldigung angenommen", brummte Lisa.

„Wer hat sich denn hier entschuldigt? Ich wollte nur sagen, dass du halt nicht so ein dünnes Püppchen bist, sondern eine gut gebaute, starke Großstadtschlampe."

Dazu sagte Lisa erst mal gar nichts. Der unbekümmerte Ausdruck in Fabians Gesicht zeigte ihr deutlich, dass er das tatsächlich als Kompliment gemeint hatte. Sie spürte schon wieder, wie sie dahinschmolz und ihm alle seine Sünden vergab. Aber ihr war auch klar, dass das kein Zustand war. Sie konnte ihm doch nicht erlauben, sie ständig so durcheinander zu bringen. Zweiunddreißig Jahre war sie jetzt, in dem Alter durfte man nicht mehr so viel über Jungs nachgrübeln, schließlich hatte sie einen schwierigen, verantwortungsvollen Job zu machen und all das. *Hört denn die Pubertät niemals auf?*

Fabian fand Weinsteins Haus auf Anhieb. Es herrschte kein Mangel an schönen Villen in Dahlem, es gab beinahe zu viele. Diese war ein relativ neuer Bau, der Platz für zwei Familien bot, aber wohl nur ihm und seiner Frau vorbehalten war. Die beiden Söhne waren inzwischen aus dem Haus und studierten Jura, wie Lisa und Fabian wussten. Die Eltern hatten wohl vor, den Rest ihres Lebens hier zu verbringen. *Ein Paradies*, fand Lisa. *Spießig*, fand Fabian. Aber beide dachten: *Nicht gerade das Haus eines Killers.*

Zwei Minuten später saßen sie dem Hausbesitzer in dessen Wohnzimmer gegenüber. Richard Weinstein hatte seine Frau mit der Kaffeeproduktion beauftragt und die beiden Beamten auf seine gigantomanische gebogene Couch aus Nappaleder verfrachtet, die nach Lisas Schätzung genug Platz für eine Fußballmannschaft bot. Weinstein selber saß ihnen gegenüber auf einem etwas seltsamen grünen Sessel, der farblich so gar nicht in das ansonsten sehr gediegene Ambiente des Raumes passte, denn er sah dermaßen nach IKEA aus, das Lisa ihm spontan den Namen Sizenmöbelen verlieh. Weinstein selber war als Mann in den besseren Jahren ungemein attraktiv, wie Lisa feststellte, während sie sich einerseits fragte, ob er eigentlich jüdisch aussah, sich dann wiederum fragte, wie sich das überhaupt definierte, und sich dann auch noch fragte, ob sie sich nicht allein für diesen Gedankengang schon in die Erdkruste schämen musste. Fabian sah nur einen dunkelhaarigen Mann mit grauen Schläfen und dunklen Augen, die völlig ruhig und unbefangen in die Gegend blickten.

„Ich kann nur erraten, worum es geht", sagte er jetzt. „Ist es der Mord an Herrn Krumm?"

„Ganz recht", sagte Fabian, „und es geht auch gleich noch um Herrn Sander vom *Volksmund*. Soviel ich weiß, haben Sie beide gekannt."

Weinsteins Gesicht verriet keine Emotionen. „Ich habe gegen Herrn Krumm eine Klage geführt im Auftrag der Eheleute Nielsen. Und Herr Sander ist der Gentleman, der die Freiheit besaß, meinen Vater in den Tod zu treiben. Ah, da kommt unser Kaffee."

Völlig ungerührt wartete er ab, bis seine Frau Clara allen dreien Kaffee eingegossen hatte und sich wieder zurückgezogen hatte. Lisa fühlte sich stets unbehaglich, wenn sie in einem Haushalt zu Gast war, in dem die traditionelle Rollenverteilung noch intakt war. Sie wollte nicht von einer Hausfrau bedient werden. Sie wollte nicht einmal, dass es Hausfrauen gab. Paare sollten sich die Hausarbeit teilen.

„Wir wollen vielleicht auch Ihre Frau befragen", sagte Lisa deshalb schnell.

Fabian sah sie erstaunt an, und Weinstein ebenso. „Wie bitte?"

„Nur so, vielleicht weiß sie ja irgendetwas, das Sie nicht wissen."

Weinstein lächelte höflich. „Das kommt mir unwahrscheinlich vor, und ich fürchte, eine Befragung wäre auch etwas kompliziert ohne mich. Meine Frau ist taubstumm."

Lisa zuckte zusammen und lief rot an. *Na klar,* dachte sie, *deshalb hat sie kein Wort gesagt. Das war ja auch total unnatürlich. Peinlich!*

„Das braucht Ihnen nicht peinlich zu sein", sagte Weinstein freundlich, „das steht ja niemandem ins Gesicht geschrieben. Also, wenn Sie möchten, hole ich

Clara."

„Ist schon gut", sagte Fabian, „das wird vorerst nicht nötig sein. Sagen Sie, nur aus Neugierde, ist das erblich? Sind Ihre Söhne auch...?"

„Nein", sagte Weinstein, „die Jungs sind völlig gesund. Aber genug davon, wissen Sie, ich habe heute noch Termine."

„Es tut mir leid", entschuldigte sich Lisa, „wir sind sonst feinfühliger, das schwöre ich Ihnen. Muss an den besonderen Umständen liegen, denen wir gerade unterliegen. Sie wissen ja, es gab diese zwei Morde, und die waren nicht eben gerade besonders geschmackvoll."

„Ich bin Ihnen nicht böse, Frau Becker, Herr Zonk. Aber ich habe wirklich nicht so viel Zeit, in einer Stunde muss ich vor Gericht sein."

„Na gut, dann machen wir's kurz", sagte Fabian. „Herr Weinstein, wo waren Sie in der Nacht von Freitag auf Samstag?"

Weinstein lachte. „Oh, was für eine wundervoll klassische Frage. Reden Kommissare wirklich so, ist ja toll!" Er fasste sich. „Nun, ich war hier, zu Hause. Habe geschlafen. Nicht das tollste Alibi der Welt, stimmt's?"

„Wie man's nimmt", sagte Fabian. „Wie sieht's aus mit vorvergangener Nacht? Sie waren auf einer Dienstreise?"

„Ganz recht, in München. Eine außergerichtliche Verhandlung mit den Anwälten eines großen Software-Herstellers. Mehr darf ich nicht verraten, aber ich gebe Ihnen gerne die Nummer der Anwaltskanzlei."

Lisa nahm die Telefonnummer entgegen und spann die Befragung noch etwas weiter. „Kannten Sie Herrn Krumm und Herrn Sander persönlich?"

„Ich bin Herrn Krumm nur im Gerichtssaal begegnet.

Wir haben im Grunde kein Wort gewechselt, abgesehen natürlich vom Verhör im Zeugenstand. Ein ekelhafter Mensch, würde ich sagen."

„Wie würden Sie sagen, sah Ihr Verhältnis zu Herrn Krumm aus?" fragte Fabian.

„Ich sagte doch, wir hatten gar keins. Er war jemand, gegen den ich eine Klage geführt habe. Nicht, weil ich ihn hasste oder ihm was Böses wollte, sondern weil meine Mandanten das so haben wollten."

„Wie kamen die Nielsens denn an Sie ran?" fragte Lisa. „Immerhin leben sie in bescheidenen Verhältnissen, und Sie sind ein Star-Anwalt, so wie schon Ihr Vater."

Weinstein trank seinen Kaffee und lächelte freundlich. „Es geht nicht immer nur um Geld. Den Fall Nielsen habe ich – so wie eine Vielzahl anderer Fälle – über deren normale Rechtsschutzversicherung geführt, nach der geltenden Gebührenordnung."

„Brachte nebenbei auch Prestige ein", sagte Fabian eine Spur aggressiver, als er eigentlich wollte.

„Herr Zonk, Gerichtsverhandlungen sind nun mal eine öffentliche Angelegenheit. Ich habe aber keinen Pressevertreter aufgefordert, darüber zu berichten, und ich habe keine exklusiven Interviews gegeben."

„Aber wie kamen denn die Nielsens ausgerechnet zu Ihnen?" hakte Lisa noch einmal nach. Ihr war aufgefallen, dass Weinstein ihre Frage nicht direkt beantwortet hatte.

„Ich bin selber auf sie zugegangen", sagte Weinstein jetzt geradeheraus. „War ihnen begegnet bei der Verhandlung gegen die beiden Vergewaltiger, und da habe ich mit Herrn Nielsen geredet. Normalerweise mache ich so etwas nicht, aber das Schicksal von Leily hatte mich angerührt. Was Herrn Sander angeht... was soll ich sagen? Ich habe mehrfach Klage gegen seine Zeitung geführt und jedes Mal gewonnen. Dabei waren auch Artikel von Herrn Sander, die mit schöner Regelmäßigkeit die Persönlichkeitsrechte anderer Menschen verletzt haben. Und Herr Sander hat am Ende meinen Vater vernichtet."

„Sie sagen das so leidenschaftslos", sagte Fabian.

Weinstein sah ihn ruhig an. „Wissen Sie, Herr Zonk, es ist schon eine komische Sache mit dem Hass. Er verfliegt bisweilen ganz schnell, wenn das Objekt des Hasses plötzlich tot ist. Vor zwei Tagen hätte ich vermutlich einen mittleren Tobsuchtsanfall bekommen, wenn ich dem Mann begegnet wäre. Aber jetzt ist er tot, und ich kann Ihnen versichern, als mein Sohn Moritz es mir gestern am Telefon erzählt hat, habe ich vor Freude fast geweint."

Lisa musste sofort an Leily Nielsen denken. Die Tatsache, dass der Tod sowohl von Fritz Krumm als auch von Charlie Sander bei manchen Leute so viel Freude auslöste, so viel Erleichterung und Genugtuung, ließ sie frösteln. Und das waren keine schlechten, gefühllosen Menschen, die so reagierten. Ihre Freude war berechtigt, ihre Zufriedenheit über den grausamen Tod dieser Männer absolut verständlich. Zum ersten Mal spürte Lisa deutlich, dass sie mit dem Mörder sympathisierte.

Der Rest der Befragung brachte keine neuen Erkenntnisse mehr. Clara Weinstein bestätigte in von ihrem Mann übersetzter Gebärdensprache, dass dieser Freitagnacht zu Hause gewesen war. Natürlich konnten Lisa und Fabian nur mutmaßen, dass sie das tat, aber sie hatten keinen Grund, vom Gegenteil auszugehen. Eine eigene Dolmetscherin schien ihnen im Moment noch nicht nötig. Sie verabschiedeten sich freundlichst.

„Folgende Theorie", begann Fabian, als sie wieder im Auto saßen. „Du kennst doch diesen Hitchcock-Film, in dem zwei Männer – davon der eine eigentlich gegen seinen Willen – ein Komplott schmieden, um sich gegenseitig ihre Weiber vom Hals zu schaffen?"

„Ja, klar. Jeder soll die Frau des anderen umbringen, überkreuz sozusagen. So dass keiner von ihnen verdächtigt werden kann, weil es kein ersichtliches Motiv gibt. Clevere Idee, guter Film."

„Wie würdest du diese clevere Idee auf unseren Fall anwenden?"

Lisa sah ihn groß an. „Ist das dein Ernst?"

„Weiß nicht", sagte Fabian schulterzuckend, „ist doch immerhin ein Gedanke, oder?"

„Das soll ein Gedanke sein? Dass Weinstein Fritz Krumm umbringt, um den Nielsens Seelenfrieden zu verschaffen, und Nielsen wiederum Charlie Sander, um Weinsteins Vater zu rächen?"

„Zu abwegig?"

„Das ist hier doch kein Hitchcock-Klassiker, das ist das wahre Leben! Willst du damit etwa vor Juhnke treten?"

Fabian bog in Richtung Autobahn ab. „Na ja, wir könnten immerhin noch mal nachchecken, wo Nielsen vorgestern Nacht war. Nur so zur Sicherheit."

Lisa verzog das Gesicht. „Na fein. Lass uns so tun, als wäre das hier ein Krimi. Am besten liefern wir uns gleich noch eine Verfolgungsjagd mit dem Porsche da. Der hat ein defektes Rücklicht. Tritt drauf!"

Zweiundzwanzig

Sie machten sich daran, die Wohnung von Charlie Sander wieder zu verlassen. Zuvor waren bereits die Ergebnisse von Erkennungsdienst und Gerichtsmedizin eingetrudelt, und das in einem rekordverdächtigen Tempo. Vermutlich war der Druck erhöht worden, nachdem Lobsang bereits bei Juhnke vorstellig geworden war. Schade nur, dass nichts dabei rausgekommen war. Spuren gab es diesmal gerade mal gar keine, und über die Todesart wusste Lamprecht nur zu berichten, dass der Mord zwischen drei und vier Uhr nachts eingetreten war, und zwar auf dieselbe Weise wie der Mord an Fritz Krumm.

Fabian zog seufzend die Wohnungstür zu und brachte ein neues Polizeisiegel an. „Wir stehen nicht gerade vor einem Durchbruch, fürchte ich."

„Du vielleicht nicht, mein Hübscher, aber ich weiß jetzt, wer der Täter ist."

Fabian zuckte mit den Schultern. „Is' ja doll. Erzähl's mir morgen."

„Ja, ist gut. Eilt nicht."

Als sie zurück in die Keithstraße fuhren, gingen sie alles noch einmal durch, in der verzweifelten Hoffnung nach irgendeinem Hinweis, der ihnen bisher entgangen war.

„Wenn ich davon ausgehe", sagte Fabian, „dass es sich um denselben Täter handelt..."

„...was du durchaus darfst..." ergänzte Lisa.

„...dann handelt es sich um einen Gestörten, richtig?"

„Weiß nicht. Wieso?"

„Weil das Enthaupten von Menschen in besseren Kreisen als eher ungehörig angesehen wird."

Lisa grinste. „Oh ja, anständige Leute bringen ihre Opfer mit einer Pistole oder dem Messer um, wie sich das gehört."

„Ja, genau das sag ich ja."

„Na schön. Aber vielleicht ist es nur einer, der so tut, als sei er verrückt, und damit will er davon ablenken, dass es für seine Morde ein gutes, altmodisches Motiv gibt."

„Als da wäre?"

„Was gibt's denn schon groß? Ist doch immer dasselbe: Habgier, Leidenschaft beziehungsweise Eifersucht, Rache und... was gab's noch?"

„Selbstschutz. Wenn man zum Beispiel erpresst wird und den Erpresser beseitigt", half Fabian.

„Bingo. Mehr gibt's nicht. Eigentlich ist unser Job schweineleicht, oder?"

„Schweine sind eigentlich nicht leicht. Aber okay, gehen wir es durch. Habgier?"

„Krumm hatte kein Geld. Und bei Sander wurde nichts gestohlen."

„Wer würde auch etwas haben wollen aus diesem Doktor-Mabuse-Labor, in dem der gehaust hat?"

„Die Sachen sind ganz schön teuer, vor allem diese komischen postmodernen Figurinen in diesem Edelstahl-Regal. Wurde aber nichts gestohlen, wenn man der Putzfrau glauben darf."

„Vielleicht war es die Putzfrau", vorschlug Fabian, „sie hat ihren Chef abgemurkst, um Wertsachen einzusacken."

„Und bringt vorher Fritz Krumm um, damit sie nicht verdächtigt wird?"

„Also, falls das wirklich ihr Plan war, muss ich sagen: Brillant."

„Von wegen", entgegnete Lisa, „so was in der Art hat Agatha Christie schon vor fünfzig Jahren geschrieben."

„Agatha Christie, ja. Möchte echt nicht wissen, wie viele ungeklärte Morde die auf dem Gewissen hat."

„Sag bloß, die hast du gelesen?"

„Wieso nicht, ist das vielleicht nur was für Frauen?"

„Erstens: Ja. Und zweitens, was meinst du damit?"

„Ihre Bücher sind eine perfekte Anleitung dafür, wie man einen Mord begeht, ohne erwischt zu werden."

„Die Mörder werden bei ihr immer erwischt."

„Ja sicher, von Hercule Poirot und Miss Marple. Aber – und das wird dich jetzt schockieren – die gibt es in Wirklichkeit gar nicht."

Lisa brummte skeptisch. „Und du glaubst, dass Leute sich Krimis durchlesen, um anschließend jemandem mit den erworbenen Kenntnissen um die Ecke zu bringen?"

„Da stand mal was in der Zeitung. Zwei witzige Brüder in den USA haben ihre Mutter verhackstückt, und wie das ging, hatten sie aus der Serie *Die Sopranos* gelernt."

„Coole Serie."

„Yeah. Nur wir Bullen kommen dabei nicht so gut weg."

„Verbrecher sind auch nur Menschen. Wie sind wir eigentlich darauf gekommen?"

„Hab ich vergessen", sagte Fabian. „Wir waren irgendwo bei den üblichen Motiven. Habgier ist abgehakt."

„Na schön, dann ist das nächste... Leidenschaft?"

„Tja, vielleicht war eine Frau unglücklich verliebt in Fritz Krumm, aber er hat sie abgewiesen?"

Die beiden Kommissare lachten herzlich, und bei dem Gedanken, jemand könnte in Charlie Sander verliebt gewesen sein, lachten sie gleich noch mal. Fabian schaltete einen Gang zurück, um keinen Unfall zu bauen.

„Ich weiß noch 'nen besseren", grinste Fabian. „Krumm und Sander hatten beide was mit ein und derselben verheirateten Frau, und ihr Mann sinnt auf Rache."

Lisa grinste fröhlich. „Du lieber Himmel, darauf hätten wir längst kommen können. Der Haken ist nur: Es ist zwar irgendwie denkbar, dass es da draußen, in diesem unendlich weiten Universum, dass sich permanent ausdehnt, tatsächlich zumindest ein einziges weibliches Wesen gibt, dass unter gewissen Umständen tatsächlich dazu bereit wäre, freiwillig mit diesem schleimigen Arschkrebs Charlie Sander ins Bett zu gehen..."

„Nee, also das glaub ich nicht..."

„Doch, doch. Aber zumindest bei Fritz Krumm kann ich mir das nicht vorstellen."

„Ich hab langsam das Gefühl, das Motiv Leidenschaft fällt hier aus. Wie steht's mit Rache?"

„Klingt bis jetzt noch ganz plausibel", sagte Lisa, „die beiden Opfer waren miese Kotzbrocken, die sich Feinde gemacht haben. Krumm hatte zumindest die Nielsens, die ihn hassten."

„Aber die waren's nun einmal nicht. Hab ich vergessen zu erzählen: Ich hab Hoffmann noch gebeten, ihre Nachbarn telefonisch zu befragen, und die sagen auch, sie hätten die Nielsens bei dem Feueralarm auf den Gängen gesehen, genau zur Tatzeit. Sie trugen Pyjama und Nachtkleid, das heißt, wie heißen diese Dinger noch mal?"

„Kimono?" rief Lisa.

„Ja, genau. Wasserdichtes Alibi, kommen wir nicht dran vorbei."

„Dann haben wir kein Motiv bei Krumm. Und damit auch nicht bei Sander."

„Wer sagt denn", dachte Fabian laut, „dass es für beide Morde dasselbe Motiv gibt?"

„Richtig", sagte Lisa. „Vielleicht ist da ein Typ unterwegs, der sich einfach dazu entschlossen hat, jeden den er hasst einen Kopf kürzer zu machen?"

„Dann müsste es auch nichts mit den Nielsens zu tun haben."

„Oder mit Weinstein."

Sie sahen sich an. Dann verzogen beide ihre Gesichter.

„Schön wär's", brummte Fabian. „Wir sollten nicht versuchen, irgendwas zu konstruieren. Die beiden haben sich nicht gekannt und hatten garantiert keine gemeinsamen Bekannten. Die lebten in verschiedenen Welten. Wir haben in keiner der beiden Wohnungen eine Verbindung entdeckt, und keiner hat bisher etwas davon verlauten lassen. Krumm hatte kaum soziale Kontakte, und die Kollegen von Sander hätten uns garantiert was davon gesagt, wenn sich die beiden Opfer gekannt hätten."

„Präzisierung: Sie hätten es heute in ihren Blättern veröffentlicht, um was Exklusives zu haben."

„Ja, so was in der Art."

Spekulieren können wir auch im Auto, dachte Lisa. *Oder in der Kneipe. Oder bei mir zu Hause. Oder im Bett. Hey, hübsche Idee, das. Mal abgesehen vom Entertainment-Faktor. Warum in einem Büro rumsitzen, wenn man es sich auch gemütlich machen kann beim Nachdenken? Aber ich schätze, da haben die Steuerzahler wieder mal was dagegen. Dabei könnte man so eine Menge Büromöbel sparen.*

„Was denkst du gerade?" fragte Fabian.

Lisa schreckte aus ihren Gedanken auf. „Nanu, das dürfte das erste Mal in der Geschichte der Menschheit sein, dass das die Frau gefragt wird."

„Ist dir was eingefallen, was wir machen könnten?"

„Na ja... nein."

„Schade. Aber hey, ein Motiv haben wir noch vergessen."

„Stimmt", sagte Lisa erleichtert, „Erpressung."

Fabian schüttelte den Kopf. „Klappt nicht. Kann ja wohl nicht sein, dass jemand von Sander und von Krumm erpresst wurde."

„Zumindest bei Sander kann ich es mir aber vorstellen. Diese Schmierfinken haben ein Talent dafür, die dunklen, unappetitlichen Seiten anderer Menschen zu entdecken. Wahrscheinlich verdienen sich viele ihr Geld nebenbei damit, bestimmte Sachen nicht zu veröffentlichen. Dafür kriegen sie dann entweder Geld oder Exklusiv-Interviews."

„Für den Mord an Sander gibt's genug Gründe und ausreichend Verdächtige. Aber keinen, der herausragt."

„Außer Weinstein."

„Ja. Aber sein Alibi steht."

Hoffmann hatte sie zwischendurch angerufen. Die Anwaltskanzlei in Berlin hatte bestätigt, dass Richard Weinstein in der Mordnacht dort gewesen war. Eigentlich eine gute Nachricht. Aber die schlechte kam gleich hinterher: Juhnke ordnete die Observierung des Anwalts an. Aus „landschaftspflegerischen Gründen", wie er sagte.

„Bin ich froh, dass das hier kein Krimi ist", grinste Fabian bitter, „sonst müssten wir noch selbst die Überwachung übernehmen."

„Dafür gibt's die Mobilen."

Das Mobile Einsatzkommando hatte bereits einen Wagen abgestellt, vermutlich fuhr der jetzt bereits dem von Weinstein hinterher. Die Kollegen vom MEK waren bei den Kriminalen nicht besonders angesehen, für gewöhnlich wurden diejenigen Beamten dorthin versetzt, die sich im Ermittlungsdienst als untauglich herausgestellt hatten. Aber irgendwelchen Leuten nachfahren oder vor ihren Häusern in einem kleinen Bus auf der Lauer liegen, das bekamen sie noch hin.

Fabian suchte einen Parkplatz in der Tiefgarage des LKA und parkte ein. Dann stieg er schnell aus, rannte um den Wagen herum und öffnete Lisas Tür. Die sah ihn verblüfft an und kletterte aus dem Auto. Fabian schloss hinter ihr die Tür.

„Was sind denn das auf einmal für Methoden?" fragte sie lachend.

„Ich probier mal was neues aus", antwortete Fabian. „Kavalierstugenden oder wie man das nennt. Ich meine, nur weil wir Kollegen sind, muss ich nicht so tun, als ob du keine Frau wärst."

Lisa lächelte ihn an, und das kein bisschen höhnisch. „Dankeschön."

Sie gingen zum Fahrstuhl. Als sie ihn betraten (Lisa zuerst), mussten sie wieder an gestern denken, als sie zu Lobsangs Büro hochgefahren waren. Lisa spürte plötzlich, dass sie heftiger atmete.

„Übrigens..." begann Fabian.

„Was?"

„Was machst du morgen Abend?"

Lisa schaffte es, die Coole zu spielen. Sie bewunderte sich noch wochenlang dafür. „Wenn ich nicht gerade über den Kopf von einer dritten Leiche stolpere, hab ich nichts Konkretes vor."

„Hast du doch", sagte Fabian, „wir gehen morgen in die neue Bill-Murray-Komödie."

„Cubix oder Cinemaxx?"

„Alhambra. Da ist weniger los."

„Alles klar."

Das war einfacher als ich dachte, dachte Lisa.

Das war schwieriger als ich dachte, dachte Fabian.

Dreiundzwanzig

Am nächsten Morgen hatte Lisa verdächtig wenig Lust, sich mit Sven zu unterhalten. Er ging ihr beinahe schon ein wenig auf die Nerven, schließlich tauchte er jetzt wirklich jeden Morgen bei ihr auf und schmarotzte Kaffee, Tee und Busenpanorama. Bislang war er nur ein- bis zweimal die Woche erschienen. Auch Katze hatte das Interesse an dem dünnen Mann verloren, das Tier stand offensichtlich mehr auf fülligere Figuren, die waren gemütlicher. Inzwischen schnurrte Katze ständig um Lisas Beine herum, um sich Futter zu erbetteln, und die Kommissarin füllte bereitwillig das teure Felix in einen hübschen, großen Keramik-Napf, der sauber ausgeschleckt wurde. Es war schönes Wetter, und so trollte sich der kleine Parasit nach draußen, um kleine Vögel zu ermorden und das stolze Volk der Mäuse zu dezimieren. Lisa war unglücklich ob dieser Aussichten, aber so war nun mal die Natur. Und wenigstens brauchte sie kein Katzenklo sauber zu machen, denn ihr Hausgast ging auch dafür nach draußen.

Lisa hatte Sven kurz informiert, was die Ermittlungen so machten, aber das war kaum nötig. Nicht nur der *Volksmund*, sondern alle Berliner Zeitungen berichteten über die Ermittlungen gegen „einen prominenten Anwalt in Dahlem", und jeder wusste, wer gemeint war. Berlin hatte im Grunde nur einen prominenten Anwalt, abgesehen von ehemaligen CDU-Lokalpolitikern, die aufgrund ihrer Notartätigkeit für Betrüger in die Schlagzeilen geraten waren.

Und so nahm der Tag seinen Lauf. Lisa und Fabian

telefonierten sich durch die halbe Stadt, befragten alle möglichen Leute aus dem Umfeld der beiden Mordopfer, ob es irgendeine Verbindung geben konnte zwischen den beiden Kopf-Entfernungen. Verwandte, Nachbarn, Bekannte, Kollegen, alle wurden gefragt, und alle hatten dieselbe Antwort: Keine Ahnung, nein, wahrscheinlich nicht. Alfie Hoffmann behauptete zwischendurch, er hätte einen Hinweis dafür entdeckt, dass Sander und Krumm mal zusammen zur Schule gegangen wären, aber angesichts des Altersunterschieds konnte ihm Lisa diese Flause erst mal austreiben. Tatsächlich waren sie auf der gleichen Grundschule gewesen, aber mit fünfzehn Jahren zeitlicher Verzögerung.

„Ich war auf dem Gymnasium am Ostring in Bochum", sagte Fabian dazu, „genau wie Herbert Grönemeyer. Trotzdem würde ich nicht direkt sagen, dass wir uns gegenseitig Feinde aus dem Weg räumen oder uns die Haare schneiden."

„Schon gut, schon gut", maulte Hoffmann und zog sich wieder zurück ins Großraumbüro nebenan.

Lisa ergriff die Gelegenheit. „Sag mal, wollen wir gleich nach der Arbeit hinfahren, oder darf ich mich vorher noch umziehen?"

„Na klar, ich will mich schließlich auch umziehen", sagte Fabian.

„Im Ernst? Du willst dich fürs Kino extra gut anziehen? Das machen Männer aber selten."

„Wirklich? Das muss ich mir merken. Wir sehen uns dann um halb acht in Wedding."

Nach acht Stunden ergebnislosem Recherchieren gingen Fabian und Lisa ihrer Wege. Für beide war es ein eigenartiges Gefühl, zunächst den ganzen Tag miteinander zu verbringen, um sich dann zu trennen und sich zwei Stunden später wiederzusehen, um sich einen Film anzusehen, vielleicht noch essen zu gehen und wahlweise irgendwo rumzulaufen oder miteinander ins Bett zu gehen. Lisa war sich sicher, das auf keinen Fall beim ersten Date zu machen, aber andererseits: Was hieß hier schon erstes Date? Sie kannten sich seit einem halben Jahr, und wenn sie die erotische Spannung bedachte, die immer wieder in der Luft lag, konnte man einem durchschnittlichen Arbeitstag mehr Intimität zuschreiben als den meisten ersten Dates, die sie in ihrem Leben gehabt hatte.

Als sie unter der Dusche stand, überlegte sie bereits, ob sie sich nicht mal kurz mit dem Ladyshaver an den strategisch wichtigen Stellen traktieren sollte, entschied sich aber dagegen. Sie war von Natur aus nicht sehr buschig, und sollte sie schwach werden, würde sie eben auf günstige Beleuchtung bestehen. Kaum abgetrocknet, holte sie einen Kerzenständer hervor und platzierte ihn neben ihrem Bett. Dann ging es an die Auswahl des Outfits. Lisa wusste, dass es zum Rollenverhalten jeder Frau gehörte, sich vor einer Verabredung stundenlang mit allen möglichen Klamotten vor den Spiegel zu stellen, aber sie ersparte sich das mal, aus Zeitgründen und weil sie sowieso schon längst wusste, was sie anziehen würde. Ihr cremefarbenes Sommerkleid war nämlich das einzige, in dem Fabian sie noch nie gesehen hatte. Außerdem war es hübsch, aber nicht zu aufmerksamkeitsheischend, anders als ihre legendäre rote Catsuit aus Baumwolle, die sie in einem Anfall von Wahnsinn gekauft hatte, als sie gerade mal fünf Kilo runter hatte. Noch heute sprach sie ungern darüber, obwohl es vier Jahre her war.

Das Telefon klingelte.

Fuck, dass der bloß nicht absagt!

Mit dunklen Vorahnungen schnappte sich Lisa den Hörer.

„Was ist los?"

„Ach du lieber Gott", kam die maulige Stimme von Rosie aus dem Hörer, „hab ich aus Versehen die Telefonbeleidigung gewählt?"

„Ach du bist's, ich dachte, es wäre Zonk."

„Dein heißer Kollege mit der gutgepolsterten Badehose?"

„Er wird heute Abend eine normale Unterhose tragen. Und darüber eine normale Hose."

„Sag bloß, ihr seid verabredet?"

„Stell dir mal vor, er hat mich gestern ganz plötzlich gefragt."

„Und, hast du dich überall gut rasiert?"

„Rosie!"

Die ältere Frau lachte dreckig. „Dann lass es, hör nicht auf uns erfahrene Frauen."

„Wir gehen ins Kino."

„Ach Gottchen, wie originell."

„Na und? Ich will gar keine Originalität."

„Was willst du dann? Dass er in einem dunklen Raum neben dir sitzt?"

„Zum Beispiel. Aber ich will ihn natürlich besser kennenlernen, um ihn dem Partnerschaftstest zu unterziehen."

Rosie verzog das Gesicht und erzeugte dabei ein Geräusch, das Lisa den Eindruck vermittelte, Rosie verzöge ihr Gesicht.

„Hast du gerade dein Gesicht verzogen?"

„Ja, hab ich. Mir ist da nämlich was unklar. Du kennst den Mann seit einem halben Jahr, richtig?"

„Woll."

„Und du kennst ihn immer noch nicht gut genug, um zu wissen, ob der Typ korrekt für dich ist?"

Lisa seufzte. „Ich fürchte, so ist es."

„Wie soll sich das denn an einem einzigen Abend ändern?"

„Ich denke halt, dann lernen wir uns erst richtig kennen. Ich meine, ich bin noch nie in seiner Wohnung gewesen, und er nicht in meiner."

„Ach, darum geht es. Du willst ihn in deine Wohnung schleppen."

Ja! „Nein."

„Sondern?"

„Wenn wir im Job sind, ist da immer so eine Barriere, über die wir nicht rüberkommen. Wir frotzeln rum und so, erzählen uns auch mal dieses und jenes aus unserem Privatleben, legen Standpunkte dar und all das, aber da ist immer dieser Punkt, den wir nicht überschreiten können, weil wir eben im Dienst sind. Neulich war ein Moment, ich schwöre dir, da hätten wir fast angefangen, uns gegenseitig abzulecken. Aber wir waren auf dem Weg zu einer Befragung."

Rosie hatte aufmerksam zugehört. „Ich kapiere. Ihr spielt seit Monaten miteinander Spielchen, so wie in diesen Achtziger-Jahre-Krimiserien."

„So ähnlich."

„Und was soll heute Abend deiner Meinung nach passieren? Dass er dir plötzlich sagt, wie sehr er auf dich abfährt, und du sagst es ihm dann auch?"

„So sehr fahre ich gar nicht auf ihn ab. Ich will ihn

nur... vergleichen."

„Mit wem?"

Lisa strengte sich an, ihren eigenen Faden nicht zu verlieren. Rosie stellte genau die richtigen Fragen, und ihr wurde bewusst, was sie die ganze Zeit schon hätte machen müssen.

„Ich will generell rauskriegen, ob ich mit diesem Typ Mann zusammen sein will. Oder mit einem anderen. Ich will mir darüber im Klaren werden, auf was für Männer ich wirklich stehe, und nicht, auf welche ich stehen sollte."

„Gut gesprochen", antwortete Rosie. „Du hast also Fabian als deinen Vertreter der selbstbewussten, arroganten Macho-Typen mit Herz und Humor, und den vergleichst du dann mit wem?"

„Mit Sven." Da war's raus.

„Genau", sagte Rosie, als hätte sie keine andere Antwort erwartet, denn das hatte sie auch nicht. „Du willst heute Abend einen Showdown haben zwischen Sven und Fabian, und der Gewinner kriegt als Trophäe deinen BH samt Inhalt."

„Okay, ich denke, so kann man es formulieren, du Scheusal."

„In welchem Film geht ihr denn?"

Lisa war überrascht über die Frage. „Die neue Komödie mit Bill Murray. Wir gehen ins Alhambra."

„Oh, das Alhambra ist das in Wedding, mit der Giraffe drauf, stimmt's?"

„Giraffe? Bist du von Sinnen, meine Teure?"

„Doch, eine aufblasbare. Macht Werbung für so einen Zeichentrickfilm."

„Oh, ja. Wir Erwachsenen sollen ja jetzt auch

Zeichentrickfilme mit sprechenden Tieren gucken, das ist offenbar nicht peinlich."

„Wir sind alle verflucht", knurrte Rosie ungewohnt düster, um dann gleich wieder fröhlich zu flöten: „Okay, Kleines. Ich wünsch dir viel Spaß. Ach, du hast doch Kondome?"

„Klar, ich muss mir nur das Verfallsdatum noch mal anschauen."

Vierundzwanzig

Es wurde dann doch ein sehr interessanter Abend für die Oberkommissarin Becker. Was für eine Barriere auch immer zwischen ihr und ihrem Kollegen bestanden hatte, sie war schlagartig im Eimer, als es im Kino dunkel wurde. Fabian hatte seine Lederjacke auf den Stuhl neben sich gelegt und Lisa klar gemacht, wo sie zu sitzen hatte. Da er Rechtshänder war, musste sie links von ihm sitzen, denn Männer können komischerweise mit ihrer Stammhand nicht so gut die erste Phase einleiten, wie sie wusste.

Für die Werbung samt Trailern hielt er sich noch zurück. Lisa wollte auch nicht mittendrin aufhören, und dass es ein Mittendrin geben würde, war beiden einfach sonnenklar. Lisas Kleid war mit Abstand das dünnste und tiefausgeschnittenste ihrer modischen Laufbahn, es war für jeden Mann, der auch nur ein bisschen auf mollige Frauen stand, die Offenbarung der Johanna. Lisas Busen sah aus, als könnte man einen Kopfsprung aus dem achtzehnten Stockwerk darauf lebend überstehen, und Fabian hatte ein paar Sekunden gebraucht, um seinen Blick bei der Begrüßung abzuwenden. Zufrieden registrierte Lisa während des kurzen Vorfilms, dass er es immer noch nicht konnte.

„Ich werde jetzt mal gähnen und dann meinen Arm um dich legen, okay?"

Fabians Ankündigung kam in einem ganz nebensächlichen Tonfall rüber, und Lisa konnte nur mit den Schultern zucken und sagen: „Pass auf mit meinen Haaren."

Fabian ließ den Worten Taten folgen und platzierte seine linke Hand mit chirurgischer Präzision zwischen Schulter und Brustansatz, ohne auch nur das kleinste bisschen verrutschen zu müssen. Lisa freute sich, in den Händen eines Profis zu liegen, und kuschelte sich an Fabians Hals. Der Film war klasse, wie sie nebenbei registrierte, aber Bill Murray konnte man ja blind buchen. Hatte der jemals einen schlechten Film gemacht? Ihr fiel keiner ein. Naja, für „Garfield" hatte er anscheinend die Stimme geliefert. Es gelang Lisa tatsächlich, der Handlung zu folgen und mehrmals zu lachen, und Fabian schien sogar regelrecht gebannt zu sein. Aber seine Hand sprach eine andere Sprache. Lisa wusste ja, dass Männer im Prinzip nicht zwei Dinge gleichzeitig tun konnten, und die regen Aktivitäten im Bereich ihrer linken Brust waren eindeutiges Signal dafür, dass Fabian die ganze Zeit nur damit beschäftigt war, seine fleischlichen Triebe auszuleben.

Lisa fühlte sich extrem wohl. War schon lange her gewesen, dass sie im Kino befummelt worden war, und sie konnte sich nicht erinnern, dass ihr jemals ein Mann begegnet war, der so viel Gefühl und Geschicklichkeit in die Aktion brachte. Schon nach zehn Minuten waren seine Finger tief unter ihren BH geglitten, ohne dass sie es richtig mitgekriegt hatte. Und er fing nicht etwa an, wie verrückt rumzukneten, sondern setzte die Spannkraft des Spandex ein. Und die ganze Zeit sah er völlig unbeteiligt auf die Leinwand, während Lisas Brustwarzen sich beschweren, wie verdammt wenig Platz sie auf einmal hatten. Leise schnurrend dachte Lisa: *Wenn er das schon mit drei Fingern schafft, was schafft er dann mit elf?*

Trotzdem wollte sie nicht nur passiv sein. Sie hielt nicht viel davon, einem Mann im Kino an die Wäsche zu gehen, das war schon ein paar mal übel aus dem Ruder gelaufen, einmal wurde sie sogar rausgeschmissen. Aber zumindest wollte sie es Fabian leichter machen – man hilft sich schließlich unter Kollegen.

„Warte mal kurz", hauchte Lisa. Fabian wollte sich schon zurückziehen, aber sie patschte ihm auf die Hand und bedeutete ihm, noch tüchtiger zuzugreifen, was er zufrieden grinsend tat. Lisa rutschte etwas tiefer, um seinem Arm mehr Spielraum zu geben, und drückte sich an ihn. Dann nahm sie seine andere Hand und führte sie zu ihrer rechten Brust, die sich allmählich vorgekommen war wie Aschenputtel, die zu Hause bleiben musste, während die andere Brust auf den Ball durfte. Der glückliche Fabian nahm nun die Dinger in die Hand und es dauerte nicht lange, bis zwei äußerst geile Menschen in der hintersten Sitzreihe eng umschlungen alles taten, was an einem öffentlichen Platz gerade so eben noch mit Gesetz vereinbar war, zumindest bei so schummriger Beleuchtung. Lisas eine Hand hatte sich in Fabians Hintern verliebt, die andere in seinen Hinterkopf. Er küsste hart und fordernd, genau wie sie es mochte, jedenfalls in diesem Moment. Ihre Brüste bekamen eine professionelle Massage, wie sie sie kaum kannten. Kurz bevor die Lichter angingen, hatte Lisa den strategischen Rückzug befohlen, und ihre Klamotten waren gerade noch rechtzeitig wieder da, wo sie hingehörten. Einer von Lisas BH-Trägern hatte sich verdreht, aber sonst war alles bingo. Lippenstift hatte sie gar nicht erst aufgelegt. Trotzdem wurden sie beide von einigen der Kinobesucher angegrinst, und ganz besonders von einer Besucherin.

Von Rosie.

Da stand sie am Ausgang und wartete auf sie, wobei sie lässig ihr Krokotäschchen herumwirbelte, das perfekt mit dem breiten Gürtel korrespondierte, der ihre rote Bluse vom schwarzen Minirock trennte. Die 55jährige machte sich gar nicht erst die Mühe, so zu tun, als sei sie überrascht. War ja auch sinnlos, schließlich hatte Lisa ihr gesagt, wo sie hingehen würde.

„Na, wie fandet ihr's?" Rosie ließ offen, was präzise sie damit meinte.

„War klasse", antwortete Lisa angesäuert.

„Ja, ich weiß", lachte Rosie gut gelaunt, „ich saß nur vier Sitze von euch entfernt."

Fabian war es anscheinend überhaupt nicht peinlich. „Warum bist du nicht zu uns gekommen, ich hätte ja nur meine Jacke wegräumen müssen."

„Hätte ich ja gerne getan", antwortete Rosie, „aber das hätte meinem Begleiter den Abend wohl vollends ruiniert."

„Begleiter?" Lisa hatte die Frage kaum gestellt, da schwante ihr schon übelstes. Und tatsächlich, da kam er schon aus Richtung der Toiletten: Sven Konrad. Und er sah nicht glücklich aus.

„Hallo", sagte er bemüht ungezwungen zu Lisa. Und dann noch mal zu Fabian: „Hallo."

Der hallote zurück. „Ähh... Sven, korrekt?"

„Ja, genau."

Svens waidwunder Blick traf Lisa direkt ins Herz, und für einige Sekunden standen die vier Menschen da und sprachen kein Wort. Dann erhob die fröhliche Rosie die Stimme: „Also, ich hab Lust auf einen Cocktail, gehen wir hier nach nebenan?"

Und schon trabte sie mit wiegenden Hüften voran zur inhäusigen Bar des Kinos. Lisa ging ihr schnell nach, und auch die Männer schlurften hinterher, sich gegenseitig mit keinem Blick würdigend.

„Was ist denn das für eine kaputte Nummer?" zischte Lisa ihre ehemalige Freundin an.

„Ich helfe dir nur auf die Sprünge", grinste die zurück. „Du sagtest doch, du willst dich entscheiden zwischen den beiden, und das geht am besten, wenn du sie direkt nebeneinander stellst."

„Du bist ja wohl total bekloppt", schnaubte Lisa leise, als sie sich einen Tisch suchten, „da kann ich ja gleich einen Dreier mit den beiden veranstalten."

„Ja, das war auch mein erster Gedanke, aber glaube mir, meine Liebe, so was ist in der Phantasie immer viel prickelnder als in der Realität."

Lisa glaubt ihr aufs Wort.

Alle vier setzten sich und versuchten, in eine normale Atmosphäre rüberzuschwenken. Da saßen nun vier Menschen an einem Tisch, tranken Milchkaffee und Cappuccino, sahen einander an und wollten woanders sein. Bis auf Rosie, die fröhlich über den Film plauderte, die witzigsten Stellen nachspielte und sich darüber beklagte, dass Sven viel zu wenig gelacht hätte. Der wiederum grinste gequält und lachte gezwungen über Rosies Vortrag. Fabian hatte wieder seinen gewohnt gleichgültigen Gesichtsausdruck aufgesetzt und hielt dieses Pokerface problemlos durch.

Lisa wusste nicht, was sie machen sollte. Sven tat ihr unendlich leid, und sie schämte sich und hatte Schuldgefühle. Sie wusste nicht genau warum, aber es war klar, dass der Mann schwer verletzt war und eigentlich in die emotionale Notaufnahme gehörte. Dieser sensible, liebenswerte arme Tropf rührte in seinem Macchiato herum und bemühte sich, die Fassung zu bewahren. Wie Rosie ihn rumgekriegt hatte, mit ihr ins Kino zu gehen, war irgendwie mysteriös. Zuvor hatten sie nie nur zu zweit etwas unternommen. War es möglich, dass er auf einen Quickie mit ihr gehofft hatte? Die reife Sex-Bombe, für die nicht nur sie sich hielt, war auch für einen fast zwanzig Jahre jüngeren Mann ein absoluter Volltreffer, und auch in ihrem relativ züchtigen Aufzug von heute war ihr spektakulärer, wenn auch schwerkraftmäßig in Mitleidenschaft geratener Körper kein Gegenstand der Erwägung, sondern des Entschlusses. Aber Sven hatte nie Interesse an Rosie gezeigt, und sie auch nicht an ihm, da war stets mehr so etwas Mütterliches gewesen. Aber vielleicht stand er ja auf so etwas? Zumindest wäre das eine gute Lösung, fand Lisa. Nach der Kino-Session lag Fabian nach Punkten deutlich in Führung, denn sie konnte sich absolut nicht vorstellen, dass Sven in dieser Beziehung mithalten konnte. Obwohl sie es der Fairness halber ausprobieren sollte. Allerdings gab es da ja auch noch andere Aspekte bei einem Mann, oder irrte sie sich da? Wahrscheinlich.

Lisa beschloss, das Beste aus der Situation zu machen und Rosies Konzept der Gegenüberstellung auszuprobieren. So unmoralisch, zynisch und menschenverachtend das auch war – es konnte eventuell Spaß machen.

„Tja", sagte sie, „da sitzen wir vier Hübschen hier. Vielleicht sollten wir mal die Gelegenheit nutzen, uns näher kennenzulernen. Also, speziell du und du." Und damit nickte sie in Richtung der Männlichkeiten, die sich gegenübersaßen.

Fabian begann gutmütig. „Du bist doch Journalist, oder? Wo schreibst du denn so?"

Sven richtete sich etwas auf und sah seinen Erzfeind an. „Ach, weißt du, ich bin Freischaffender und mach viel für die lokalen Medien. Vor allem taz, aber auch *rbb*. Und ich schreibe für den Straßenfeger."

Das war eine der Obdachlosen-Zeitungen. Sven zuliebe lass Lisa das Blatt und fand das manchmal gar nicht übel. Er und seine Kollegen durften in dem Blatt offenbar alles veröffentlichen was sie wollten, ohne dass eine Redaktion großartig rumnervte. Zuletzt hatte es eine fünf Seiten lange Verschwörungstheorie über den 11. September gegeben, dass alles von der US-Regierung geplant gewesen sei, und alle möglichen Indizien wurden dafür zusammengetragen. Sven hatte daran mitgewirkt und freute sich schon darauf, der Welt in der nächsten Ausgabe mitzuteilen, dass die Amerikaner nie auf dem Mond gelandet waren. Er hatte das Lisa so eloquent und detailreich vorgetragen, dass sie inzwischen selbst dran zweifelte.

„...und die Flugzeuge waren außergewöhnlich leer", ereiferte sich Sven inzwischen, voll in seinem Element. „Normalerweise werden solche Flüge abgesagt, weil sie sich nicht rechnen. Auch das WTC war relativ leer zu dem Zeitpunkt. Und die Tickets lauteten auf die echten Namen der Terroristen, obwohl die bereits auf FBI-Fahndungslisten standen. Was soll man dazu noch sagen?"

„Dass die Terroristen dämlich waren und das FBI noch dämlicher", schlug Fabian vor.

„Von wegen!" raunzte Sven ungehalten. Was war denn

das für ein Fatzke? „Das FBI hat die Terroristen gedeckt. Die haben genau gewusst, was los war!"

„Und haben dem Großteil der Passagiere, die mitfliegen wollten, gesagt, sie sollen wegbleiben, weil die Maschinen entführt werden?"

„Herrgott, was soll das?" Sven war es gar nicht gewohnt, dass seine Theorien so wenig gewürdigt wurden. Wie praktisch alle Verschwörungstheoretiker diskutierte er lieber nur mit Leuten, die sowieso seiner Auffassung waren. „Irgendwie haben die das halt gedeichselt, damit es nicht so viele zivile Opfer gibt."

Svens Litanei ging weiter, angefangen mit den „verdächtig plumpen Spuren" der Attentäter. Dann über Bush, wie er bereits eine Stunde nach den Anschlägen islamische Fundamentalisten verantwortlich machte und quasi den Krieg gegen Afghanistan ankündigte. Die Aussagen von Zeugen und Experten, die von Bombenexplosionen im WTC sprachen, und zwar schon im achten Stockwerk. Die explodierenden Flugzeuge allein hätten die Träger nicht zum Schmelzen bringen können, also musste nachgeholfen werden. Dann wurden die Spuren viel zu schnell beseitigt. Interessant doch wohl auch der neue Pächter des WTC, ein Spekulant, der den Komplex sechs Wochen vorher übernommen und für 3,55 Mrd. Dollar versichert hatte. Und dann das Flugzeug, das angeblich ins Pentagon krachte – in eines der bestgesicherten Gebäude der Welt mit eigenen Flugabwehrraketen, und das nachdem bereits die beiden anderen Maschinen in New York eingeschlagen waren. Niemand hatte das Flugzeug gesehen, hatte es überhaupt existiert? Und was war mit den Geheimgesprächen zwischen Bush und Blair, die von der IRA aufgezeichnet wurden und in denen Bush bereits vor den Anschlägen Bescheid gewusst haben soll über alles, was in der Zukunft geschehen sollte? Und dieses komische Video mit dem Geständnis von Osama bin Laden, das wunderbarerweise inmitten von Trümmern unbeschädigt gefunden wurde und in Wahrheit keinen echten Erkenntniswert hatte! Dazu kamen die hochrangigen Personen aus den Umfeldern von Regierung und CIA, die kurz vor den Anschlägen ihre Airline-Aktien verkauft hätten. Wer bei all dem noch daran glaubte, dass tatsächlich nur Osama bin Laden und eine Handvoll Islamisten das alles organisiert hätten, der konnte ja wohl nicht ganz dicht sein.

Wie gebannt hatten Lisa und Rosie zugehört, wie immer, wenn Sven von seinen Theorien sprach. Fabian war jedoch unbeeindruckt.

„Also, damit ich das richtig verstehe: Die US-Regierung hat unter Mitwissen des britischen Premierministers einige Anschläge inszeniert, um diverse Kriege führen zu können, sich Öl-Reserven anzueignen und die Kriegsindustrie zu füttern. Richtig?"

„Ganz genau", antwortete Sven zufrieden, „so ist das mit dem Kapitalismus. Der kann nur durch Kriege überleben."

„Ja, ist klar", sagte Fabian, „das sieht man daran, dass kommunistische Länder niemals Kriege geführt haben. Also, die IRA hat Telefongespräche zwischen Blair und Bush abgehört? Tolle Leistung."

Sven wurde rot. „Okay, klingt unglaubwürdig, aber..."

„Nicht doch, nicht doch. Ist schon gut. Aber eines kapier ich nicht: Bezweifelst du jetzt, dass das islamische Fundamentalisten waren, die die Flugzeuge entführt haben, oder glaubst du das?"

„Doch, das stimmt schon, die wurden eben benutzt..."

„Ja klar, das versteht sich von selbst. Aber wieso zweifelst du dann an den Beweisen, dass es islamische Fundamentalisten waren? Also, der gefundene Koran, der Abschiedsbrief und die Fluganleitung. Und der gefundene Ausweis eines der Attentäter. Haben die Amis das alles deponiert, um den Verdacht auf Islamisten zu lenken?"

Sven musste erst einmal überlegen, dann antwortete er diplomatisch. „Also, ich denke, dass Atta und die anderen wohl wirklich die Attentäter waren. Und ich denke, dass sie nicht wussten, dass sie nur benutzt wurden, um der US-Regierung Munition für Kriege zu liefern. Und ich denke, dass diese Beweise nachträglich deponiert wurden, um keinen Zweifel an der Identität und deren Motiven zuzulassen. Das gilt auch für das Bin-Laden-Video."

„In Ordnung", nickte Fabian ruhig, „das ist akzeptabel."

Sven lächelte befriedigt.

„Allerdings", fuhr Fabian fort, „ist es genau so akzeptabel, wenn man sagt: Das waren islamische Fundamentalisten, die Attentate auf den amerikanischen Teufel begehen wollten, unter dem Kommando von Osama bin Laden, ohne jede Kenntnis der Amerikaner, und dass sie diverse Spuren hinterließen, weil es ihnen sowieso egal war, ob man sie identifizierte oder nicht, denn sie würden ja sowieso sterben. Ist auch nicht völlig unlogisch, oder?"

Sven verzog das Gesicht. Rosie musste grinsen, und Lisa trank seufzend ihre Tasse leer.

„Na gut, glaub was du glauben willst", brummte Sven.

„Danke vielmals", sagte Fabian charmant. „Übrigens ist es gar nicht so ungewöhnlich, dass Linienmaschinen mal ziemlich leer sind, besonders morgens. Deshalb haben sich die Terroristen halt diese frühen Flüge ausgesucht, weil da nur ein paar Leute in den Maschinen sitzen, was auch erklärt, warum das WTC angegriffen wurde, als noch relativ wenig Leute drin waren. Es war eben noch früh, aus purem Sachzwang heraus. Alles klar?"

Sven antwortete nicht. Er starrte wütend auf den Tisch.

„Und ich bin bereit zu glauben, dass zwei Großraumflugzeuge reichen, um die Türme zum Einsturz zu bringen, da braucht es keine zusätzlichen Bomben. Anders gefragt: Warum dann nicht nur Bomben? Das wäre einfacher zu organisieren gewesen als dieser Stress mit den Flugzeugen, und obendrein viel verlässlicher. Ein versuchtes Bombenattentat hatte es ja schon gegeben, das wäre also glaubwürdig gewesen."

„Eben darum!" Sven hatte sich wieder gefangen. „Die hatten das damals schon versucht, sind aber gescheitert. Deshalb wollten sie dieses Mal auf Nummer sicher gehen und haben beides auf einmal gemacht."

„Wer, die? Die CIA oder die Terroristen oder wer oder was?"

„Beide zusammen!"

„Na, das ist ja eine fruchtbare, langjährige Zusammenarbeit. Aber hieß es nicht noch eben, die Attentäter hätten gar nicht gewusst, dass sie indirekt für die CIA arbeiteten?"

„Wussten sie auch nicht. Die werden von ihren eigenen Führern hinters Licht geführt."

„Und diese Führer, was haben die davon?"

Pause.

„Osama bin Laden, die Taliban", spann Fabian den Faden weiter, „die haben alle mit den USA zusammengearbeitet?"

Sven grinste, wie man eben grinst, wenn man sich ertappt fühlt. „Na schön, okay. Dann eben nicht. Du willst das alles nicht hören. Es ist eben kompliziert, und es widerspricht den offiziellen Wahrheiten, also kannst du nichts damit anfangen. Es hat wohl keinen Sinn, dass wir noch weiter diskutieren."

Lisa konnte nicht anders, sie musste jetzt eingreifen. „Ich denke auch, das führt zu nichts. Jeder hat eben seine Meinung."

„Genau", brummte Sven, „manche sind eben wachsam, andere wollen die Wahrheit gar nicht wissen und hängen sich lieber an Uncle Sam dran, auf dass er uns alle anführe in eine gelobte Zukunft."

Offenbar hatte Lisa keinen Erfolg mit ihrer Beschwichtigungstaktik, Sven suchte Streit. Seufzend lehnten sich die beiden Frauen zurück und beobachteten die beiden Männer bei ihrer Arbeit, dem verbalen Hahnenkampf.

„Die Wahrheit ist, dass die Amis die Welt beherrschen wollen", dozierte Sven. „Sieh dich doch mal in Deutschland um. Überall nur USA! McDonald's, Starbucks, Jeans-Läden!"

„Erstens trägst du auch Jeans, so wie ich das sehe, Sportsfreund. Du trägst auch amerikanische Sneakers und warst gerade in einem amerikanischen Film. Und davon mal ganz abgesehen ist es doch nicht die Schuld der Amis, wenn die Europäer zu willensschwach sind, um ihre eigenen Sachen durchzuziehen. Wer zwingt uns denn, zu McDonald's zu gehen? Niemand. Die Leute gehen dahin, weil's preiswert ist und durchaus auch schmeckt. Die Leute sehen sich amerikanische Filme an, weil sie zumeist besser sind als die langweiligen, blutleeren europäischen Produktionen. Die amerikanische Kultur wurde uns doch nicht aufgezwungen, wir haben sie angenommen. Freiwillig. Mangels eigener Alternativen. Und wir nehmen nur das an, was wir auch haben wollen. Football und Baseball kriegen hier immer noch kein Bein auf die Erde. Und übrigens – du trinkst gerade ein italienisches Kaffeemischgetränk. Mir fällt auf, dass es überall italienische Eiscafés und Pizzerien gibt. Und Dönerbuden. Und China-Restaurants. Werden wir etwa auch von den Italienern, Türken und Asiaten überfremdet? Das ist auch so ein Punkt: Ihr Linken nähert euch in manchen Punkten ideell immer mehr den Rechten an. Ihr seid euch schon einig in eurem albernen Antiamerikanismus und diesem ‚Europa der Regionen', Provinzialismus gegen Imperialismus. Multikulti ja, aber ohne Amerikaner, das ist keine Kultur, was?"

„Ich bin sicher, du warst begeistert, als die in den Irak einmarschiert sind. Die Amis führen Krieg für Öl und für die Rüstungsindustrie. Kapitalismus führt zu Kriegen."

„Hatten wir schon. Kommunistische Staaten haben im letzten Jahrhundert viel öfter Krieg geführt", antwortete Fabian ungerührt. „Der Irak-Feldzug war ein völkerrechtswidriger Angriff ohne vertretbaren Grund, ohne dass alle friedlichen Mittel ausgeschöpft wurden. Unentschuldbar. Aber begeistert war ich, als sie in den Kosovo gegangen sind, um einen Genozid zu verhindern."

„Ach, das war doch alles Propaganda."

„Ja, und die Massengräber waren in Wirklichkeit ganz normale Friedhöfe. Sicher wurden manche Dinge übertrieben dargestellt, aber seit wann stört euch Linke das? Als damals Greenpeace gelogen hat und die Menge an Müll auf der Brent Spar total übertrieben hat, war das für euch ein legitimes Mittel der psychologischen Kriegsführung. Also, Greenpeace darf das, aber die NATO nicht?"

„Ich sehe einen gewissen Unterschied zwischen der NATO und Greenpeace, in der Tat. Es geht doch darum, was man für Ziele verfolgt im Leben. Es geht um Überzeugungen. Solange die Überzeugung richtig ist, darf man alles. Dann darf man lügen."

„Und morden auch?"

Die Frage kam plötzlich von Lisa. Fabian und Sven, die voll in ihrem Dialog aufgegangen waren, sahen sie überrascht an. Sven grübelte kurz.

„Nein", sagte er dann. „Mord ist nie legitim. Höchstens, na ja, in Notwehr."

Fabian wollte schon etwas erwidern, aber Sven winkte ab. „Jaja, schon gut. Jetzt erzählst du gleich, es war Notwehr im Kosovo, und dann kommst du noch mit dem Krieg gegen Hitler."

„Ja, ganz recht, damit wollte ich kommen. Dein Kommentar?"

„Gar kein Kommentar. Mir reicht's."

Sven stand auf und wandte sich an Rosie. „Ich geh nach Hause. War eine witzige Idee, das hier. Machen wir bald wieder."

Und weg war er. Rosie grinste verlegen. „Schade. Ich habe gehofft, er würde zahlen."

„Was für ein Arschloch", grummelte Fabian und trank seinen Cappuccino.

„Er hat zumindest Ideale", entgegnete Lisa. „So etwas bewundere ich. Es kann nicht jeder so ein Typ sein wie du, dem alles egal ist und der an nichts glaubt."

„Ich glaube an vieles. Ich glaube an Vernunft, Intelligenz, Verantwortungsbewusstsein, und vor allem an Ehrlichkeit. Wenn es dir gefällt, dabei zuzusehen, wie der Spinner sich selbst belügt, dann viel Spaß. Allein schon dieser Widerspruch mit der Gewalt. Bloß keine Gewalt, bloß kein Krieg! Es sei denn, es ist Notwehr! Aber wann es Notwehr ist, bestimmen wir und nicht die Opfer! Und dann lachen sie sich heimlich ins Fäustchen, wenn wieder ein Terroranschlag gelingt, bei dem amerikanische Soldaten sterben."

Lisa dachte nach. Als Sven davon angefangen hatte, war ihr ein Gedanke durch den Kopf geschossen. Und dann gleich wieder auf der anderen Seite raus. Vielleicht fand sie ihn wieder? Hey, super, da war er ja!

„Fabian, was ist, wenn das im Grunde das Motiv ist? Ich meine, für unseren Mörder?"

„Was?" Fabian war verblüfft. „Notwehr?"

„Nein, nicht Notwehr. Mehr so etwas wie Rache. Oder Bestrafung. Im Namen von anderen Leuten, die sich nicht wehren konnten."

Fabian sah sie an, als käme sie aus dem Weltall. „Du meinst, da läuft ein einsamer Rächer durch Berlin, der jeden Menschen, der mal jemand anders schlecht behandelt hat, um einen Kopf kürzer macht?"

„Ja, ich weiß, klingt ziemlich weit hergeholt."

Fabian griff nach seinem Karamellkeks, öffnete ihn und knabberte daran herum. Als er fertig war, sah er Lisa in die Augen.

„Das ist nicht schlecht. Das ist ein Motiv. Wir haben zwei Mordopfer, die eigentlich nur eines gemeinsam haben: Sie waren Arschlöcher. Arschlöcher von der Größe mittlerer Binnenseen. Es gab durchaus Gründe, sie zu killen. Für jemanden sind diese Gründe eventuell nicht nur persönlicher, sondern grundsätzlicher Natur."

Lisa freute sich, dass Fabian ihren Gedanken ernst nahm. Wie jede Frau hatte sie Angst davor, von Männern nicht ernst genommen zu werden. Im Speziellen von Männern, die gerade erst in ihrem BH gesteckt hatten.

„Aber es gibt so viele miese Wichser", mischte sich Rosie ein, „wieso gerade die zwei?"

„Gute Frage", gab Lisa zu.

„Und außerdem waren sie auch irgendwie nicht dasselbe Kaliber", fuhr Fabian fort. „Fritz Krumm war nur eins von diesen armen Schweinen, die ihr Leben in dumpfer Agonie fristen und sich einen Dreck um ihre Mitmenschen scheren. Charlie Sander hat aber aus seinem miesen Charakter einen Beruf gemacht. Er wollte Menschen verletzen und zerstören, das hat ihn aufgegeilt, hat ihm ein Gefühl von Macht gegeben. Er war deutlich schlimmer als Krumm."

„Dann könnte man vielleicht davon ausgehen, dass sich der Mörder langsam steigert. Jedes Opfer hat es noch ein bisschen mehr verdient. Die ersten sind nur so zum Warmwerden, bis der Killer sich an die großen Fische ran traut." Lisa fühlte sich wie elektrisiert. Zum ersten Mal hatte sie das Gefühl, die Dinge zu kontrollieren. Endlich fühlte sie sich wirklich mal wie eine richtige Kommissarin. Und Fabian ging darauf ein.

„Wer könnte unter diesen Voraussetzungen der

Nächste sein?" fragte er.

„Ein Mörder", schlug Rosie vor, „oder zumindest einer, der jemand anderen schwer verletzt hat."

„Ja", meinte Lisa, „das wäre eine Steigerung. Zuerst jemand, der einem Opfer in Not nicht geholfen hat. Dann jemand, der einen Selbstmord verschuldet hat. Und dann jemand, der selber getötet hat."

Fabian dachte nach. „Dafür ist es vielleicht noch zu früh. Möglicherweise geht es erst einmal um jemanden, der den Tod von mehreren Personen verschuldet hat."

„Gibt's so jemanden in Berlin?" fragte Lisa.

Fünfundzwanzig

Walter Fechner war anscheinend tot. Isolde, seine Frau, war keine Ärztin, aber so viel meinte sie doch erkennen zu können. Auch wenn ihr Mann ihr Selbstvertrauen in den dreißig Jahren ihrer Ehe in den Minus-Bereich gedreht hatte und sie sich inzwischen kaum noch traute, aus dem Haus zu gehen, war sie doch ziemlich sicher, dass jemand, dessen Kopf etwa anderthalb Meter von seinem Hals entfernt lag, wohl wenig Neigung hatte, heute noch zum Frühstück zu erscheinen.

Nachdenklich saß sie auf dem Bett, das in dem größeren der beiden Einzelschlafzimmer im Haus der Fechners stand, zu Füßen ihres Mannes, und betrachtete die Stelle, an der vorher wohl sein Kopf gelegen haben mochte. Der speckige Hals des Mannes war etwas zerfleddert, es sah ziemlich unnatürlich aus. Knochen und Adern und Fleisch, alles ragte so komisch heraus, das war ziemlich unhygienisch, fand Isolde. Hoffentlich würde man sie nicht dafür verantwortlich machen, dass hier alles so dreckig war. Und so stank. Das viele Blut verbreitete einen fürchterlichen Geruch, so ähnlich wie beim Metzger, aber noch etwas beißender. Sie kam erst später darauf, was es war: Ihr toter Mann hatte wohl keine Kontrolle mehr über seinen Schließmuskel gehabt. Das war ihr nicht sofort aufgefallen, weil das seit Jahren ein Problem für ihn war. Seine Inkontinenz korrespondierte mit seiner Impotenz, und ein so großer Segen letzteres für sie war, ein umso größerer Fluch war ersteres.

Aber so langsam dämmerte ihr, dass dies wohl das letzte Mal war, dass sie den Geruch ertragen musste. Walter war tot. Irgendwie ärgerlich, fand Isolde. Ja, das musste sie doch traurig machen, fiel ihr ein, und versuchte zu weinen. Es klappte nicht.

Isolde, dein Mann ist tot. Sein Kopf liegt da vor deinen Füßen. Das ist schlimm, ganz schlimm. Du musst jetzt heulen. Das ist deine Pflicht als Ehefrau.

Als nach fünf Minuten noch keine Tränen gekommen waren, zuckte sie mit den Schultern, stand auf und rief die Polizei an. Dann überlegte sie sich, ob sie das Haus behalten sollte oder von dem Geld, der Lebensversicherung und der Witwenrente den Rest des Lebens glücklich sein wollte. Sie war in Gedanken schon auf Mallorca, als die Polizei eintraf. Als die Ärzte und die Spurensicherung an die Arbeit gingen, hatte sie sich für Grömitz stark gemacht, und als dieser gutaussehende junge Mann und die dicke junge Frau ihr Fragen stellten, stand die Entscheidung fest: Sylt. Relativ schönes Wetter, aber nicht zu heiß, und sie musste keine neue Sprache lernen.

„Ja... ähem...", sagte die dicke Kommissarin, „das ist sicher eine nette Idee, ich war auch mal auf Sylt. Aber wollen wir jetzt nicht über ihren Mann sprechen?"

Isolde sah Lisa unverwandt an. „Meinen Mann? Wieso, ist der nicht tot?"

„Doch, doch", sagte der schnucklige, unrasierte Kommissar, „aber wir haben irgendwo diese Idee im Hinterkopf, dass er keines natürlichen Todes gestorben ist."

„Mein Mann hatte keine Krankheiten, aber er hat sich häufig eingeschissen."

Der Satz schwebte erst einmal ein paar Sekunden in der Luft, bevor Fabian Zonk den Faden wieder aufnahm.

„Nun, uns ist auch keine Krankheit bekannt, in deren Verlauf dem Patienten der Kopf abfällt. Es war ja wohl doch vielmehr, das vermuten wir stark, ein Mord. Jemand hat ihm den Kopf abgeschlagen."

Isolde sah ihn an, als wäre er verrückt oder Gott oder beides. „Abgeschlagen? Meinen Sie wirklich?"

„Ja", sagte Lisa, „das ist jetzt mal zur Abwechslung kein Scherz. Sie waren das nicht zufällig, oder?"

„Nein, ich glaube nicht", antwortete Isolde, „das müsste ich doch wissen, nicht wahr?"

„Waren Sie heute Nacht zu Hause?" fragte Fabian geduldig.

„Ich bin jede Nacht in diesem Haus, seit wir eingezogen sind, und das war vor achtzehn Jahren."

„Aber Sie waren doch sicher mal im Urlaub?" fragte Lisa verdutzt.

„Mein Mann fuhr lieber alleine. Jemand musste doch auf das Haus aufpassen, nicht wahr?"

Lisa und Fabian sahen sich an. Sie hatten ja nun schon einiges an Berufserfahrung, aber es war doch immer wieder verblüffend, was für interessanten Modellen menschlicher Existenz man so in ihrem Beruf begegnete.

„Jedenfalls waren Sie heute Nacht hier, als der Mord geschah?" fragte Lisa noch mal.

Isolde dachte nach. „Ich habe geschlafen. In meinem Zimmer. Ich schlafe nachts sehr gut, ich nehme abends immer mein Schlafmittel."

Sie holte eine Packung Zopiclon aus ihrem Zimmer und zeigte sie den beiden Kommissaren, die auf dem Sofa im Wohnzimmer warteten. Fabian machte den Vorschlag, ihr Blut abzunehmen, um festzustellen, ob sie wirklich das starke Schlafmittel genommen hatte, das auch als Beruhigungsmittel verwendet wurde. Isolde hatte keine Einwände. Sie war gewohnt zu tun, was man ihr sagte.

Der weitere Verlauf des Gesprächs verlief nicht weniger zäh, und Lisa und Fabian kamen bald zu dem Schluss, dass Isolde Fechner so hilfreich war wie ein Regenschirm in einem Hochofen, oder wie lautete diese Metapher gleich noch? Sie willigte ein, am nächsten Tag im LKA zu erscheinen, um ihre Aussage protokollieren zu lassen, dann war sie entschuldigt, um ihre neue Zukunft zu beginnen.

Die beiden Kommissare hatten inzwischen Erfahrung gewonnen mit dieser Art von Mord, und sie zweifelten nicht daran, dass sie dieses Mal noch weniger Spuren zu sehen kriegen würden als beim letzten Mal. Der Anblick des Fechnerschen Hauptes auf dem Teppich war beinahe schon langweilig, und Lisa schoss kurz der Gedanke durchs Hirn, damit Fußball zu spielen. Aber sie interessierte sich nicht für Fußball. Vor ein paar Jahren hatte sie mal den Spieler Emile Mpenza gesehen, wie er nach einem Tor sein Trikot auszog, und hatte danach eine Weile „ran" angesehen, in der Hoffnung, er täte das noch mal. Aber es wurde nichts draus. Männer sind eben unzuverlässig.

Wie bin ich jetzt eigentlich darauf gekommen? fragte sie sich zerstreut, als sie und Fabian das Haus verließen und die Beamten und Mediziner ihrem Schicksal überließen. *Mal wieder typisch, Lisa. Es ist einfach nicht zu fassen, wie unprofessionell du bist.*

„So langsam nervt mich dieser Scheiß", sagte Fabian, als er für Lisa die Wagentür öffnete.

„Du kannst ja damit aufhören", schlug Lisa vor.

„Ich meine nicht das. Ich bin gerne höflich zu dir."

Fabian grinste wieder Lisas Lieblingslächeln. „Ich meine, wie viele appe Köppe kullern uns noch vor die Füße?"

„Ich steh auf dein Ruhrdeutsch, hab ich das schon mal gesagt?"

„Ich steh auf deinen Eifel-Akzent."

„Ich hab gar keinen Eifel-Akzent."

„Ja, genau das finde ich ja so toll."

Fabian setzte sich ans Steuer und manövrierte den Wagen aus der Straße heraus. Die Fechners wohnten in Rudow, einem bürgerlichen Anhängsel Neuköllns. Die meisten Einwohner fanden im Leben nicht hierher, obwohl ihnen dabei durchaus etwas entging, denn es war schön. Im tiefsten Südwesten gelegen, gab es hier noch viel Grün und wenige Hochhäuser. Die vermögendere Mittelschicht residierte hier in Reihen- und Einfamilienhäusern, aber auch Ausländer, die es zu etwas gebracht hatten und aus dem Neuköllner Ghetto raus wollten, ohne sich zu weit von Freunden und vertrauter Umgebung zu entfernen, residierten hier. Lisa beobachtete während der Fahrt mindestens ein halbes Dutzend migrationshintergründelnde, gut gekleidete Frauen, die einen Kinderwagen vor sich her schoben und offenbar mit sich und der Welt sehr zufrieden waren. Sogar zwei gemischte Paare fielen ihr auf, weiße Frau und schwarzer Mann, mitsamt Nachwuchs. Vielleicht war es die Nähe zu diesen Menschen, die Walter Fechner auf den Plan gerufen hatte. Diese Schwarzen, diese Türken und andere Undeutsche, die plötzlich in seinen Vorort, in seine Privatsphäre eindrangen, und mit denen er auf einem Flecken leben musste. Es gab genug Leute, denen das Angst machte. Fechner konnte diese Angst gut für sich nutzen, da er sie selber verspürte.

„Da drüben waren wir ja kürzlich erst", bemerkte Lisa und zeigte in Richtung Buschkrugallee, wo die Nielsens wohnten.

„Ja, willst du vorbeigehen und Guten Tag sagen?"

„Sehr komisch. Wobei die sicher froh sind, dass sie nicht mehr verdächtigt werden."

„Werden Sie das denn nicht mehr?"

Fabians Frage brachte Lisa aus dem Konzept. „Wie meinst du das?"

„Wir wissen nicht, ob sie ein Alibi haben."

„Wir wissen noch nicht einmal, ob sie ein Motiv haben!"

„Schon richtig", entgegnete Fabian ruhig, „aber wir sind Polizisten, schon vergessen? Und wir haben drei Morde, vom selben Täter begangen, wie ich mal mutig maße. Bei einem der Morde haben die Nielsens ein Motiv, aber auch ein Alibi. Bei dem zweiten Mord haben sie zumindest ein latentes Motiv, der Tote war ein Arschloch, der auf ihren Gefühlen rumgetrampelt hat. Alibi Fehlanzeige. Und das dritte Opfer ist ein amtlich beglaubigter Rassist, was Georg Nielsen und seiner Frau Leily sicher nicht gefallen hat. Vielleicht haben die ihn sogar gekannt, sie wohnen ja nicht weit voneinander entfernt."

„Du willst sagen, dass du sie verdächtigst?"

Fabian schüttelte den Kopf. „Nicht im geringsten. Völlig aberwitziger Gedanke. Aber ermitteln werden wir trotzdem in dieser Richtung, alles klar, Frau Oberkommissarin?"

„Jawohl, Herr Hauptkommissar."

Lisa wusste nicht, ob sie den gestrigen Abend ins Gespräch bringen sollte. Fabian hatte kein Wort mehr verloren, nachdem sie sich verabschiedet hatten. Sein Abschiedskuss war vergleichsweise flüchtig gewesen, zumindest wenn man bedachte, wie intim sie vorher im Kino miteinander gewesen waren. Sicher, der Streit mit Sven hatte den Abend ruiniert, aber das musste doch nichts bedeuten, oder?

Sie gingen gemeinsam zum Chef, und Juhnke legte gerade den Hörer auf, als sie sein Büro betraten. Fabian legte den Bericht vor, Juhnke ignorierte ihn.

„Vergessen Sie's", sagte er, „der Bericht ist jetzt auch nicht mehr wichtig." Er wies auf sein Telefon. „Raten Sie, wer das war."

„Der Mörder? Er will gestehen?" mutmaßte Fabian.

„Nein, das BKA."

Fuck, dachte Lisa. *Das musste ja so kommen.*

„Die werden morgen hierher kommen und das Kommando übernehmen. Sie werden natürlich dazu gehören, aber die Leitung des Falls sind Sie los, Zonk." Juhnke legte ein Nanogramm von Bedauern in seine Stimme, aber beide Kommissare waren sich darüber im Klaren, dass dies Juhnke wie alles andere auch vollkommen egal war.

Fabian war auch nicht überrascht. „Na ja, jedenfalls stehen wir dann nicht mehr alleine in der Schusslinie der Medien."

„Können wir heute trotzdem noch weiter ermitteln?" fragte Lisa zögernd. Sie hatte noch nie mit dem BKA zu tun gehabt und kannte das Prozedere nicht.

„Sicher", sagte Juhnke, „aber bitte spielen Sie nicht die Eifrigen. Das können die gar nicht leiden. Die halten jeden normalen Kripobeamten für einen überforderten Bürohengst."

Fabian grinste in sich hinein. Er wusste, dass Juhnke vor langer Zeit mal selber versucht hatte, zum Bundeskriminalamt zu kommen. Er war abgelehnt worden, und dann wurde er ein überforderter Bürohengst.

„Machen wir Mittag", schlug Fabian vor, als sie auf den Korridor traten.

„Guter Vorschlag. Ich hoffe nur, in der Kantine wartet nicht Rosie mit einem Überraschungsgast."

Und als sie schließlich beim Essen saßen, war alles wieder in Butter. Ganz besonders die Erbsen, die fast darin ersoffen. Irgendwie musste man ja das gesunde Gemüse neutralisieren, schien der Küchenchef zu denken. Fabian und Lisa hatten sich beide das Schnitzel mit Beilagen gegriffen und futterten sich nun gegenseitig was vor. Und während Lisa darüber nachgrübelte, wie sie jetzt endlich auf den vorigen Abend zu sprechen kommen konnte, fing Fabian damit an.

„War doch nett gestern, abgesehen von deinem Partisanen-Freund?"

„Hör auf damit", sagte Lisa, „Sven ist kein Idiot. Ich mag ihn, auch wenn er manchmal spinnt. Er ist ein lieber Kerl."

„Für einen lieben Kerl ist er ganz schön streitsüchtig."

„Du warst auch nicht gerade Kofi Annan."

Lisa seufzte. „Ach, lassen wir's. Ich hab jetzt keine Lust auf eine politische Diskussion." *Es sei denn, wir sind dabei nackt.*

Fabian wechselte gehorsam das Thema. „Deine Theorie hat jedenfalls ins Schwarze getroffen, würde ich sagen."

„Schön, dass du es sagst. Ich hab schon befürchtet, ich müsste ein kleines Triumphgeschrei anstimmen."

„Wir suchen also einen, der aus ethischen Gründen Leute umbringt, die sich in seinen Augen schuldig gemacht haben, sich aber der Gerichtsbarkeit entziehen."

„Und das sollen wir dem BKA klarmachen?"

„Lisa, die werden da auch von selbst drauf kommen. Und du kannst dir nichts davon kaufen, dass du es schon geahnt hast. Das wird nicht einmal im Bericht stehen."

Lisa lächelte ihn an, auf eine Art, die sie für verführerisch hielt, und beugte sich vor. „Dann brauchen wir heute eigentlich nicht mehr zu arbeiten. Wollen wir was anderes machen?"

Fabian putzte sich den Mund ab. „Es ist völlig überflüssig, sich so vorzubeugen, Frau Becker. Ich hab genaueste Kenntnisse von allem, was sich so in Ihrer Bluse abspielt, und ich versichere Ihnen, ich könnte nicht interessierter sein."

„Aber"?" fragte Lisa misstrauisch.

„Aber ich habe gerade erst eine Leiche gesehen. Tut mir leid, aber wir Männer haben auch unsere Grenzen."

„Tatsächlich? Wie komisch. Ich dachte immer, wir Frauen müssten die Grenzen ziehen."

„Meine Mama hat mir beigebracht, niemals jemanden zu vögeln am Tag, an dem jemand vor deinen Augen tot rumgelegen hat. Und besonders nicht, wenn die beiden Personen ein und dieselbe sind."

„Männer und ihre Mütter! Immer dasselbe."

Sechsundzwanzig

Lisa fand es schwer zu glauben, dass der Mord an Fritz Krumm erst eine Woche her war. Im Schnitt dauerte eine Fahndung bei einem Mord eine Woche, und inzwischen waren zwei weitere Entkopfungen passiert. Natürlich bezogen sich die meisten der Todesermittlungen auf Opfer von Messerstechereien oder Selbstmörder. Zu letzteren wurde das LKA selten hinzugezogen, höchstens wenn es eine geringe Wahrscheinlichkeit gab, dass Fremdverschulden vorlag. Und nun musste sie plötzlich einen Serienmörder fangen, der nachts in Häuser einbrach und Menschen durch zwei teilte.

Während sie duschte, wurde ihr auf einmal klar, dass sie erleichtert darüber war, dass das BKA den Fall übernahm. Das war besser so, das sollten Profis machen, nicht so eine Amateurdetektivin wie sie. Auch wenn die Opfer ziemliche Mistsäcke gewesen waren, so verdienten sie es doch, dass man ihren Mörder schnappte, oder? Wie hatte sie glauben können, dass sie das konnte? Fabian, vielleicht, aber sie doch nicht. Sie war doch bloß eine Landpomeranze aus der Eifel, um Gottes Willen.

„Haben wir mal wieder Schwierigkeiten mit unserem Selbstbewusstsein?" fragte Katze, als sie Lisa um die Beine strich. Na gut, eigentlich sagte sie nur „Mmmmmooaaa?", aber Lisa entging der ironische Tonfall durchaus nicht. Sie fütterte das Tier, das anstandslos begann, seinen Napf leerzufressen und dabei zufrieden zu grunzen. Für Lisa war es fast noch erstaunlicher, dass dieser Kater erst vor einer Woche bei ihr aufgekreuzt war.

Sie frühstückte bei laufendem Radio. In den *rbb*-Lokalnachrichten fand schon seit gestern Mittag nichts anderes mehr statt als der Mord an Walter Fechner. Und auch in den Hauptnachrichten war er eins der Hauptthemen, sogar in der Tagesschau gestern Abend kam es noch auf Platz fünf, direkt nach einer Meldung über einen vermissten Jungen in Bielefeld.

„Die Partei des getöteten Politikers erfährt inzwischen einen ungewöhnlich starken Zuwachs", berichtete die Sprecherin. „Wie der stellvertretende Vorsitzende Kofskofski angab, gab es allein gestern zweihundertdreiundfünfzig Anträge auf Mitgliedschaft, und eine Blitzumfrage ergab, dass nunmehr achtzehn Prozent der Berliner bei der nächsten Wahl für die *BZ* stimmen möchten. Vor einem Monat lag die Partei noch bei vier Prozent. Experten verweisen auf die Parallelen zu dem ermordeten niederländischen Politiker Pim Fortuyn, dessen Partei nach dem Mord einen gewaltigen Boom erlebt hatte."

Na klasse, brummte Lisa in sich hinein, *da hat unser Scharfrichter ja was angerichtet. Hey, das wäre ja ein Motiv! Jemand bringt den eigenen Parteichef um, um damit wie in Holland an die Regierung zu kommen...*

Obwohl, so war es ja nicht. Fortuyns Mörder war ein linker Wirrkopf gewesen. Apropos linker Wirrkopf, was war eigentlich mit Sven? Lisas schlechtes Gewissen meldete sich zurück.

In voller Montur stieg sie die Treppen rauf und klingelte an seiner Tür. Es dauerte ein Weilchen, bis ein schläfriger Sven im Pyjama an der Tür erschien.

„Hi, wie geht's?"

„Bestens", antwortete Sven.

„Ich hab mich gewundert, dass ich seit vorgestern Abend nichts von dir gehört hab. Bist du krank?"

Sven lehnte sich an den Türrahmen. Offenbar hatte er nicht vor, sie herein zu bitten. „Ich wollte mich dir nicht aufdrängen, okay? Du hast ja wohl auch genug zu tun."

„Es geht so. Das BKA kümmert sich jetzt um den Fall. Fabian und ich werden zurückgestuft."

„Tut mir leid. Aber hey, dann habt ihr ja mehr Zeit füreinander."

Lisa seufzte. „Was soll denn das? Du bist mir mindestens genauso wichtig wie Fabian. Warum müsst ihr Männer immer konkurrieren?"

„Ich konkurriere nicht. Nicht mehr."

„Wieso?"

„Weil ich offensichtlich verloren habe."

Lisa sah ihn traurig an. Sven schien sich in dieser Hinsicht sicherer zu sein als sie selbst. „Wieso glaubst du das? Hab ich irgendwas gesagt?"

„Ich hab mitgekriegt, was ihr im Kino gemacht habt. Und als er sich mit mir angelegt hast, hast du mich nicht unterstützt, obwohl du wusstest, dass ich recht hatte."

Oh nein, auf diese Debatte hatte Lisa nicht die geringste Lust. Nicht schon wieder. „Ich muss los", sagte sie schnell, „aber komm doch heute Abend vorbei, wenn du Lust hast. Wir reden dann noch mal."

Wortlos schloss Sven die Tür. *Bei aller Liebe,* dachte Lisa, *aber Männer können mit Herzschmerz einfach nicht umgehen. Da heult man sich gefälligst drei Tage die Augen aus dem Kopf, so wie Frauen das machen; aber diese beleidigte Leberwurstnummer, das ätzt.*

Der Tag fing scheiße an, und er ging auch scheiße weiter. Kaum im Dezernat, stellte Lisa fest, dass sie kein

Büro mehr hatte. Stattdessen hockten vier Männer an den zwei Schreibtischen, die sie noch nie gesehen hatte. Und von Fabian war keine Spur.

„Frau Becker?" Ein zwei Meter großer Berg von einem Mann stand auf, während seine ebenfalls weißbehemdeten und schwarzbehosten Spießgesellen an ihren Sachen weiterarbeiteten. Er streckte ihr eine Hand von der Größe einer Salatschleuder entgegen, die sie ängstlich schüttelte. „Hauptkommissar Ullrich, BKA-Abteilung ZD. Das sind die Kollegen Dorfmann, Stiller und Kiesinger. Es tut mir leid, dass wir Ihr Büro okkupieren mussten, aber sonst war nichts frei. Herr Juhnke meinte, es würde Ihnen und Herrn Zonk nichts ausmachen."

„Was er meinte war, dass es ihm nichts ausmacht, und Herrn Juhnke macht nie irgendetwas was aus. Darf ich fragen, wo wir dann solange hinkommen?"

„Sie müssen solange in das angrenzende Großraumbüro. Sorry, aber wir vier brauchen unsere Operationsbasis. Schauen Sie, das ist nun einmal so. Jedes Mal, wenn wir irgendwo die Ermittlungen übernehmen, treten wir den Beamten vor Ort auf den Schlips. Aber das ist Anweisung von oben. Nehmen Sie's nicht persönlich."

„Wo werd' ich denn?" tönte Lisa gutmütig. „Wenn Zonk und ich bessere Bullen wären, hätten wir den Täter ja längst geschnappt, richtig?"

„Richtig", kam die vorlaute Antwort von einem der drei Klone. Alle im Raum grinsten, Ullrich einen Tick verlegen. Lisa drehte sich um und ging nach nebenan.

Das Büro war für die subalternen Ermittler wie Alfie Hoffmann und andere vorgesehen, außerdem für

Schreibkräfte. Der Schmelztiegel der Mordkommission 7. Hier hatte sie auch anfangs gesessen. Es hatte vier große Fenster, acht Schreibtische, hübsche große Topfpflanzen und war viel zu laut. Unentwegt klingelten Telefone, Tastaturen wurden behämmert, es wurde getratscht und geschnattert. Lisa hasste es. Sie brauchte Ruhe zum Arbeiten und Privatsphäre. Wenigstens war Fabian auch da. Er saß ruhig in einem Stuhl neben dem von Hoffmann, der gerade dabei war, ihm beide Ohren abzukauen und zu verdauen.

„Ich denke, das ist keine Degradierung", sagte Hoffmann gerade. „Die brauchen halt den Platz. Es ist ja nicht so, dass jetzt eure Kompetenz in Frage gestellt wird und eure Karriere darunter leidet. Vielleicht ein bisschen, sicher. Aber ihr müsst das Positive sehen."

„Als da wäre?" fragte Lisa herausfordernd.

„Oh, hallo Lisa. Also, ich denke, wir können nur lernen von denen. Das sind die besten der besten. Ich hab mich mal schlau gemacht. Der Ullrich hat eine Wahnsinns-Aufklärungsquote. Der schnappt jeden, so eine Art gut angezogener Columbo. Und er ist echt nett, hat mir aufmerksam zugehört vorhin."

„Er hat dich nur gefragt, wo man hier in der Nähe nett essen gehen kann", sagte Fabian gelangweilt.

Hoffmann wurde rot. „Ich mein ja nur, ihr solltet euch nicht fertigmachen."

„Brauchen wir gar nicht", erwiderte Fabian, „das machen andere für uns." Er zeigte auf die Titelseite des *Volksmunds*, der auf dem Tisch lag.

„Berliner Ermittler inkompetent", las Lisa und setzte sich auf den dritten Stuhl, den Fabian wohl dort deponiert hatte. „Kollegen reden von Ermittlungsfehlern und amateurhaften Verhalten."

„Was für Kollegen das wohl waren?" fragte sich Fabian laut.

„Ach, das denken die sich doch nur aus", meinte Hoffmann mit einem gezwungenen Grinsen, das dem von Christian Wulff in den Wochen vor seinem Rücktritt erstaunlich nahe kam. Er fühlte, wie er von Blicken erdolcht wurde, und entschuldigte sich, er habe was Dringendes zu erledigen. Im Sauseschritt entfleuchte er.

„Hast du mit denen geredet?" wollte Lisa wissen.

„Nur ganz kurz. Wollten mein Passwort für den Computer wissen. Unsere Berichte haben sie schon gelesen. Wollen gleich mit uns reden, wenn sie sich eingerichtet haben."

„Klingt eigentlich ganz okay."

„Flipp nicht aus. Das ist pure Höflichkeit. Danach kriegen wir irgendwelchen langweiligen Quatsch aufgehalst."

„So wie wir das immer mit Hoffmann machen?"

„Genau."

„Scheiße."

Lisa konnte nur ahnen, wie sich Fabian fühlte – als Hauptkommissar. Sie war als Oberkommissarin schon angefressen genug. Aber er schien es mit nonchalanter Gleichgültigkeit über sich ergehen zu lassen. Und so blieb er auch, als sie nach einer Stunde in ihr ehemaliges Büro zitiert wurden. Ihnen wurden zwei Holzstühle zugewiesen, die an der Wand standen, während die vier Piraten ihrer Majestät auf bequemen Bürosesseln thronten. Kriminalhauptkommissar Ullrich hielt seine Ansprache.

„Das Ermittlerteam besteht nun aus den hier

Anwesenden. Sie alle sind mir direkt unterstellt, es gibt keine weitere Hierarchie, abgesehen von den Rängen. Frau Becker, Sie sind zwar keine Hauptkommissarin wie Ihre Kollegen, wir werden Sie aber nicht als Kaffeeholerin behandeln. Apropos, holen Sie uns doch bitte mal Kaffee."

Die BKA-Mannen lachten sich eins, und Lisa wollte schon etwas zutiefst Passendes erwidern, aber Fabian beruhigte sie mit einem entsprechenden Blick. Ullrich fuhr fort.

„Unsere Stoßrichtung ist klar. Wir sind auf der Suche nach einem psychopathischen Serienkiller. Nach Auffassung unserer Profiler handelt es sich mit größter Wahrscheinlichkeit um einen Mann zwischen vierzig und sechzig von durchschnittlicher Bildung. Die Art und Weise, mit der er seine Verbrechen begeht, lässt auf einen rituellen Akt schließen. Enthauptungen sind aus mehreren Kulturen überliefert, unter anderem aus dem asiatischen und dem arabischen Raum. Deshalb gehen wir zur Zeit von einem ausländischen Täter aus, vielleicht auch von einem Deutschen, der einem religiösen Wahn erlegen ist. Die Auswahl der Opfer erfolgt willkürlich und ohne persönliches Motiv. Natürlich gibt es..."

„Verzeihung", sagte Lisa ruhig.

„Ja?"

„Kein Motiv? Wie kommen Sie darauf?"

Die BKA-Leute grinsten sich gegenseitig an.

„Weil Serienkiller nie ein Motiv haben, Frau Becker", erklärte Ullrich in einem Tonfall, mit dem die Mami ihrem Sprössling erklärt, wie ein Regenbogen entsteht. „Es sind Menschen, die aus einem Impuls heraus töten, der sich rationalen Erwägungen verschließt. Eine

Ausnahme bilden höchstens Triebtäter, die ihre Opfer töten, um unentdeckt zu bleiben. Das ist hier aber nicht der Fall. Oder können Sie ein Motiv erkennen, bei drei Opfern, die offensichtlich nichts miteinander zu tun hatten?"

„Frau Becker hat da eine Theorie, die ich sehr interessant finde", kam Fabian Lisa zu Hilfe.

„Meinen Sie Richard Weinstein? Sicher, der ist interessant, aber..."

„Nein, den meine ich nicht. Ich habe keinen Verdächtigen, aber ein mögliches Motiv", sagte Lisa.

Ullrich setzte sich auf die Schreibtischkante und verschränkte die Arme. „Ich bin gespannt."

Lisa holte tief Luft und sah Ullrich fest in die Augen, während sie sprach. „Auch wenn sich die drei Opfer entweder gar nicht oder nur oberflächlich kannten, bin ich sicher, der Täter kannte sie. Vielleicht nicht persönlich, aber das muss auch nicht sein. Was er über sie wusste, genügte ihm. Er wusste, dass Fritz Krumm ein asozialer, wertloser Haufen Dreck war, der Vergewaltigungsopfer aus seiner Bahn rausschmeißt. Er wusste, dass Charlie Sander jemand war, der aus Spaß und Ehrgeiz Existenzen und Leben ruinierte. Und von Walter Fechner war bekannt, dass er es sich zur Lebensaufgabe gemacht hat, Hass zu schüren, der am Ende in Gewalt ausartet. Schon mehrfach wurden Brandanschläge auf Moscheen und Synagogen in der Region verübt, kurz nachdem er irgendwo gegen diese gewettert hatte. Die Zahl der Überfälle und Angriffe auf Ausländer in der Gegend ist stark gestiegen, seit er auf der Bildfläche erschienen ist. Es gab bei diesen Aktionen auch Todesopfer. Ich glaube, der Mörder war einfach der

Meinung, dass diese drei Menschen es verdienten, zu sterben. Und da es keine gesetzliche Handhabe gegen sie gab, fühlte er sich eben berufen."

Für mehrere Sekunden herrschte Schweigen im Raum. Lisa lehnte sich ebenso entspannt zurück wie Fabian. Ullrich hatte aufmerksam zugehört, und auch seine Kollegen waren still. Dann verzog ihr Chef geringschätzig den Mund, woraufhin die anderen drei wieder breit grinsten.

„Frau Becker", sagte Ullrich seufzend, „das war ja wirklich ein bemerkenswerter Vortrag. Ich bin fasziniert, und ich hoffe, Sie nehmen mir das jetzt nicht übel, aber das ist mit Abstand das idiotischste, was ich jemals gehört habe. Man muss schon mit einer etwas kruden Phantasie gesegnet sein, um sich so etwas auszudenken. Herrgott, so könnte man ja jedem Serienkiller irgendein Motiv andichten!"

„Ich weiß", sagte Lisa, „aber nur weil es so etwas noch nie gegeben hat, heißt das nicht, dass es nicht vorkommen kann. Wenn wir mal beim ethisch oder politisch motivierten Mörder bleiben, gehen wir immer davon aus, dass der Täter immer nur ein Opfer hat, und dann wird er entweder geschnappt oder bringt sich um. Was aber wäre, wenn ein Attentäter sich nicht nur mit einem Mord zufrieden gibt, sondern ernsthaft versucht, so viele Menschen wie möglich zu killen, die das seiner Ansicht nach verdient haben?"

„So wie ein islamischer Terrorist oder ein norwegisches Riesenarschloch?" fragte einer der Kommissare.

„In etwa."

„Geben Sie's zu", sagte Fabian zu Ullrich, „wenn nur

Herr Fechner geköpft worden wäre, würden Sie doch sofort den Täter im politischen Bereich suchen. Das passt also durchaus."

„Es wurde aber nicht nur Herr Fechner getötet. Oder wollen Sie behaupten, die ersten beiden Opfer waren nur so zur Übung?"

„Nein, natürlich nicht. Das sagen wir ja. Das Motiv, das auf Fechner anwendbar ist, ist auch auf die anderen übertragbar. Mord aus ethischen Gründen. Eine bessere Welt schaffen, Schuldige bestrafen, die sonst keine Strafe bekommen würden. Etwas in der Art."

Ullrich stand auf und drehte sich zum Fenster. Lisa fand seine majestätische Statur durchaus beeindruckend, wie sie sich eingestand. Sie musste maßgeblich zu seiner Karriere beigetragen haben, immerhin war er auch erst Anfang vierzig. Er drehte sich wieder um.

„Tut mir leid, das kauf ich nicht. Es gibt keinen logischen Zusammenhang. Sicher gibt es linke Spinner, die jemanden wie Fechner gerne weg hätten. Und Leuten wie Krumm und Sander würde wohl jeder gerne mal die Fresse polieren. Das wäre aber auch schon alles. Was die drei getan haben, rechtfertigt doch keine Morde. Dann könnte der Täter jeden umbringen, der bei Rot über die Straße fährt und damit Menschenleben gefährdet."

„Vielleicht tut er das ja auch."

„Frau Becker, das hat keinen Sinn. Können Sie das irgendwie beweisen oder wenigstens belegen? Haben Sie Anhaltspunkte? Wir haben zumindest die Expertise unserer Psychologen. Und Sie, was haben Sie? Zu viele Krimis gelesen?"

„Ich bezweifle, dass es einen solchen Krimi gibt", antwortete Lisa säuerlich, „aber wenn, wäre er zumindest interessanter als noch so ein Thriller, in dem ein Irrer Leute mit Schweinedärmen erdrosselt, weil sein Vater früher Metzger war und er von ihm im Schlachthaus sexuell missbraucht wurde."

Ullrich zuckte mit den Schultern. „Solche Dinge passieren wirklich. Ich weiß, es klingt unglaublich, aber..."

„Wenn das so unglaublich ist", schaltete sich Fabian wieder ein, „warum halten Sie es dann für logischer als unsere Theorie? Wir haben immerhin ein Motiv zu bieten, Sie nicht."

„Wir brauchen auch keins!" Ullrich verlor jetzt die Beherrschung. „Jetzt hört mal zu, ihr zwei Komiker. Meinetwegen könnt ihr ja draußen rumlaufen und einen Bekloppten suchen, der jedem den Kopf abschlägt, der ihm nicht in den Kram passt. Das BKA wird in der Zwischenzeit seine ganze Erfahrung und Energie daran setzen, den Mörder zu fassen. Und das machen wir mit Hilfe von Analysen, Spurenauswertung und Täterprofilen. Modernen Ermittlungsmethoden auf der Höhe der Zeit. Bitte kommen Sie uns dabei nicht in die Quere, alles klar?"

Weder Fabian und Lisa hatten noch Interesse an dieser Diskussion, und sie verabschiedeten sich aus ihrem Büro. Sie gingen zum Fahrstuhl, ohne sich zu verabreden. Beiden war jetzt nach Luftveränderung. Auf dem Weg nach unten legte Fabian Lisa seine Hand auf die Hüfte und griff beherzt zu. *Hmm-hmm,* schnurrte Lisa innerlich. Sie drehte sich zu ihm und langte mit beiden Händen nach seinem festen Hintern. Er tat das gleiche bei ihren ausladenden Flanken. Der Kuss war zärtlicher als bei ihrer Orgie im Lichtspielhaus, aber beide hatten ihn jetzt nötiger als jemals zuvor.

Siebenundzwanzig

„Ihr ward immer noch nicht im Bett?"

Christianes Frage war Lisa äußerst peinlich. Sie saßen zusammen mit Rosie in Lisas Wohnzimmer, tranken Tee und ließen im Hintergrund den neuen Tatort ohne Ton mitlaufen, so wie sie es fast jeden Sonntag taten, auch wenn keine sich mehr erinnern konnte warum. Die Menschen brauchten Riten. Und wenn es gerade keine gab, erfanden sie eben welche, wie Halloween, Hexenverbrennungen oder Casting-Shows.

„Am Freitag ging es nicht, weil ich Sven an dem Abend schon versprochen hatte, mit ihm zu reden. Da konnte ich ihm doch nicht absagen mit der fadenscheinigen Begründung, ich würde mir lieber von meinem gutgebauten Kollegen das Hirn wegvögeln lassen."

„Ja", bestätigte Rosie, „das wäre womöglich im Interesse seines Seelenheils kontraproduktiv gewesen."

„Mein Denken. Außerdem mag ich diese erotische Spannung zwischen ihm und mir bei der Arbeit. Das hilft, die Zeit totzuschlagen."

„Habt ihr denn gar nichts zu tun?" Christiane war entsetzt. „Meine Abteilung ist total überarbeitet. Dieser Serien-Vergewaltiger hat schon wieder zugeschlagen diese Woche. Eine junge Frau, etwa in deinem Alter, Lisa. Auf einem Parkplatz, nachts. Das scheint seine neue Lieblings-Lokalität zu sein. Und wieder keine Spuren."

„So geht's uns auch. Fabian und ich klappern alle möglichen Leute ab, die Walter Fechner mal Hassbriefe geschickt haben. Sind echt viele. Du siehst, wir haben durchaus zu tun, es ist nur so langweilig."

„Was macht das BKA?" wollte Rosie wissen.

„Oh, die haben die gute alte Rasterfahndung zum Leben erweckt. Und sie haben Richard Weinstein und Georg Nielsen noch mal in die Mangel genommen, Leily Nielsen auch. Danach brauchte sie Beruhigungsmittel."

Christiane stöhnte. „Man sollte männliche Beamte grundsätzlich nicht mehr an Vergewaltigungsopfer ranlassen. Die kapieren nix. Geben entweder versteckt dem Opfer die Schuld oder ganz direkt. Ich sag euch, manchmal ist es schwer in meinem Job, nicht lesbisch zu werden. Irgendwann sieht man echt in jedem Kerl einen potentiellen Vergewaltiger."

„Was denn, die Bezeichnung gibt's noch?" wunderte sich Rosie. „Wir Neo-Feministinnen haben damit eigentlich aufgeräumt."

„Ist aber schon ein bisschen was dran. Ich liebe Männer, vor allem meinen Michael, aber der ist auch ein Schnullipops. Jeder Typ, der auch nur ein bisschen was Bedrohliches an sich hat, verursacht erst einmal Misstrauen bei mir. Ist einfach so."

„Dann würdest du dich an Lisas Stelle wohl für Sven entscheiden, und nicht für den unrasierten Mistkerl mit dem durchtriebenen Grinsen?" Rosie wollte mit Gewalt auf ihr Lieblingsthema kommen.

„Hör auf damit", maulte Lisa, „ich steh halt nicht auf Sven. Ich meine, wenn ich mich fragen würde, wer der Vater meiner Kinder werden sollte, dann hätte er sicher bessere Karten. Aber ich will eigentlich gar kein Zwergvolk um mich rum haben. Noch nicht. Im Moment ist folgendes angesagt: Hübscher, lustiger Typ, der weiß, was er mit meinen Brüsten alles anstellen kann. Einer, mit dem ich Spaß habe, und der mich versteht und mir

Geborgenheit gibt. Ich denke jetzt nicht an später, dafür bin ich zu jung."

„Und was machst du, wenn er's im Bett nicht bringt?" fragte Rosie ungeniert.

„Das, meine Liebe, kann ich hundertpro ausschließen. Bis jetzt war es nur eine Zeitfrage. Er ist übers Wochenende verreist, wegen der Beerdigung seiner Großmutter. Ich wäre ja mitgekommen, und wir hätten es nach dem Begräbnis treiben können, aber da gibt es gewisse Pietäts-Grundregeln."

„Ihr jungen Leute wisst überhaupt nicht mehr, wie man sich amüsiert", grinste Rosie und schenkte sich Tee nach. „Zu meiner Zeit haben wir es auf Friedhöfen gemacht, nur so aus Nervenkitzel."

„Wann war das?" fragte Christiane.

„Vor zwei Wochen ungefähr. Ich sag doch: Zu meiner Zeit."

„Du bist 'ne alte Schlampe", sagte Lisa.

Rosemarie strahlte zufrieden. „Ja, und ich hoffe, das kann ich noch eine Weile fortsetzen."

„Wie lange noch?" Christiane schwankte zwischen Entsetzen und Neid. „Du bist Mitte 50. Wie viele junge Männer wollen noch mit dir in die Kiste, wenn die große 6 am Horizont auftaucht?"

„Dann erweitere ich das Maximal-Alter auf Mitte 40. Ich bin flexibel. Hauptsache, der Typ hat sich in Form gehalten."

Sie redeten noch eine Weile Über Männer, Sex und das Ding namens Liebe. Lisa gestand, dass sie manchmal wünschte, sie wäre lesbisch. Eine Weile hatte sie sich richtig Mühe gegeben, es zu werden.

„Ich hab's echt drauf angelegt", erzählte sie, „aber

irgendwie war das nichts für mich."

„Du wärst bestimmt eine tolle Lesbe geworden", sagte Rosie mit Überzeugung.

„Danke. Aber ich bin's halt nicht."

„Wieso solltest du auch?" fragte Christiane verwundert.

„Wieso nicht? Viele dicke Frauen sind lesbisch. Ist doch eine ganz gute Alternative, wenn frau mit ihrem Körper unzufrieden und wütend auf die Männerwelt ist, weil die ihr dieses idiotische Schönheitsideal zumuten. Da ist lesbisch sein doch viel einfacher, dann kann man immer noch sagen, so, die Männer wollen mich nicht – na und, ich sie auch nicht."

„Und was hat dich dann davon abgebracht?" fragte Rosie. „Ich meine, hast du es richtig versucht mit allem Drum und Dran und Drin?"

„Auf der FH hab ich es zweimal probiert, da war eine, die ist jetzt bei der Sitte in Bielefeld."

„Wow", grinste Christiane, „das ist bestimmt ein aufreibender Job."

„Es hat mir gar nicht mal so übel gefallen, aber ich hatte halt auch schon Jungs vorher, und die fand ich besser, also im Bett. Ich glaube, ich bin furchtbar schwanzfixiert."

Aus Rücksicht auf Rosie, die ja im Gegensatz zu den anderen beiden nichts mit der Polizei am Hut hatte, vermieden sie es meistens, über den Job zu sprechen, aber dann brachte sie ältere Freundin das Thema selbst zur Sprache.

„Was ist überhaupt Rasterfahndung?" fragte Rosie. „Ich erinnere mich dunkel, dass das irgendwie ein total rotes Tuch war für die aufstrebende Linke in den

Siebzigern."

„Damit hat man versucht – mit wenig Erfolg – Terroristen aufzustöbern", erklärte Lisa. „Ist aber kein rein deutsches Konzept. Ich erinnere mich an einen Krimi von Colin Dexter, dem ersten Band der Inspector-Morse-Serie, in der Morse das Konzept quasi erfindet, als es darum geht, einen Zeugen zu finden. Mitte der Siebziger war das. Keine Ahnung, aber vielleicht hat die Polizei respektive der Verarschungsschutz die Idee aus diesem Krimi übernommen."

„Ist ja witzig", sagte Rosie, „aber was bedeutet es nun eigentlich?"

Christiane sprang für Lisa ein. „Man knobelt sich einfach ein paar Kriterien aus, die man dem Verdächtigen zuordnet, zum Beispiel Geschlecht, Alter, Wohnort, Staatszugehörigkeit, Gewohnheiten und so weiter. Dann arbeitet man sich quer durch das Register vom Einwohnermeldeamt, sortiert aus, dann kommen die Polizeiakten und andere Register dran, bis man einen überschaubaren Kreis an Verdächtigen hat, und die werden dann überprüft."

„Das führte natürlich in erster Linie dazu, dass viele Unschuldige belästigt wurden", fuhr Lisa fort, „manche wurden sogar in den Knast gesteckt. Regelungen des Datenschutzes wurden und werden auch gerne verletzt. Trotzdem ist das Mittel noch heute recht beliebt, besonders dann, wenn man sonst nicht weiter weiß. Ich persönlich finde das nicht ganz so dramatisch, aber Sven geht bei dem Thema sofort auf die Barrikaden."

„Kann ich mir vorstellen", nickte Rosie, „aber der hat auf den Barrikaden ja sowieso schon seinen eigenen privaten Klappstuhl. Und das BKA macht das jetzt auch mit eurem Fall?"

Lisa zögerte. Sie durfte nicht zu viel erzählen. Dass Rasterfahndung eingesetzt wurde, war bereits öffentlich bekannt, auch wenn es darob kein großes Aufsehen gegeben hatte. Vor zehn Jahren vielleicht noch, aber heute nicht mehr.

„Ich kann euch nicht die Details nennen, aber die haben eben so ihre Vorstellung von dem Täter. Ich teile sie nur eingeschränkt, aber meine Meinung interessiert die überhaupt nicht."

„Wir hatten auch mal das BKA da", seufzte Christiane teeschlürfenderdings, „das waren vielleicht ein paar Säcke. Haben überhaupt nichts Neues in die Ermittlung gebracht, aber dafür ständig unsere Arbeit kritisiert. Sind dann unverrichteter Dinge wieder von dannen gezogen, nicht ohne zwei Vergewaltigungsopfer dermaßen zu demütigen, dass sie anschließend überhaupt nicht mehr mit uns zusammenarbeiten wollten."

„Ach, so schlimm sind die Typen gar nicht", sagte Lisa gleichgültig. „Halten sich halt für cleverer, und wer weiß, vielleicht sind sie's ja auch. Wenn die den Mörder schnappen, soll's mir recht sein. Ich hab mich ja nicht um den Fall gerissen, und ehrlich gesagt sind mir die drei Opfer alle ziemlich schnuppe. Ich muss zugeben, dass ich von Anfang an nicht richtig motiviert war. Vielleicht habe ich wirklich zu wenig getan."

„Und Fabian?" fragte Rosie.

„Der ist sowieso kein scharfer Hund. Ich meine, er ist ein guter Kriminalist, aber er ist keiner, der sich Nächte um die Ohren schlägt auf der rastlosen Suche nach dem ruchlosen Mörder, bis die Gerechtigkeit siegt. Er macht seinen Job so gut er kann, und fertig."

„Ist auch genau richtig", sagte Christiane. „Diese Übereifrigen sind manchmal schlimmer als die Faulpelze. Beide bringen häufig Unschuldige hinter Gitter."

„Stimmt", nickte Lisa. „Aber Schluss jetzt. Wollen wir nicht lieber über Haarpflege reden oder Klamotten, so wie normale Frauen das angeblich tun?"

Achtundzwanzig

Es freute Lisa wahrhaftig diebisch, dass das BKA nicht einen Schritt weiterkam. Aktionismus ersetzte eben keine verwertbaren Spuren oder Hinweise, und der Ton im Büro verschärfte sich. Trotz geschlossener Türen konnte jeder mitanhören, wie sich die Mannen gegenseitig anbrüllten. Sie liefen ständig rein und raus, tranken pro Kopf zwölfeinhalb Liter Kaffee und nervten den Rest der Abteilung mit sinnlosen Anweisungen, gepaart mit Schuldzuweisungen und dem indignierten Nachfragen, warum das alles so lange dauerte. Lisa wusste, dass die weithergeholtesten Zeugen aller Zeiten befragt wurden, irgendwelche Kollegen, Nachbarn und Bekannten der Opfer, schließlich musste irgendeinem was aufgefallen sein. Ganz sicher hatten die Torfnasen vom LKA etwas Entscheidendes übersehen. Aber nichts dergleichen.

„Tun mir irgendwie leid, die Jungs", sagte Fabian in einem Tonfall, der fast ernsthaft klang. „Jetzt geht's denen wie den Hertha-Trainern und werden von der Presse verspeist. Vor allem, wenn noch ein Mord geschieht. Dann müssen wir zwei Hübschen nicht mal zur PK."

„Das werde ich auch nicht vermissen", sagte Lisa. „Wobei ich beim letzten Mal fand, dass das Klima sich etwas verbessert hatte ohne Sander."

„Da kommt bald ein neuer vom *Volksmund*, der mindestens genau so ein Flachwichser ist. Angeblich werden die extra so gedrillt, in der Schweinepresse-Flachwichser-Universität. Da kommt keiner raus, bis er nicht weiß, wie man Lügen lanciert und haltlose

Unterstellungen als Insider-Information verkauft."

Sie unterhielten sich in der Kantine beim gemeinsamen Schmaus. Die Sparmaßnahmen der Stadt machten neuerdings auch vor der Polizei-Verpflegung keinen Halt mehr, deshalb gab es jetzt immer häufiger Eintopf. Heute war es eine Minestrone, für Lisa willkommene Gelegenheit, im weitesten Sinne so etwas Ähnliches wie eine Diät zu simulieren.

„Ich muss echt auf mein Gewicht achten."

„Im Ernst? Wer sagt das?" Fabian runzelte die Stirn.

„Hör auf", brummte Lisa, „tu doch nicht so, als wär ich nicht zu dick."

„Wieso kannst du dir nicht vorstellen, dass Männer auf dich stehen?" fragte Fabian leicht genervt.

„Ich kann mir das durchaus vorstellen. Ich rede hier aber nicht nur von optischen Reizen. Klar merke ich, wenn mir Männer auf die Titten starren. Das machen praktisch alle. Aber es ist was ganz anderes, wenn man nackt ist. Dann steh ich da, alle möglichen Elemente meiner Physis wabbeln oder hängen oder bauschen sich. Schon mal was von Zellulitis gehört?"

„Lisa, ich versichere dir, die meisten Männer wissen noch nicht einmal, was das ist. Und es interessiert sie auch nicht. Natürlich gibt's einige Oberflächlinge und Körperfaschisten, die Perfektion und makellose Hochglanzkörper verlangen, aber das ist deren Problem. Die ändern sofort ihre Meinung, sobald sie bei sich selbst Falten und graue oder gar entschwundene Haare sehen. Glaube mir, meine Teuerste, wir Männer sind gar nicht so elastizitätsversessen, wie es ständig suggeriert wird."

Lisa stocherte in ihrer Suppe herum, die ihr gar nicht schmeckte. Was hatten überhaupt Lima-Bohnen in einer italienischen Suppe zu suchen?

„Ich weiß, so was höre ich ständig. Und dann geht so ein Typ ein paar mal mit dir in die Kiste, bis er eine schlanke Frau mit Knackarsch findet. Und schon bist du abgemeldet."

Fabian sah sie erstaunt an. „Ach, das ist es, was dich so fertig macht? Nur weil ein paar andere Männer dich wegen schlanker Weiber gecancelt haben, glaubst du, dass das immer passiert?"

Lisa fühlte sich ertappt. Es waren ja auch nicht nur ein paar Männer gewesen, sondern fast alle in ihrem Leben. Sogar diejenigen, deren Begeisterung für Lisas Körper keine Grenzen zu kennen schien, hatten irgendwann die Reißleine gezogen. Vielleicht weil sie ein besseres Statussymbol wollten, vielleicht weil sie urplötzlich einen anderen Geschmack hatten oder sie einfach zu viel Frau für sie war.

Als sie so vor sich hin brütete, fragte Fabian sie rundheraus: „Ich dachte eigentlich, wir würden heute Abend zu mir oder zu dir gehen. Wie ist dein Statement?"

Lisa sah ihn unglücklich an. „Ich weiß nicht. Bin mir nicht sicher. Wollen wir nicht noch etwas warten?"

„Wie lange? Bis du dreißig Kilo abgenommen hast und dein Selbstwertgefühl es erlaubt, dass ich dich nackt sehe?"

Du kennst mich einfach zu gut, dachte Lisa. „Du hast leicht reden, du bist ein amtlich beglaubigter heißer Typ, der sich seines Körpers sicher sein kann. Ich war das noch nie."

Fabian stöhnte. Er war jetzt ehrlich genervt. „Ich bin auch nicht perfekt. Meine Haut ist rau, ich hab ein paar ziemlich fiese Narben und Muttermale, meine Haare waren auch schon mal dichter und meine Zähne kriegen allmählich so einen komischen Blau-Ton. Ich lass mir davon aber nicht die Laune verderben."

„Lass uns noch ein bisschen warten, ja, Süßer?" Lisa versuchte ihr bestes weibliches Gurren in die Waagschale zu werfen, um Fabian um den Finger zu wickeln. Sie beugte sich etwas nach vorn, um ihm zu signalisieren, dass sich das Warten durchaus lohnen würde. Fabian genehmigte sich einen tiefen Blick, stand dann aber auf.

„Lisa, ich will ja nicht wie ein sexbesessener Macho klingen, aber seien wir doch mal ehrlich: Ich bin ein sexbesessener Macho. Und wir sexbesessenen Machos sind nicht direkt für unsere Geduld bekannt, wenn es um Bettgymnastik geht." Er beugte sich zu ihr herunter und sah ihr tief in die Augen. „Ich will dich. Heute. Nicht irgendwann. Ich will dich nackt. Unter mir, neben mir, und verflucht, auch auf mir. Ich werde nach dem Dienst nach Hause fahren und dort die ganze Nacht sein. Ich kann nur hoffen, dass du kommst."

Mit diesen Worten ließ er sie sitzen und schlenderte zum Ausgang der Kantine. Lisa sah seinem süßen Hintern zu, wie er immer kleiner wurde. Heiß war ihr geworden, als er ihr wieder so nahe gekommen war. Und jetzt wurde ihr kalt. Panik, Frust. Angst, alles zu vermasseln. Oh, wie vertraut war ihr das alles.

Als sie abends zu Hause war, ging es ihr nicht besser. Sie lief in der Wohnung umher, putzte ein wenig und ließ ihre Gedanken rotieren. Als es schon dunkel wurde, zog sie sich nackt aus, stellte sich vor den Spiegel in der Diele und warf einen extrem kritischen Blick auf das, was es da so alles zu sehen gab. Sie versuchte, den Bauch einzuziehen, stellte aber fest, dass sie so noch unvorteilhafter aussah. Sie hasste sich nackt, es war halt so. Mit Klamotten konnte sie heiß aussehen und Überschüsse verstecken beziehungsweise betonen, wo sie es für angemessen hielt. Aber ganz nackt war sie ein Pottwal, fand Lisa. Sie war stolz auf ihren Busen, und zumindest die Form ihres Hinterns gefiel ihr sehr. Perfekte runde Formen hatte sie, das stand nun mal fest. Fabian hatte vieles davon schon angefasst und erkundet, und offenbar hatte es ihm gefallen. Vielleicht wenn das Licht gedimmt...?

Probeweise schaltete Lisa das Licht aus. Die gedämpfte Beleuchtung von draußen verschaffte ihr eine Silhouette wie ein Preisboxer. Ihre Rundungen verblassten. Nein, das war keine Verbesserung. Sie könnten ja das Licht ganz ausmachen, es völlig im Dunklen treiben. Aber ob Fabian das respektieren würde? Schließlich wollte sie ihn auch nackt sehen. Lisa spürte, wie sie geil wurde. Es war schon verdammt lange her, und jedes Molekül in ihrem Körper sehnte sich nach Sex. Sie ging ins Wohnzimmer und ließ sich aufs Sofa fallen. Und als sie gerade schwach werden wollte, klingelte das Telefon.

„Ja?" sagte Lisa leicht außer Atem.

„Was ist los?" fragte Rosie. „Bist du allein?"

„Ja, wieso?"

„Oh", lachte die ältere Freundin, „dann machst du's dir gerade selber, was? Die Art Keuchen kenn ich doch. Hab ich selber mindestens einmal am Tag, wenn kein Kerl in Sicht ist."

Lisa wurde tomatenrot und richtete sich auf. „Red keinen Quatsch, ich hab nur gegähnt. Bin müde."

„Dann solltest du nicht das Pony hauen, das macht

noch müder."

„Ach, halt die Klappe. Ich hab genug Probleme."

„Ich wollte mal wissen, was jetzt ist mit Fabian. Wenn nicht heute, wann dann? Oder ist noch jemand gestorben, vielleicht sein Stief-Cousin neunundvierzigsten Grades großväterlicherseits ehrenhalber?"

„Er möchte, dass ich heute zu ihm komme."

„Super! Viel Spaß, Süße. Und vergiss nicht, dir alle Details zu merken, deine Freundinnen sind äußerst wissbegierig."

„Rosie, ich kann das einfach nicht tun", jammerte Lisa. „Ich trau mich nicht."

„Er hat dich doch schon im Badeanzug gesehen."

„Das ist nicht dasselbe. Im Badeanzug sehe ich immer gut aus, weil er die fiesesten Stellen verdeckt, bis auf die Beine, also known as Kartoffelstampfer. Aber die sind ihm wohl egal."

„Worum machst du dir Sorgen? Zieh seinen Kopf zwischen deine Brüste, dann sieht er nichts anderes mehr und ist trotzdem zufrieden. So mach ich das häufig bei meinen Jungs."

Lisa grinste. „Also echt, wie du das fertig bringst. Die sind doch oft weniger als halb so alt wie du. Hat dich da noch keiner entsetzt angeguckt, als du nackt warst?"

Rosie lachte dreckig, sofern Frauen das können. „Baby, die meisten von denen fallen vor mir auf die Knie, sobald ich nackt bin. Ich will das gar nicht zu Tode analysieren, von wegen Mutterkomplex und so weiter, aber ich habe noch nie erlebt, dass einer auf einmal keinen Bock mehr hatte. Und sie wollten alle Nachschlag haben. Das hat nichts zu tun mit makelloser Schönheit. So was macht sich gut auf Titelblättern und im Film, aber im Bett wollen Männer das Echte. Und so schätze ich auch Fabian ein. Der steht auf dich. Nicht aus Mitleid oder weil ihr euch halt jeden Tag seht und du dadurch einfach fällig bist, sondern weil er Geschmack hat."

Lisa hatte zugehört und seufzte jetzt laut auf.

„Oh", schmunzelte Rosie, „bist du fertig geworden?"

„Dumme Kuh", sagte Lisa, „ich hab mir nur durch den Kopf gehen lassen, was du gesagt hast."

„Und was wirst du jetzt tun?"

„Ich geh zu Fabian und fick ihm das Hirn raus."

Lisa legte auf und flitzte entschlossen ins Schlafzimmer. Sie musste gar nicht lange überlegen, denn im Geiste hatte sie sich diesen Anlass schon häufig ausgemalt. Ihr schwarzer Minirock war ein Bringer, und die Netzstrümpfe ließen gar keinen Zweifel mehr. Lisa fand es immer wieder wunderbar, wie die Dinger sämtliche orangesken Ausbeulungen unsichtbar machten. Die Ausbeulungen am Oberkörper sollten freilich noch sichtbarer werden, und dafür hatte Lisa ihre jugendgefährdende dunkelrote Bluse, die ihr zwei Nummern zu klein war, was die Brüste hervorquellen ließ wie zwei Christbaumkugeln an einem entnadelten Tannenbaum. Sie steckte die Bluse nicht rein, sondern ließ sie einfach flattern, in Tateinheit mit dem tiefen Ausschnitt waren nur zwei Knöpfe überhaupt zu. Den BH ließ sie gleich ganz weg, und um die anderen Autofahrer nicht in Unfälle zu verwickeln, legte sie sich ihren hässlichen beigen Mantel aus Mikrofaser um. Ihre Füße steckten in zwei schwarzen Hockhackigen, die alles an Lisas Körper beim laufen zum Wackeln brachte, und sie genoss es sogar, als sie bereits die Treppen hinunterlief.

Die Fahrt nach Spandau dauerte ein Weilchen.

Fabians Wohnung in der Nähe der Altstadt war sehr gut erschlossen, und als sie über die Dischingerbrücke fuhr, hatte Lisa das Gefühl, auf Wolken zu fahren. Es war eine perfekte Nacht. Überall Sterne, ein heller Mond, kaum noch Verkehr. Wie immer, wenn man nachts aus der Stadt rausfuhr, wurde es schlagartig sehr ruhig. Die Altstadt war jetzt, um 23.00 Uhr, schon fast menschenleer. Normalerweise hätte sich Lisa unwohl gefühlt, sie wusste ja, was Frauen nachts blühen konnte, wenn sie alleine unterwegs waren, und sie musste ein Stück zu Fuß gehen.

Sie parkte den Wagen etwa hundert Meter von Fabians Wohnung entfernt, die am Lindenufer lag. Unfassbar eigentlich: Wohnungen direkt am Fluss, wunderschöne Aussicht auf die Zitadelle und die ehemalige preußische Geschützgießerei, und die Mieten waren nicht viel höher als in Wedding. Es war ständig die Rede davon, dass Berlin langsam zu teuer wurde, aber das galt nur für Leute, die sich als Wohnort nichts vorstellen konnten, das außerhalb des S-Bahn-Rings lag. Lisa fühlte sich wohl in Kreuzberg, aber Fabians Wahl war für sie durchaus nachvollziehbar. Sie freundete sich sogar mit dem Gedanken an, hier irgendwann selbst hinzuziehen.

Die warme Nacht umfing sie mit träger Luft. Lisa konnte noch ein paar Insekten hören, die Insektengeräusche machten, ansonsten war es erstaunlich still. Weiter weg hörte man noch ein paar Autos, aber es war niemand mehr wach, kaum ein Fenster erleuchtet. Es war auf einmal doch etwas unangenehm für Lisa, ganz allein durch die Nacht zu gehen. Auch die Straßenlaternen am Ufer konnten nicht verhindern, dass Lisa ihren Schritt beschleunigte, um zu

Fabians Haus zu gelangen.

Sie hatte die halbe Strecke geschafft und sah schon die einsam erleuchteten Lichter von Fabians Wohnung, als sie es hörte. Und eine Sekunde später stand der Mann plötzlich vor ihr. In der Hand ein Bowiemesser, und auf dem Kopf eine Skimaske.

Beinahe schon zu viel Klischee, war das erste, das Lisa durch den Kopf ging. Dann hatte sie das Messer an der Kehle.

Neunundzwanzig

„Los, hier rein!"

In den ersten Sekunden hatte Lisa keine Chance, sich zu verteidigen, und das nutzte Skimaske aus. Er tat das nicht zum ersten Mal. Geradezu routiniert schwang er sich hinter sie, drückte ihr das Messer an die Luftröhre – Lisa konnte spüren, dass es rasiermesserscharf war – und hielt sie gleichzeitig von hinten fest, indem er ihren Mantel im Griff behielt. Er stieß sie vorwärts in eine kleine Seitenstraße, in der die Mülltonnen standen. Es gab keine Fenster, die in diese Nische Einblick verschafften, und das einzige Licht spendete der Mond.

Skimaske drängte sie an die Wand, drehte sie herum, so dass sie ihm das Gesicht zuwandte, hielt ihr das Messer mit der Spitze unters Kinn und kam ganz nah an sie ran.

„Wenn du schreist oder irgendwelche uncoolen Bewegungen machst, bist du reif", krächzte er. „Dann schlitz ich dich in einer Sekunde auf und bin drei Sekunden später weg. Ich hab da schon Übung drin, also reiz mich nicht, klar? Sei ein braves Mädchen, okay? Wirst du ein braves Mädchen sein?"

Lisa versuchte, sich an ihr Training zu erinnern. Es gab Methoden, einen Messerstecher zu entwaffnen, aber was gut in der Ausbildung funktionierte, musste noch lange nicht bei einem Mann klappen, der einen wirklich töten würde.

„Ja", sagte Lisa eine Spur kläglicher, als sie wollte. Sie überlegte, ob sie sich als Polizistin zu erkennen geben sollte, aber das war sicher keine gute Idee. Vielleicht schlachtete er sie dann schon aus Prinzip ab.

Skimaske war zufrieden und trat erst einmal zwei Schritte zurück, um sich Lisa genauer zu betrachten. Sie tat dasselbe bei ihm. Ein kräftiger, untersetzter Mann, der einen hässlichen grünen Jogginganzug trug. Sein Gesicht war von der schwarzen Skimaske völlig verdeckt, und es war zu dunkel, um seine Augenfarbe zu erkennen. Lisa versuchte, möglichst viele Details aufzunehmen, obwohl sie wusste, dass wenn sie sich nicht schleunigst etwas einfallen ließ, sie bald mehr Details von ihm in sich aufnehmen würde als sie wollte.

„Okay, Süße, bist'n bisschen fett, aber was soll's", grunzte Skimaske jetzt. „Los, Mantel aus!"

Lisa hatte zu viel Angst, um beleidigt zu sein. Sie öffnete den Gürtel und zog langsam die Arme aus den Ärmeln. Sie überlegte, Skimaske den Mantel entgegenzuschleudern, aber das war viel zu riskant aufgrund der schlechten Flugeigenschaften. Sie warf ihn auf den Boden.

„Sehr brav, Süße", sagte Skimaske zufrieden, gleich gefolgt von einem „Wow, fuck, Baby... das nenn ich mal Titten!"

Im fahlen Mondlicht ragten Lisas Brüste weit hervor. Die dünne Bluse, die nur von zwei Knöpfen in der Mitte zusammengehalten wurde, spannte sie über ihnen. Die Wirkung, die Lisa auf Fabian haben wollte, erzielte sie jetzt auch bei Skimaske. Der schnalzte laut mit der Zunge.

„Die fetten Kühe haben auch die geilsten Euter, was Baby? Na los, mach auch die Bluse auf!"

Lisa sah ihn so kalt an wie sie konnte, während sie sich aufknöpfte. Sie hatte keinen BH angezogen. Sie zog die

Bluse auf und legte ihren Busen frei. In diesem Moment strahlte der Mond direkt in die kleine Nische, in der sie sich befanden, und erleuchtete Lisas nackten Oberkörper in seiner ganzen Schönheit.

„Oh Mann, oh yeah..." keuchte Skimaske, völlig hypnotisiert von diesem Anblick. Und er ließ die Hand, die das Messer hielt, herabsinken. Mit der anderen Hand griff er sich in den Schritt.

Im Bruchteil einer Sekunde schnellte Lisa hervor. Skimaske konnte nicht einmal darauf reagieren, denn die Art und Weise, wie sich Lisas mächtige Brüste bewegten, machte ihn für einen Moment völlig wehrlos.

Lisas Erinnerungen an ihr Training waren rudimentär, aber eines hatte sie behalten: Ein harter Tritt in die Eier ersetzt drei Jahre Karate-Unterricht. Die Mönche, die diese ganzen Kampfkünste erfanden, kämen natürlich nie auf die Idee, so etwas bei ihrem Gegner zu machen. Im Bewusstsein von Mönchen gab es gar keine Eier.

Im Bewusstsein von Skimaske dagegen sehr wohl. Lustigerweise brachte ihn sein natürlicher Reflex dazu, erst einmal seine Hand aus dem Weg zu ziehen. Was seinen Genitalien dann zum Nachteil gereichen sollte. Mit einem erstickten Laut ging der Mann in die Knie. Er behielt das Messer in der Hand und wollte schon damit ausholen, als Lisa ihm mit Schmackes einen klassischen Kinnhaken alter Prägung versetzte.

Dass das wirkte, verblüffte niemanden mehr als sie. In Filmen fand sie das immer total albern, eine männliche Macho-Pose. Vielleicht hatte Skimaske ein Glaskinn. Jedenfalls taumelte er zurück und fiel auf den Arsch, wobei ihm das Messer entglitt. Instinktiv langte Lisa danach, bekam es aber nicht gleich zu fassen, weil es halb unter eine Mülltonne gerutscht war. Skimaske war noch genug bei Sinnen, um seine Chance zu ergreifen. Auf einen Kampf wollte er sich nicht einlassen, dazu war er zu feige ohne Messer. Er sprang stöhnend auf und rannte aus der kleinen Gasse heraus auf die Straße.

Das glaubst auch nur du, dachte Lisa voller Wut und angelte sich das Messer. Es war ein Bowiemesser, fies scharf und gut gepflegt. Er hätte sie damit filetieren können wie einen Fisch. Während sie sich schnell die Bluse wieder zumachte, lief sie bereits hinter Skimaske her, das Messer im Anschlag.

Da ertönte der Schuss.

Der Knall war ganz nah, höchstens zwanzig Meter entfernt. Instinktiv ging Lisa in Deckung, überrascht und alarmiert. Eine Schusswaffe hatte sie nicht bei dem Mann gesehen. Was sollte sie jetzt machen? Todesmutig weiterlaufen? Oder ihm die Chance geben, zu entkommen? Lisas Gedanken rasten.

„Lisa? Wo bist du?"

Es dauerte ein paar Sekunden, bis diese Worte in ihr Bewusstsein eindrangen.

„Lisa!"

Das war die Stimme von Fabian Zonk.

Lisa kam hervor und ging langsam die letzten Schritte, bis sie wieder auf die Straße gelangte. Mit einem Blick war das ganze Szenario zu überschauen. Mitten auf der gut beleuchteten Grünfläche mit dem Mahnmal für eine zerstörte Synagoge lag Skimaske, gut hundert Meter von ihr entfernt. Von der anderen Seite sah Lisa Fabian kommen. Mit seiner Dienstwaffe in beiden Händen ging er langsam auf den vor Schmerzen heulenden und sich windenden Mann zu, der vor einer Minute noch mit ihr in der Sackgasse gewesen war.

„Ich bin hier", hauchte Lisa leise. Fabian hörte sie nicht, aber er sah sie und lächelte ihr zu. Sie hatte ihn noch nie so aufgewühlt gesehen, und sie kam nicht umhin zu bemerken, wie sexy er aussah. Aber vielleicht machte das auch seine Pistole.

Sie lief auf ihn zu, während er Skimaske in Schach hielt. Der Mann hielt sich verzweifelt die Hüfte, aus der eine Menge Blut austrat. Fabian hatte ihn offenbar an einer besonders schmerzhaften Stelle erwischt.

„Ganz ruhig, Mann", knurrte Fabian, „sonst kommt noch die Notwehr. Hättest stehen bleiben sollen, als ich dich dazu aufgefordert habe."

„Haben Sie gar nicht, Sie Arschloch!" schrie Skimaske. „Sie haben einfach geschossen!"

„Hab ich nicht", brummte Fabian. „Ich hab laut und deutlich *Stehen bleiben Polizei* gerufen."

„Haben Sie nicht!"

„Hat er doch, hab ich genau gehört", sagte Lisa, als sie bei den beiden angekommen war, und trat dem blutenden Mann mit voller Wucht noch einmal ins Gemächt. „Sie sind vorläufig festgenommen."

Eine halbe Stunde später stand Lisa an Fabians Küchenfenster und sah dem Ambulanzwagen zu, wie er Skimaske in Richtung Spandauer Klinikum transportierte. Alles war sehr schnell gegangen, auch die Kollegen in grün hatten bereits die nötigen Tatort-Absperrungen errichtet, und ein Beamter von Christianes Truppe war auf dem Weg, um sich ein Bild zu machen. Viele Spuren gab es nicht zu sichern, lediglich das Blut auf dem Rasen. Fabian hatte seine Waffe vorschriftsmäßig ausgehändigt, und Lisas Mantel war bereits sichergestellt. Sie würde ihn bald wiederbekommen. Ein bisschen peinlich war ihr das, sie fand ihn hässlich und trug ihn nur, weil er ihre Formen gut verbergen konnte.

Fabian war ebenfalls in seiner Küche und fabrizierte an einer eigenartig anmutenden Maschine eine pechschwarze Flüssigkeit, die sich alle Mühe gab, kaffeeartige Tendenzen zu simulieren. Die Maschine machte Geräusche wie ein furzender Tyrannosaurier, dennoch empfand Lisa sie als äußerst beruhigend. Nichts ging über etwas Alltagskomik, um einen Schockzustand zu verhindern.

„Willst du Milch oder Zucker oder irgend so was?" fragte Fabian.

„Hast du Süßstoff?"

„Nö. Und von jemandem, der so viel Mast-Cola trinkt wie du, verblüfft mich diese Frage ungemein."

„Cola light ist eklig", brummte Lisa achselzuckend. „Tu halt Zucker rein, ich brauch jetzt was Süßes."

„Ich hab Schokolade..."

„Du bist ein Prinz", grinste Lisa, „mach mir ein Kind."

„Sofort? Dann muss ich aber das LKA anrufen. Die erwarten uns gleich."

Sie setzten sich an den Tisch, tranken Kaffee und vertilgten eine Tafel Vollmilch-Nuss.

„Wo kamst du eigentlich auf einmal her, häh?" begehrte Lisa zu wissen.

„Ich hab dich kommen sehen. Von weitem. Hab dann schon mal Kerzen angezündet und gewartet, aber als du nach drei Minuten nicht geklingelt hast, hab ich mich gewundert. Eine Nachbarin hatte mir vor ein paar Tagen erzählt, sie wäre nachts so einem komischen Typen begegnet. Sie meinte, der hätte sie verfolgt, und sie ist ganz schnell ins Haus gelaufen. Das fiel mir wieder ein, deshalb hab ich den Colt gezückt und dich gesucht. Kaum war ich draußen, rannte dieser Typ mit Skimaske auch schon an mir vorbei."

„Und da hast du auf ihn geschossen? Ohne Vorwarnung?"

„Ich hätte ihn nie im Leben eingeholt, ich war barfuß."

Lisa lachte. „Wieso das denn?"

Fabian grinste. „Weil ihr Frauen es hasst, wenn Männer im Bett Socken tragen. Nach Möglichkeit zieh ich die schon vorher aus."

„So mach ich das mit BHs", grinste Lisa zurück.

„Was? Wieso das denn? Männer lieben doch den Moment, wenn sie der Frau den BH ausziehen. Es gibt für einen Brustfetischisten keinen schöneren Moment als den, in dem sich langsam die ganze Schönheit des Kunstwerks enthüllt."

„Ich werde dran denken."

„Ich bitte darum."

Leider hatten sie keine Zeit, um ihren Worten Taten folgen zu lassen. Lisa hatte Christiane versprochen, sie auf dem Revier zu treffen, um ihre Aussagen aufzunehmen. Schweren Herzens machten sie sich in Lisas Auto auf dem Weg.

Lisa fand es angenehm, dass Fabian sie nicht in den Arm genommen hatte, um sie zu trösten. Er wusste genau, dass sie das nur zum Heulen gebracht hätte, und er wollte ihr das ersparen. Als jedoch Christiane in der Tiefgarage des LKA auf sie wartete – mit ausgebreiteten Armen – und selber dabei schon schluchzte, brach es doch aus Lisa heraus. Fabian stand etwas betreten daneben, als die beiden Frauen sich weinend umarmten und Christiane ihre Freundin streichelte und tröstete. Er ging schon mal vor.

Das Aufnehmen des Protokolls wurde im Eilverfahren durchexerziert. Eine Beamtin vom Bereitschaftsdienst saß am Computer in Christianes Büro. Lisa und Fabian fanden das sehr viel angenehmer, als selbst ihre Berichte zu tippen. Ab und zu stand ihnen auch mal eine Sekretärin zur Verfügung, aber meistens wurde sie von Juhnke mit Beschlag belegt. Christiane hatte den Fall bereits an sich gezogen, denn sie hatte schon eine Ahnung, mit wem sie es hier zu tun hatten.

„Skimaske, grüner Trainingsanzug", resümierte sie, „das ist unser Serien-Vergewaltiger. Kam er dir so vor, als würde er das häufiger machen?"

„Ja", bestätigte Lisa, „der kannte sich aus. Ich hab Glück gehabt."

„Wieso war er denn auf einmal abgelenkt?" fragte Fabian. „Hast du noch nicht genau erklärt."

Lisa wurde verlegen, wie jedes Mal, wenn es um ihre weiblichen Reize ging. „Na ja, ich hab die Bluse aufgemacht, und da war er halt für den Moment erst mal sprachlos..."

Fabian und Christiane sahen sich an und lächelten dann in sich hinein.

„Kann ich mir vorstellen", sagte Fabian. „Sind wir dann hier fertig?"

„Ja klar", antwortete Christiane, „wir sind fertig, das heißt ihr zwei beide könnt gehen. Ich darf jetzt 'ne Nachtschicht einlegen."

Fabian und Lisa sprachen kein Wort miteinander, als

sie den Fahrstuhl nach unten nahmen. Sie setzten sich in den Wagen, und Lisa fuhr kommentarlos zurück in Richtung Fabians Wohnung. Ohne Worte sperrte Fabian die Haustür auf, und sie gingen nach oben. Sie standen in der Diele und zogen sich die Schuhe aus.

Fabian nahm Lisa an die Hand und führte sie in sein Schlafzimmer. Die Kerzen, die er vor ein paar Stunden angezündet hatte, waren halb heruntergebrannt, aber spendeten dem Raum genau die richtige Atmosphäre. Fabian musste viel Zeit und Mühen investiert haben, um in seinem Schlafzimmer diese Spannung erzeugen zu können.

Er setzte sich aufs Bett, sah Lisa aufreizend ins Gesicht und zog sich mit theatralischer Geste die Socken aus. Lisa lachte leise und ging dann auf ihn zu. Er richtete sich auf, umfasste ihre breiten Hüften und zog sie an sich ran. Lisa ihrerseits nahm mit beiden Händen seinen Kopf und drückte ihn zwischen ihre Brüste.

Fabian genoss die schweren, warmen Kugeln aus Fleisch und bewegte seinen Kopf hin und her. Lisas Brustwarzen stachen hart hervor, und er begann, an ihnen durch den dünnen Blusenstoff hindurch zu saugen. Lisa stöhnte voller Genuss und wühlte in Fabians Haar. Dann riss er ihr mit einem Ruck die Bluse vom Leib.

Nackt zitterten ihre Brüste vor seinen gierigen Augen, und Lisa stürzte sich geil auf ihn und machte mit seinem Hemd kurzen Prozess. Er zog an ihrem Minirock, sie zerrte an seinem Gürtel. Nach nur ein paar Sekunden kämpften sie nackt einen Ringkampf auf dem Bett, und Lisas Hände verkrallten sich in seinen festen Hintern, dessen Muskelbewegungen sie spürte, als Fabian anfing zu stoßen.

Dreißig

Vielleicht hatte Fabian wirklich recht, was das Übernachten anging. Es gab aber auch wirklich nichts Unromantischeres als das gemeinsame Aufwachen, fand Lisa. In keinem Punkt gab es einen derart krassen Unterschied zwischen Phantasie und Realität. Als sie um zehn Uhr wach wurde, lag Fabian auf dem Bauch und gab Geräusche von sich, die ein wenig an das Lachen von Ernie aus der Sesamstraße erinnerten. In dieser Position war er *definitely unpoppable material, if you know what I mean*. Sein wie gemeißelter Hintern neutralisierte den Eindruck, als Lisa die Decke wegzog, dennoch brannte ihre Libido auf Sparflamme. Sie stolperte ins Badezimmer und versuchte, das Ausmaß an Schimmel und Kalkflecken zu übersehen, das sich ihren Augen bot. Fabian war wirklich der totale Junggeselle.

Unter dem heißen Wasserstrahl fand Lisa zu sich, und die Erinnerung an die späten Ereignisse der vergangenen Nacht ließ sie dann auch bald wieder eine fröhliche Melodie pfeifen. War zweifellos eine der Top Ten Nächte in ihrem Leben, und wenn man bedachte, wie die Nacht angefangen hatte, war das keine üble Leistung vom wackeren Herrn Zonk. Vor allem diese eine Stellung, von der Lisa immer gedacht hatte, dass sie dafür zu dick war... aber irgendwie hatte Fabian den Winkel gefunden.

„Geh wech da", brummte Fabian, als er den Duschvorhang aufzog. Er war nackt wie sie und drängelte sich in die Kabine. Sie kämpften kurz um die Vorherrschaft unter der Brause, was in einem Kompromiss endete: Er stand senkrecht vor dem Strahl und ließ das Wasser von sich auf sie zurückspritzen. Was funktionierte, da Lisa inzwischen auf den Knien war.

Das Frühstück bestand aus einer Substanz, die in einem früheren Leben wohl mal Nutella gewesen war, gestrichen auf aufgebackene Brötchen. Mampfend saßen sie auf der Couch im Wohnzimmer. Beide waren Morgenmuffel und redeten ungern so früh mit jemandem.

„Wir müssen uns mal grundsätzlich über deinen Haushalt hier unterhalten", meinte Lisa schließlich.

„Wenn du willst, darfst du hier ruhig mal putzen."

„Ha! Darum ging es dir hier nur, du suchst ein Hausmütterchen."

„Ja, na klar."

„Dein Pech, ich suche nämlich einen Hausmann für meine Bude."

„Okay, ich putze bei dir, du bei mir."

Lisa lachte. „Ich seh schon, du bist morgens genau so aufgeweckt wie ich."

Fabian sah auf seine Armbanduhr, die sein einziges Accessoire war. Lisa hatte sich seinen Bademantel geschnappt, aber er war zu faul gewesen, um sich was anzuziehen. „Es ist eigentlich schon elf."

„Oh, vielleicht sollten wir ins Büro?"

„Komische Idee", brummte Fabian. „Du bist manchmal furchtbar preußisch."

Mit diesen Worten sprang er auf. Genauer gesagt, blieb er noch eine Viertelstunde sitzen, aber dann sprang er auf. Er stand auf, vielmehr. Langsam. Lisa war da schon nicht mehr da, sie wollte nicht mit ihren aktuellen Klamotten im Büro erscheinen. Außerdem gab es da eine Katze zu füttern.

Eben diese Katze saß auf der Schwelle zum Wohnzimmer, als Lisa die Wohnungstür öffnete, und schlug vorwurfsvoll mit dem Schwanz auf dem Teppich herum.

„Herrje, tut mir leid", sagte Lisa, „aber tu doch nicht so, als wärst du von mir abhängig. Könntest dir auch mal 'ne Maus fangen."

Eigentlich ein entsetzlicher Gedanke für Lisa, aber sie wehrte sich immer noch dagegen, für Katze verantwortlich zu sein. So ähnlich wie Männer versuchen, einer festen Beziehung aus dem Weg zu gehen. Außerdem fiel ihr ein, dass es eigentlich seltsam war, dass es kein Katzenfutter mit Mäusefleisch gab. Obwohl, da gab es etwas von Whiskas, das als „mit Herz" bezeichnet wurde, ohne nähere Einzelheiten über das Lebewesen, dessen Herz man da verspies. Und Katze liebte es. Gerade jetzt wieder verschlang das Tier eine ganze Dose mit Genuss. Lisa hatte inzwischen gelernt, eine alte Zeitungsseite unter den Futternapf zu legen. Zumindest diesen Zweck erfüllten die kostenlosen Wochenblätter noch, die in Berlins Hausfluren rumlagen.

Der Anrufbeantworter blinkte nervös. Ein Blick aufs Display verriet Lisa: 11 Anrufe. Sie hörte sie sich an, während sie ihre Kleidung zusammensuchte. Rosie klang ganz aufgelöst, sprach immer wieder davon, dass sie doch noch ganz kurz davor mit Lisa gesprochen hatte, und das sei ja nicht zu fassen, und ob es ihr gut ging und sie käme heute Abend vorbei. Freunde und Kollegen riefen an, um Mitgefühl auszudrücken, sogar Juhnke, aus dessen Stimme sie zum ersten Mal im Leben etwas Emotion heraushören konnte. Auch Ullrich vom BKA ließ von sich hören, verbunden mit dem Hinweis, sie brauche heute nicht zu erscheinen, wenn sie nicht wollte. Und ein Anruf von Christiane war dabei.

„Liebling, bitte reg dich nicht auf, aber es könnte sein, dass die Anklage gegen den Typ schwieriger wird als ich dachte. Hat einen ziemlich cleveren Anwalt. Wenn ich keine weiteren Aussagen von früheren Opfern bekomme, haben wir verdammt wenig in der Hand. Komm doch heute noch ins LKA, wenn du kannst, ja?"

Lisa atmete tief durch. Na reizend. Die Justiz haute mal wieder in den Sack, wie es aussah. Zurück bei der miesen Laune angekommen, fuhr sie nach Schöneberg.

Fabian saß an dem Schreibtisch im Großraumbüro und beschäftigte sich mit alten Protokollen. Es wurde im Raum kurz stiller, als Lisa hereinkam, und ein paar Kolleginnen standen auf und erkundigten sich, wie es Lisa ging. Am liebsten hätte Lisa geantwortet: „Leute! Mir geht's gut! Ich wurde ja gar nicht vergewaltigt. Im Gegenteil, ich hatte wahnsinnigen Sex mit dem schlecht rasierten Typ da vorne, und ich wette, das kann der Großteil von euch nicht behaupten."

Stattdessen murmelte sie Worte des Dankes und der Beschwichtigung, und alle setzten ihre Arbeit fort. Fabian gab ihr ein paar Aktenordner rüber.

„Hier, das lenkt ab", sagte er, „das sind Fälle aus den Achtziger Jahren, Gewalttaten mit politischem Hintergrund. Das waren noch Zeiten, ach ja..."

„Wo sind die aktuellen Fälle?"

„Die schauen sich die BKA-Leute selber an. Nach meiner bisherigen Schätzung sind die meisten der Delinquenten hier drin entweder tot, im Gefängnis, bei der *taz* oder in der Politik."

Lisa blätterte lustlos in den Akten herum. „Die haben

wohl überhaupt keine Spur mehr, was?"

„Ich würde sagen, die Verzweiflung wächst minütlich. Apropos Verzweiflung: Du nimmst doch die Pille?"

Lisa kicherte hinterhältig. „Wieso, willst du keine Kinder?"

„Doch, sicher will ich Kinder. Ich will Kinder auf einer großen, weit entlegenen Insel irgendwo im Pazifik. Da werden sie aufgezogen von straffällig gewordenen Kindergärtnerinnen, die erst entlassen werden, wenn jedes Balg lesen und schreiben kann und gelernt hat, die Leute erst aus der U-Bahn aussteigen zu lassen. Also?"

„Wie war noch mal die Frage?"

„Bewahrst du routinemäßig deine Gebärmutter vor allzu viel Stress?"

Lisa seufzte. „Also, ich werde mir mit Vergnügen wieder eine Spirale einsetzen für unsere nächsten Körperflüssigkeitstransaktionen. Gestern jedoch war das nicht nötig, aus zyklustechnischer Sicht."

„Wie bombensicher ist das?"

„Wie das World Trade Center."

„Na klasse!"

Lisa war Fabian nicht böse, immerhin hatte sie auch keinen Bock auf Nachwuchs. Sie hatte sich gerade erst damit abgefunden, eine Katze regelmäßig füttern zu müssen. Was sollte sie da mit einem plärrenden Zweibeiner? Trotzdem waren ihre Gedanken bei dem, was Christiane auf dem Anrufbeantworter hinterlassen hatte.

„Ich geh mal zu Christiane und frag nach, wie es läuft", sagte sie also und ließ Fabian alleine.

Christiane war nicht in ihrem Büro, genauso wenig wie ihr Partner. *Offenbar sind alle fleißig beschäftigt*, dachte

Lisa, und das beunruhigte sie. Wenn man einen Täter überführt hat, dann ist man nur noch mit Papierkram zugange. Aber der musste wohl noch warten. Sie setzte sich an Christianes Schreibtisch und wartete. Nach etwa zehn Minuten erschien die Büroherrin.

„Da bist du ja", sagte Christiane, und sie wirkte nicht gerade euphorisch. Die dunklen Ringe unter den Augen zeugten von einer durchwachten Nacht. „Ich dachte schon, du kommst nicht mehr."

„Du hast mir nicht gerade Mut gemacht mit deinem Anruf", sagte Lisa. „Was ist denn nun? Hat er gestanden?"

Christiane setzte sich auf den Schreibtisch.

„Den Überfall auf dich? Na klar. Den kann er ja wohl kaum leugnen, oder? Aber das bringt nicht so viel. Er schwört, das sei das erste Mal gewesen, und zwar aus einer Laune heraus, weil er besoffen war."

„War er das?"

„Bluttest haben wir erst gemacht, als er das heute morgen behauptet hat, und da hat das keinen Aussagewert mehr. Ist ja auch egal, er wird verurteilt, aber wahrscheinlich nur Bewährung. Es sei denn, wir können ihm die anderen Frauen nachweisen."

„Könnt ihr?"

„Bis jetzt nicht. Wir haben drei Zeuginnen, vor denen haben wir ihn sprechen lassen, damit sie seine Stimme wieder erkennen. Die Ergebnisse sind sehr widersprüchlich."

„Er ist es. Er hat mir selbst gesagt, dass er das schon oft gemacht hat."

„Ich weiß. So wie der grinst, so siegesgewiss, ist mir völlig klar, dass er das ist. Das ist genau der Typ des

Parkhausvergewaltigers, wie er im Lehrbuch steht. Und ich bin solchen Kerlen schon oft genug begegnet, glaub mir. Die fühlen sich grundsätzlich nicht schuldig und würden am liebsten T-Shirts tragen auf denen steht, wie viele Frauen sie sich schon geholt haben. Aber so dumm sind die nicht, auch nicht besonders intelligent, ist mehr so eine Art Bauernschläue, die den eigenen Vorteil sucht und findet. Aber noch ist nichts verloren. Solche Typen machen auch häufig Fehler in ihrer Arroganz. Mein Partner ist gerade wieder dabei, ihn mürbe zu quatschen. Leider ist der scheiß Anwalt auch dabei."

Lisa spielte nervös mit den Büroklammern auf Christianes Schreibtisch. „Sag mir bitte nicht, dass er davonkommt."

Christiane stand auf und nahm Lisas Hand in ihre Hände. „Ich tu alles was ich kann. Aber bitte sei mir nicht böse, wenn..."

„Schon gut, schon gut", sagte Lisa leise. „Ich weiß ja. Und ich hab dich lieb."

Christiane nahm einen Ordner aus dem Schreibtisch und verabschiedete sich wieder nach unten. Lisa blieb sitzen. Sie genoss es, etwas allein zu sein, und versuchte, an andere Dinge zu denken. Spaßeshalber wollte sie sich der Arbeit zuwenden. Sie nahm einen Bogen Papier und schrieb mit großem Abstand die Namen der drei Mordopfer auf.

Sehr schön, dachte sie, *und jetzt noch den Namen des Mörders, und der Tag ist rum.* Unter den Namen verteilte sie ein paar weitere: die Nielsens, Richard Weinstein... und nach kurzem Zögern auch Sarah Weinstein. Sie zog eine Linie zwischen diesen Namen, weil sich die Leute kannten. Wobei Frau Weinstein vermutlich nichts zu tun hatte mit der Arbeit ihres Mannes.

Was Lisa brauchte, waren konkrete Verdächtige bei Walter Fechner. Es war aber auch zum Verrücktwerden, dass zwei der Mordopfer viel zu viele Feinde hatten und eins praktisch keine, abgesehen von einem depressiven Ehepaar, das keiner Fliege was zuleide tun konnte und obendrein alibimäßig bestens versorgt war. Wie auch der Hauptverdächtige im zweiten Fall. Und im dritten gab es nicht mal einen. Der Fall wurde mit der Zeit nicht leichter, sondern schwieriger. Das fand Lisa absolut nicht in Ordnung. Das war total unfair. Wer auch immer der Mörder war, sollte sich echt was schämen.

Gut, es gab Spuren. Die Turnschuhabdrücke, na bitte. Ur-Berliner trieben ungern Sport, was bedeuten könnte, dass es sich um einen Zugezogenen handelte. Ein Zugezogener mit einem scharfen Schwert. Und der Fähigkeit, Türschlösser lautlos und schnell zu knacken. Warum nicht mal jeden Schlosser Berlins, der nicht hier geboren war, zu Hause besuchen und fragen, wo er seinen Säbel versteckt hat? Ha, Rasterfahndung!

Lisa musste grinsend an Sven denken, der im Dreieck gesprungen war, als sie ihm davon erzählt hatte. Dabei war er gar nicht wütend gewesen, sondern sogar eher belustigt. Die Unfähigkeit des BKA ließ ihn jubeln. Manchmal fragte sich Lisa, ob ein Hauptmerkmal des Linkssein darin bestand, sich zu freuen, wenn Straftäter entkamen. War jeder Verbrecher in linken Augen im Grunde ein Rebell gegen das System? Oder ein Opfer des Systems? Und wenn ja, welches Systems?

Das war ungefähr dasselbe wie bei der Frage, was wichtiger war: Menschenrechte oder Tierschutz? Sven schien letzterem den Vorzug zu geben. Und damit schien er nicht der einzige zu sein. Es gab eine Kampagne einer Tierschutzorganisation, in der die Schrecken von Tiertransporten mit dem Horror des Holocausts gleichgesetzt wurden. So wurden die toten Juden auf eine Stufe gestellt mit toten Schweinen – weil man „keine Hierarchie unter Opfern akzeptiert". Lisa fand das geschmacklos, aber Sven war begeistert, und aus seinem anschließenden Vortrag war deutlich rauszuhören, dass er Menschen grundsätzlich für weniger wertvoll hielt als Tiere. Es war merkwürdig, den Nazi-Hasser und Menschenrechtsverletzungsanprangerer Sven Konrad so reden zu hören, aber in seinem Kopf schien das alles Sinn zu machen. So stimmte er dem stellvertretenden PeTA-Boss Dan Mathews zu, der den Mörder von Gianni Versace als „wichtigste Persönlichkeit des Jahrhunderts" bezeichnet hatte. Versace hatte auch Pelzmäntel entworfen.

Lisa riss sich fort aus diesen Gedanken, die nur vom Thema ablenkten, und wandte sich wieder ihrer äußerst überschaubaren Grafik zu. Mal einfach gefragt, Frau Kommissar: Wer hat die drei Opfer gekannt?

Nun, Fechner war jedem Zeitungsleser in Berlin bekannt, und das war vermutlich sogar eine vierstellige Zahl an Menschen, wenn man die rausrechnete, die nur den Sportteil lasen. Charlie Sander war ein Name, den die Leser des *Volksmunds* täglich gelesen hatten. Fritz Krumm jedoch dürfte lediglich Kollegen und Nachbarn noch ein Begriff gewesen sein, immerhin lag sein Fall schon eine Weile zurück, und das Namensgedächtnis der Menschen ist begrenzt. Neulich hatte Lisa irgendwo den Namen Nils Bokelberg gehört, aber sie konnte sich absolut nicht mehr erinnern, wer das war. Sie wusste nur noch, dass sie den Kerl wohl irgendwie scheiße gefunden haben musste. Warum? Keine Ahnung.

Das funkelnagelneue Telefon auf Christianes Schreibtisch klingelte. Lisa ärgerte sich ein wenig, dass sie noch mit einem hässlichen Ding hantieren musste, aber sie ging trotzdem dran. Es war Fabian.

„Bleibst du noch länger weg?"

„Wieso, brauchst du mich?"

„Nö, wozu das denn? Aber ich dachte, wir machen zusammen die Kantine unsicher."

„Okay, in einer Stunde unten."

Sie legte auf. Um die Verabredung nicht zu vergessen, schrieb sie „Fabian" auf das Blatt, auf dem schon die anderen Namen standen. Dann runzelte sie die Stirn und starrte auf das Papier, als hätte sie es noch nie zuvor gesehen.

Sie nahm den Stift wieder in die Hand und schrieb ihren eigenen Namen dazu.

Sie zog Linien zu den Opfern.

Zufall, dachte sie. *Ist doch bloß Zufall.*

Dann schrieb sie noch einen Namen.

Und zog wieder Linien.

Nein, ist es nicht.

Sie hob den Hörer ab und lies sich zur Zentrale durchstellen.

„Biggi? Hi, Lisa Becker. Ja, danke, es geht mir bestens. Hör mal, ich brauche mal eine Nummer..."

Kurz darauf wählte Lisa noch einmal.

„Kriminaloberkommissarin Becker", stellte sie sich so offiziell wie möglich vor, „es geht um einen Feueralarm in Britz vor zehn Tagen. Ja genau, war ein Fehlalarm. Aber ich hätte da eine Frage..."

Einunddreißig

Fabian hatte sich zwar über Lisas geringen Appetit gewundert, als sie zusammen gegessen hatten, aber ansonsten keine Fragen gestellt. Ein paar anzügliche Bemerkungen, erotische Schwingungen, ironisches Liebesgeflüster, darauf hatte sich die Konversation beschränkt. Weder die Morde noch Skimaske waren Thema gewesen.

Lisa wollte nur noch den Tag hinter sich bringen. Sie vertröstete Fabian auf morgen, und der war gleich einverstanden. „Ich mag Weiber, die nicht so klammern." Lisa wusste manchmal nicht, was sie an ihm so toll fand. Er war für ihren Geschmack viel zu ehrlich. Und so aufrichtig in seinen Gefühlen. Schrecklich. Warum konnte er sie nicht belügen und einlullen, so wie jeder normale Mann? Sie gehörte zu den Frauen, die genau wussten, dass es besser war, die Gefühle ihres Freundes nicht so genau zu kennen. Das zerstörte eine Menge Illusionen. Männer wirkten vielleicht wie emotional verkrüppelte Trampeltiere, aber tief im Innern waren sie noch viel schlimmer.

Aber diese Gedanken waren bereits weit weg, als sie Katze den Fressnapf füllte. Sie ließ sich aufs Sofa fallen und hörte dem Tier beim Schmatzen zu. Es fiel ihr schwer, ihre Gedanken zu ordnen. Alles war plötzlich anders. Und das ständig innerhalb der letzten vierundzwanzig Stunden. Erst der Penner mit dem Messer, dann die heiße Nacht mit dem Penner mit dem Dreitagebart, dann der Tiefschlag, dass Skimaske wenig zu befürchten hatte.

Und dann ihr Einfall, bei der Feuerwehr eine kleine Anfrage zu stellen. Der freundliche, hilfsbereite Hauptmann, der ihr sofort die notwendigen Informationen besorgte. Ihr das Beweismittel mit Expresskurier rüberschickte, innerhalb einer halben Stunde. So eilig hätte sie es gar nicht gehabt.

Und schon wieder das Telefon, diesmal ihr eigenes.

„Lisa?" Christianes Stimme klang kleinlaut und bedrückt. Lisa wusste schon, was jetzt kam.

„Ich wollte es dir sagen, bevor es in den Nachrichten kommt. Wir lassen ihn noch heute Abend laufen."

„Verstehe", sagte Lisa tonlos.

„Aber für den Überfall auf dich kriegen wir ihn bestimmt", versuchte Christiane ihre Freundin aufzumuntern. „Ich meine, du bist Polizistin. Er kommt vielleicht sogar in den Knast."

„Für wie lange?"

„Vielleicht ein halbes Jahr", murmelte die Freundin.

„Hurra. Da kann er sich etwas erholen und Energie auftanken für seine nächsten dreißig Opfer."

„Lisa, bitte, ich..."

„Lass gut sein, Liebes. Du hast alles getan, was möglich war. Das ist eben unser Rechtsstaat."

Sie redeten noch eine Weile, aber Lisa konnte sich nicht mehr konzentrieren. Viel zu viel schwirrte in ihrem Kopf rum und wartete auf Landeerlaubnis. Sie verabschiedete sich von Christiane. Dann zog sie sich aus und ließ sich ein Bad ein.

Tja, dachte sie, *als sie im heißen Wasser lag, das ist unser Rechtsstaat. Wer schlau genug ist, kann machen was er will. Er kann sogar erwischt werden, denn in diesem Moment gibt sich die Justiz jede nur erdenkliche*

Mühe, ihn vor Strafe zu bewahren. Damit wir uns alle besser fühlen, weil wir wissen, dass wir besser sind als Nazis oder Stalinisten. Das ist es ja wohl wert, oder?

Sie kannte jemanden, mit dem sie über so etwas reden konnte. Und ihr wurde auf einmal bewusst, dass sie ihn vermisste, obwohl sie noch gestern miteinander gesprochen hatten. Aber er hatte sich als einziger ihrer Freunde den ganzen Tag nicht gemeldet, was ihr jetzt erst auffiel. Entschlossen stieg sie aus der Wanne, trocknete sich ab und zog sich an. Ihr ausgeleierter Jogginganzug reichte ihr für das Haus, das sie ja nicht verlassen würde. Sie stieg nach oben und klingelte.

„Oh, hallo", sagte Sven. „Was ist los?"

„Darf ich reinkommen?"

„Klar."

Sie setzte sich auf Svens alten Sessel im Wohnzimmer und sah ihm zu, wie er ihr eine Tasse Tee aus der Kanne eingoss, die schon auf dem Couchtisch gestanden hatte.

„Du hast keine Ahnung, was mir passiert ist, stimmt's?" fragte Lisa.

Sven glotzte sie nur verständnislos an. „Ich hab mich heute hier verkrochen", gab er mit rotem Kopf zu. „Das mach ich manchmal, wenn ich wieder zu mir finden will."

Lisa erzählte ihm von den Ereignissen. Die erotischen Abenteuer mit Fabian ließ sie dabei aus, aber dafür interessierte sich Sven auch gar nicht. Der sank vor ihr nieder und nahm sie so fest in die Arme, dass Lisa tatsächlich noch einmal kurz heulen musste.

„Und er wird jetzt in diesem Moment freigelassen", schloss Lisa. Sie hatte die Beine angezogen und hockte auf dem Sessel wie ein kleines Mädchen. Sven seinerseits saß niedergeschlagen auf der Couch und hielt sich mit beiden Händen den Kopf.

„Dein Kollege hätte ihn erschießen sollen", sagte Sven.

Es war inzwischen 3 Uhr nachts geworden, und noch immer tat sich nichts. Lisa war sich nicht sicher, ob sie darüber erfreut sein sollte oder nicht. Seit vier Stunden, seit Einbruch der Dunkelheit, saß sie in ihrem Wagen, der gut versteckt unter einigen Bäumen parkte, und beobachtete ein Haus in Reinickendorf. Ihr Magen knurrte, ein Abendessen hatte sie nicht gehabt, und sie war trotzdem überrascht, dass sie Hunger hatte. Und Durst. Warum hatte sie nicht wenigstens Wasser mitgenommen?

Die Straße war menschenleer. Die hohen Bäume weiter hinten bei der Roedernallee rauschten ohrenbetäubend laut im Wind, obwohl es gar nicht stürmisch war. Lisa war froh, dass sie nicht in so einem bäumeverpesteten Vorort wohnte. Sicher, es gab auch Straßenlärm, und das Ausmaß an grölenden Besoffenen, das sich in Berlin breit machte, wurde auch nicht gerade geringer. Aber das war gar nichts gegen die Lärmbelästigung, die man von Seiten der Natur ertragen musste.

Mit diesen Gedanken lenkte sich Lisa ab, um nicht einzuschlafen oder durchzudrehen, je nachdem was zuerst kam. Sie wurde zunehmend fröhlicher. Offensichtlich hatte sie sich geirrt. Das war eine gute Nachricht, wenn auch sehr eigenartig. So sicher war sie noch nie gewesen. Aber hier war sie, ganz allein, und offensichtlich schlief der Mann, der in der vorvergangenen Nacht versucht hatte, sie zu vergewaltigen, dort vorne friedlich in seinem Haus.

Schon wollte sie den Zündschlüssel umdrehen, als sie es hörte. Das Rauschen der Bäume hatte das herannahende Fahrrad übertönt. Trotz der Dunkelheit verzichtete der Fahrer darauf, seine Beleuchtung einzuschalten. Er kam aus der gegenüberliegenden Seitenstraße und fuhr nur fünf Meter vor Lisas Wagen vorbei, bevor er in die Straße einbog, in der das Haus stand.

Lisa konnte kaum atmen. Die Straßenbeleuchtung war spärlich, aber sie hatte ihn erkannt. Und sie hatte auch eine ziemlich klare Vorstellung davon, was das für ein länglicher Gegenstand war, der aus der linken Gepäcktasche herausragte – wenngleich er von einer Plastiktüte umwickelt war. Sie duckte sich etwas unter dem Lenkrad, als der Radfahrer anhielt und sein Drahtross an den Zaun des Hauses lehnte. Er sah sich um. Und sein Blick richtete sich auf Lisas Wagen.

Einige Sekunden lang verharrte der Mann, und Lisas Hand tastete nach ihrer Waffe. Der Radfahrer jedoch wandte sich wieder seinem Fahrrad zu. Er öffnete die Gepäcktasche und zog den länglichen Gegenstand heraus. Das Ding war offenbar schwer, denn er musste beide Hände nehmen, um es ganz hervorzuziehen. Es war mindestens einen Meter lang. Langsam entfernte der Mann die Hülle, und das hervorschimmernde Metall blinkte unter dem fahlen Licht der Straßenlaterne. Das Handtuch wurde sorgfältig zusammengefaltet und unter den Gepäckträger geklemmt.

Typisch, dachte Lisa. *Wie ich ihn kenne, hat er auf der Fahrt hierher jedes Mal beim Abbiegen den Arm rausgestreckt, auch wenn weit und breit kein Auto zu sehen war. Mich wundert, dass er das Fahrrad nicht abschließt.*

Sie machte sich bereit. Ihre Hand lag bereits auf dem Türgriff. Sie überlegte, ob sie ihre Waffe ziehen sollte. Und wann sie einschreiten würde.

Und ob überhaupt.

Auf einmal war der Gedanke da. Sie hatte ihn die ganze Zeit verdrängt. Es war klar, was sie zu tun hatte. Den Mann dort aufhalten, bevor er in das Haus einbrach. Ihn festnehmen und dem Hausbewohner das Leben retten.

Lisa blieb sitzen. Wie gelähmt hockte sie hinterm Steuer und beobachtete, wie der Radfahrer seine Waffe packte. Jetzt konnte er sie mit einer Hand halten, allerdings hielt er sie senkrecht nach unten, um den Schwerpunkt zu verlagern. Mit der anderen Hand kramte er in seiner Jacke.

Sie wollte noch warten, bis er die Tür geöffnet hatte. Es war ein idiotischer Gedanke, dass das Beweismaterial nicht ausreichen könnte. Immerhin würde Lisa den Mörder mit der Tatwaffe erwischen. Aber warum ein Risiko eingehen?

Andererseits ging sie schon genug Risiken ein, indem sie ganz alleine hier war. Warum eigentlich, würde man sie sicher fragen. Wenn Ihr Verdacht so konkret war, Frau Becker, wieso haben Sie ihn nicht sofort verhaftet? Oder die Falle mit einem Kollegen zusammen aufgestellt?

Lisa hörte die Geräusche der verschiedenen Metallgegenstände, die zum Einsatz kamen, als das Hausschloss überwunden wurde.

Jetzt, Lisa. Jetzt.

Zweiunddreißig

Lisa hatte den Schlüssel zu Svens Wohnung lange nicht benutzt. Er hatte keine Haustiere und fuhr nie in Urlaub – kein Geld, keine Lust. Sie machte das Licht in der kleinen quadratischen Diele an. Die Wohnung war genau so geschnitten wie ihre, nur eben mit vielen schrägen Wänden, wie es sie in Dachwohnungen nun einmal gab. Viele Leute fanden sie schön, aber Lisa hatte ihre Jugend in einem Dachzimmer verbracht und wusste, wie ätzend es war, keine richtigen Regale aufstellen zu können. Noch heute duckte sie sich unwillkürlich, wenn sie einer Wand zu nahe kam.

Kalter Zigarettenrauch hing in der Wohnung. Drei Aschenbecher gab es allein im Wohnzimmer, und sie waren alle voll. Sven weigerte sich grundsätzlich, mit dem Rauchen aufzuhören, weil er nämlich stolz war, in einem freien Land zu leben, in dem er rauchen konnte. Lisa fragte sich, ob es viele Leute gab, die hauptsächlich deshalb Raucher waren, um ihre antiamerikanischen Gefühle zum Ausdruck zu bringen.

Zum ersten Mal nahm Lisa Svens Einrichtung genauer wahr. Der Mann war schon ein mordsmäßiger Pedant. Seine Möbel waren sämtlichst wie aus einem Lego-Bausatz: Einförmig, einfarbig, schnörkellos und funktional. Besonders im Wohnzimmer war das deutlich. Sessel und Couch standen exakt geometrisch ausgerichtet um den rechteckigen Couchtisch herum, alles in derselben Farbe, nussbraun. Auf dem Couchtisch wie immer das Schachbrett, auf dem wohl gerade ein Kampf stattfand. Keiner von Svens Freunden spielte Schach, also spielte er gegen sich selbst. Als lebte er im Knast.

Die Bücher im großen Regal waren streng nach Autoren sortiert. Sven hatte sich viel Mühe gegeben, die Bücher jedes Schriftstellers möglichst in gleich aussehenden Ausgaben zu erwerben, das sah dann schöner aus im Regal. Dazu waren langwierige Recherchen notwendig gewesen. Er hatte ihr mal gezeigt, wie man im Internet so gut wie jedes Buch in jeder Ausgabe bekommen konnte, über amazon, diverse Antiquariate und eBay. Er hatte ihr dann zum Geburtstag ein längst vergriffenes Kinderbuch geschenkt, von dem sie ihm mal erzählt hatte und das ihr viel bedeutete.

Sie ging das Panoptikum an Autoren durch. Sie wusste, dass sie noch etwas Zeit hatte. Schließlich hatte sie den Wagen genommen, während Sven mit dem Fahrrad von Reinickendorf nach Kreuzberg runterstrampeln musste. Die Gesamtausgabe von Karl Marx war das Prunkstück im Regal. Sie hatte einmal kurz reingesehen und sofort Kopfschmerzen bekommen. Es war ein komischer Text mit dem Titel „Zur Judenfrage", in dem es nur so wimmelte vor Äußerungen wie „Der weltliche Kultus des Juden ist der Schacher", „sein weltlicher Gott das Geld" und so weiter, was sie Sven entsetzt gezeigt hatte. Der reagierte jedoch ruhig und erklärte ihr den Sachzusammenhang, um zu verdeutlichen, wieso das „im Prinzip" gar nicht antisemitisch war und man Marx weiterhin als Idol ansehen durfte, im Gegensatz zu Richard Wagner. Es klang relativ überzeugend, aber Lisa konnte sich vorstellen, wie man heute reagieren würde, wenn irgendein Schriftsteller, Philosoph oder gar Politiker Sätze des Kalibers „Wir erkennen also im Judentum ein allgemeines gegenwärtiges antisoziales Element" vom Stapel lassen würde. Sven wäre der erste, der zur Treibjagd aufrufen würde, und der Sachzusammenhang ginge ihm an seinem knochigen kleinen Arsch vorbei. Und er hätte damit recht.

Ihr fiel auf, dass Sven manche Bücher in deutsch und in englisch hatte. Wieso Sven glaubte, „Stupid White Men" käme auf Englisch besser, war ihr ein Rätsel. Bei aller Hochachtung vor Michael Moores Satiren konnte man ihn wohl kaum als brillanten Stilisten bezeichnen. Davon abgesehen wusste Lisa, dass Svens Englisch nicht das Beste war. Sie waren ein paar Mal zusammen ins Odeon gegangen, um sich aktuelle britische und amerikanische Streifen im Original anzusehen, und es war klar zu sehen, dass Sven bestenfalls die Hälfte der Dialoge verstand. Aber er bestand hartnäckig darauf, dass O-Ton immer der synchronisierten Fassung vorzuziehen sei. Er hatte zwar in *Gosford Park* die ganze Zeit geglaubt, Kristin Scott-Thomas spielte die Tochter von Michael Gambon – stattdessen war sie die Ehefrau – aber das hatte seine Freude an dem Film nicht geschmälert. Auf seine Weise war Sven zufrieden, in seiner eigenen Welt, in der alles in Ordnung war.

So wie diese Wohnung, dachte Lisa. *Hier hat er sich sein eigenes Königreich der Ordnung und Logik geschaffen.*

Seine Versuche, diese Welt auch nach draußen auszudehnen, waren jedoch stets gescheitert. Sven engagierte sich in ehrenamtlichen Tätigkeiten und gab als Journalist sein Bestes, um gegen die Bösen und Leichtfertigen zu Felde zu ziehen. Viel ausgerichtet hatte er nicht. Seine Recherchen hatten Berlins Verwaltung ein paar Mal in die Bredouille gebracht, auch ein paar mittlere Korruptionsaffären hatte er mit aufgedeckt. Aber einen großen Scoop hatte er nie gehabt. Und Geld verdient hatte er auch nie. Das machte ihm nichts aus, solange er seine eigene kleine Welt hatte, in der seine Gesetze galten. Das hatte Lisa jedenfalls immer geglaubt. Aber irgendwann war offensichtlich der Moment gekommen, an dem er mehr wollte.

Lisa hörte die Haustür. Sie machte seit Jahren dieses eigenartige zischende Geräusch, und der Hausbesitzer unternahm nichts dagegen, meinte, das sei normal. Zumindest war es diesmal für Lisa ein Signal. Sie hatte keine Angst vor Sven, dennoch versicherte sie sich, dass sie ihre Waffe sofort aus der Jackentasche ziehen konnte. So setzte sie sich auf den Sessel, auf dem sie erst vor ein paar Stunden von Sven in den Arm genommen worden war, und wartete.

Er schloss seine Wohnungstür auf. Lisa hörte, wie er hereinkam, seine Jacke auszog und sorgfältig in der Diele auf einen Bügel hängte. Dann zog er sich die Schuhe aus, und auch wenn sie es nicht sehen konnte, wusste sie doch, dass er sie penibel genau nebeneinander auf die dafür vorgesehene Matte stellte. Dann betrat er das Wohnzimmer und erblickte sie.

Für einen kurzen Moment nur blitzte in seinen Augen Erstaunen auf, dann lächelte er sie bereits an.

„Hallo, Lisa."

„Hi Sven."

„Was ist? Willst du nichts trinken? Ich mach dir Kaffee, wenn du willst. Du musst müde sein."

Lisa wusste nicht, was dagegen sprach, auch wenn von Müdigkeit keine Rede sein konnte. Sie hatte vielmehr das

Gefühl, nie wieder schlafen zu können. „Das wäre nett, danke."

Sven machte sich in die angrenzende Küche auf, und Lisa hörte ihn mit dem Kaffeetopf hantieren. Sie stand unentschlossen auf und öffnete aus einem Impuls heraus die Balkontür. Als sie draußen stand und die frische Luft einatmete, stellte sie fest, dass sie noch nie auf diesem Balkon gewesen war. Es war verdammt hoch, und ihre Höhenangst machte ihr zu schaffen. Trotzdem sah sie nach unten, und im Schein des Nachtlichts, das im Innenhof leuchtete, konnte sie Katze erkennen, der auf einem Mauervorsprung lauerte und irgendetwas beobachtete, was ihm als interessantes Spielzeug erschien. Lisa ging wieder hinein, bevor ihr schwindlig wurde.

Sven hatte zwei Tassen auf den Couchtisch gestellt und goss sie voll mit seinem Fair-Trade-Kaffee. Zum Glück gab es inzwischen welchen, der wirklich schmeckte, anfangs war das nur etwas für Gutmenschen gewesen, die den Wahlspruch vertraten: „Wer gut sein will, muss leiden." Manche blieben auch jetzt bei den alten, ekelhaften Marken, um nicht in den Verdacht zu geraten, aus Genuss Kaffee zu trinken. Sven hatte sich das nach ein paar mahnenden Worten lisaseits anders überlegt.

Sie setzte sich wieder auf den Sessel, und Sven saß auf der Couch, und jeder nahm erst einmal einen Schluck Kaffee. Es war direkt gemütlich, oder hätte es sein können, wenn nicht ein blutverschmiertes Schwert am Türrahmen des Wohnzimmers gelehnt hätte.

„Ist ja beeindruckend, das Teil", sagte Lisa vorsichtig. Sie wusste nicht recht, welchen Ton sie anschlagen sollte. Die Nummer „Eiskalter Cop" hätte er ihr wohl nicht abgenommen, und sie beherrschte sie auch nicht. Wenn sie und Fabian jemanden gemeinsam verhörten, war sie meist der gute Bulle, und Fabian war der schweigsame, unberechenbare Bulle.

„Danke", sagte Sven und lächelte nett. „Hab ich aus Kambodscha mitgebracht. War gar nicht so leicht, das Ding durch den Zoll zu schmuggeln."

„Du hast dir in Kambodscha ein Schwert besorgt, um hier in Deutschland Leute zu köpfen?"

Lisa hatte nicht vorgehabt, so schnell zum Thema des Abends vorzustoßen. Es kam ihr unprofessionell vor. Aber wie ein Profi fühlte sie sich ja sowieso nie. Sven jedenfalls fand ihre Frage offenbar äußerst komisch, denn er lachte.

„Nein, nein", kicherte er dann, „das Schwert hab ich mir dort gekauft, als ich Rucksacktourist war, vor fünfzehn Jahren. Ich fand es cool. Schusswaffen sind das Letzte, aber so eine Hiebwaffe ist ehrlich und viel fairer. Schießen kann jeder Depp."

Lisa fand das gar nicht lustig. „Jemandem, der friedlich schläft, den Kopf abhauen - das kann auch jeder."

„Sicher", gab Sven zu, „aber wie viele Leute tun es?"

„Ich kenne einen."

„Vielleicht gibt es bald mehr."

Lisa war sofort alarmiert. „Wie meinst du das? Warst du nicht allein dabei?"

Sven grinste wieder. „Doch, doch, Lisa. Mach dir keine Sorgen, du hast deinen Mann geschnappt. Du kannst stolz auf dich sein. Wobei man natürlich auch sagen könnte, dass du auch ein bisschen schneller hättest drauf kommen können, immerhin wohnen wir im selben Haus und kennen uns lange."

„Gerade darum bin ich eben nicht drauf gekommen", erwiderte sie trotzig. „Ich dachte eben, ich kenne dich. Dachte, du wärst ein friedliebender, anständiger Mensch."

„Hey, das bin ich auch!"

Lisa wollte schon auflachen, aber Sven sah sie todernst an. „Und bitte behaupte nicht das Gegenteil", fügte er hinzu.

„Du hast vier Menschen umgebracht", sagte Lisa wütend, „und zwar auf brutale, grausame Art und Weise."

„Was soll das heißen, grausam?" fragte Sven empört. „Die haben alle vier nichts gespürt, nichts mitgekriegt. Das Schwert ist scharf wie ein Rasiermesser. Ein einziger Hieb hat genügt. Ich bin nicht grausam, klar? Die haben verdient, was sie gekriegt haben, aber ich weide mich nicht am Leid anderer Menschen, so wie die."

„Du bist echt ein netter Kerl."

„Ist doch wahr. Krumm hatte kein Mitleid mit einer vergewaltigten Frau. Sander machte es Spaß, die Existenz anderer Menschen zu zerstören. Fechner war geistiger Brandstifter für Attentate, bei denen unschuldige Menschen ums Leben kamen, und es tat ihm nicht einmal leid. Und zu unserem gemeinsamen Freund in Reinickendorf muss ich ja wohl nichts sagen."

Lisa blickte wieder zu dem Schwert, auf dem das Blut trocknete. Sie musste versuchen, ihre Gefühle in den Griff zu kriegen. Wut. Schuldgefühle. Ekel. Und aufkeimende Angst.

„Du machst dir wohl keine Sorgen, dass ich dich ins Gefängnis bringe, was?"

Sven grinste höhnisch, etwas das sie bei ihm noch nie

gesehen hatte. „Im Gegenteil, ich weiß genau, dass du das tun wirst. Und das ist auch voll okay für mich. Ich hab zwischendurch mal erwogen, mich zu stellen. Zu dir runter zu marschieren, nett zu klönen und ganz nebenbei rauszuhauen hey, übrigens, rate mal: Ich hab diese Leute umgebracht."

„Dann hätte ich wahrscheinlich als erstes gefragt, warum denn das, mein lieber Sven?" Lisa ließ sich widerwillig auf Svens Spielchen ein.

„Und ich hätte geantwortet: Wieso nicht? Ich meine, muss ich wirklich erklären, warum diese Typen sterben mussten? Oder kannst du mir Gründe nennen, warum sie weiterleben sollten? Welches Recht zu leben hatten die denn?"

„Dasselbe Recht, das jeder Mensch hat."

„Ach, hör auf mit dem Gewäsch. Meinst du nicht, das kann ich zehnmal besser als du? Ich bin ausgewiesener Linker, Fräulein. Ich hab mein Leben unter Pazifisten und Todesstrafengegnern verbracht, ich kenne alle Sprüche. Ich weiß genau, dass es Unrecht ist, irgendwelche Länder zu überfallen, nur weil man sein Territorium erweitern und Bodenschätze plündern will. Ich weiß genau, dass die Todesstrafe eine unverzeihliche Sünde ist, allein schon weil man versehentlich Unschuldige töten kann. Aber es gibt einen Standpunkt, den ich nie hatte: Dass Menschen nicht das Recht haben, andere Menschen zu töten, wenn das notwendig sein sollte. Das bezieht sich ganz besonders auf Leute, die dem Rechtssystem durch die Finger schlüpfen. Entweder, weil sie mit juristischen Tricks und Kniffen sämtliche Gesetzeslücken ausnutzen, oder weil ihre Verbrechen vom Strafgesetzbuch gar nicht berücksichtigt werden. Es muss für die Opfer solcher Leute eine Option geben."

„Du bist kein Opfer der Leute, die du getötet hast. Die haben dich gar nicht gekannt."

„Es steckt nun einmal nicht in jedem, das Richtige zu tun. Den meisten fehlt der Mut oder die psychische Stärke. Für die springen wir dann eben ein."

„Wir?" Lisa wurde wieder misstrauisch. „Sprichst du jetzt von dir in der dritten Person, oder hast du doch Komplizen?"

Sven ärgerte sich über die Unterbrechung. „Quatsch, ich meine eben Leute wie mich. Die dasselbe machen werden wie ich. Wir gehen nicht alle bis zum Äußersten, aber wir kämpfen. Wir verüben bereits Anschläge auf Ämter, auf Bundeswehreinrichtungen und auf Firmen, die Gentechnologie betreiben oder Atommüll beseitigen. Wir sind keine homogene Gruppe und kennen uns untereinander nicht einmal, aber wir gehören zusammen und kämpfen für die schwächsten in der Gesellschaft, weil es sonst niemand tut. Wir sind die letzte Instanz."

Sven hielt inne, weil er Lisas Gesichtsausdruck bemerkte, in dem keine Spur von Ehrfurcht zu entdecken war.

„Ich bin anscheinend sehr begriffsstutzig", sagte sie, „aber wer beauftragt euch denn, plötzlich wahllos irgendwelche Menschen zu töten? Oder um es in diesem konkreten Fall anders zu fragen: Warum gerade diese vier Menschen?"

„Das weißt du nicht? Ich dachte, das wäre dir klar. Sonst wärst du heute Abend doch nicht bei mir aufgekreuzt."

„Ich habe eine Ahnung, aber wie du auf Fritz Krumm gekommen bist, weiß ich nicht", sagte Lisa.

„Oh, ich bin ihm begegnet in einem Laden. Ich hab ihn erkannt, als er sich vorgedrängelt hat."

„Und dafür musste er sterben."

„Natürlich nicht dafür. Aber stimmt, wenn er sich zivilisiert aufgeführt hätte, hätte ich ihn nicht genauer angesehen und nicht erkannt. Ich hab damals einen Artikel gebracht über den Prozess gegen ihn."

„Charlie Sander kam wohl aus einem ebenso simplen Grund auf deine Liste. Ich war ihm kurz davor begegnet und hatte dir davon erzählt. Das muss der Auslöser gewesen sein. Und als du dann auch noch gesehen hast, wie er mir gedroht hat, mich in der Öffentlichkeit anzugreifen, war sein Schicksal besiegelt."

„Die Kamera ist übrigens vernichtet", grinste Sven. „Ich wollte sie erst behalten, weil du echt scharf drauf aussiehst, und man weiß ja nie, wann man so was gebrauchen kann. Aber der andere Typ ist auch mit drauf, und das turnt dann doch ab."

„Dich vielleicht", entgegnete Lisa. „Aber genauso war es bei Fechner. Ich hatte dir erzählt, dass er nach mir und Fabian den Termin beim *Volksmund* hatte. Wahrscheinlich hattest du ihn schon längst vorgemerkt, aber dieser kleine Zufall hat für dich gereicht, Fechner kaltzumachen. Und mit dem Mann von heute Nacht war es wohl noch einfacher."

„Irgendein System braucht man halt", sagte Sven. „Es gibt allein in Berlin Hunderte, die entsorgt werden müssen, aber so viel Zeit habe ich nicht."

„Ich verstehe. Ja, die Serienkiller-Branche hat auch so ihre Probleme. Dazu kommen noch diese aufdringlichen Bullen, die lästige Fragen stellen."

„Da ist was dran. Übrigens, nur mal so als Frage...

wenn ich jetzt einfach alles abstreiten würde, hättest du dann überhaupt was gegen mich in der Hand?"

Lisa war froh, dass er die Frage stellte. Warum sollte er sich wie ein selbstzufriedenes Arschloch aufspielen, wenn sie das genau so konnte?

„Ja, hätte ich", sagte sie. „Wenn man erst mal geschnallt hat, dass man selber in zufälliger Verbindung zu den Opfern steht, fragt man sich automatisch, auf wen in deinem Umfeld das noch zutrifft. Ich kam auf Christiane und Rosie, aber das schien mir dann doch ein wenig unrealistisch."

„Ja, das sehe ich ähnlich."

„Erst hab ich nicht geglaubt, dass du etwas damit zu tun haben könntest. Aber dann fiel mir ein, dass ich das wahrscheinlich leicht überprüfen könnte. Dazu komme ich gleich. Auf jeden Fall hast du keinen Fehler gemacht, wenn dir das wichtig ist."

„Ist es."

„Es ist einfach nur der Umstand, dass ich dich kenne. Würde ich in einer anderen Straße wohnen, könntest du auf ewig so weitermachen. Aber zufällig war es meine Wohnung, in die du am Morgen nach dem ersten Mord reingeschneit bist, total übermüdet, weil du die ganze Nacht wach geblieben bist. Weil ich dich kenne, weiß ich von deiner Schlosserlehre. Es ist leicht, normale Wohnungstüren zu öffnen, nicht wahr? Dann hab ich an die Turnschuhe gedacht. Du weißt schon, der Abdruck von diesem New-Balance-Schuh in Fritz Krumms Wohnung. Du hattest doch auch mal welche, oder?"

„Natürlich", nickte Sven. „Bis vor zehn Tagen. Dann dachte ich, ich werde langsam zu alt für Turnschuhe. Außerdem tragen inzwischen Neonazis diese Marke, wegen dem N-Symbol, das steht für Nationalismus. Hab mir ein paar hübsche Halbschuhe geholt."

„Sicher nicht von Deichmann oder anderen bösen Firmen, die Kinder für sich arbeiten lassen, nicht wahr? Und deshalb hattest du auch Turnschuhe der oben genannten Marke, weil die nur in den USA produzieren, frei von Kinderarbeit und übermäßiger Ausbeutung."

Sven grinste. „Klar, sind zwar Amerikaner, aber auch die haben ein Recht zu leben."

„Wie großzügig von dir. Und weißt du, das war's dann auch, was mich auf die Idee gebracht hat. Diese Fürsorge, die du jedem Menschen angedeihen lässt. Du würdest es nie zulassen, dass jemand anders für deine Taten angeklagt wird, nicht wahr?"

Sven reagierte nicht auf die Frage. Ihm dämmerte schon etwas.

„Und bevor du Fritz Krumm getötet hast", fuhr Lisa fort, „wolltest du sichergehen, dass die möglichen Hauptverdächtigen, die Nielsens, auf jeden Fall ein Alibi haben."

„Sie waren zu Hause und schauten bei einer Feuerwehrübung zu."

„Die du arrangiert hast. Die Feuerwehr zeichnet alle Anrufe auf, und dein blinder Alarm existiert immer noch auf Tonband. Das ist nämlich ein Verbrechen, weißt du?"

„Schockschwerenot", tönte Sven, „wenn ich das geahnt hätte."

„Du hast deine Stimme etwas verstellt, aber sie ist klar zu erkennen. Außerdem haben wir einen hübschen Computer im Haus, der Stimmen entzerren kann. Schachmatt."

Sven zuckte nur mit den Schultern und trank einen

Schluck Kaffee.

„Was soll's, ewig hätte ich sowieso nicht weiter machen können. Und es freut mich, dass du wenigstens profitierst, indem du den bösen, bösen Meuchelmörder zur Strecke gebracht hast. Bringt dir sicher viele Pluspunkte."

„Vielleicht auch nicht. Vermutlich war das sogar ein netter Nervenkitzel für dich, deine Opferauswahl nach der Kommissarin auszurichten, die den Fall untersucht."

„Sei mir nicht böse. Hab ich nicht gemacht, um dich zu blamieren. Womöglich wollte ich sogar irgendwie, dass du mir drauf kommst. Heute Abend hätte ich es dir beinahe schon gesagt, aber dann hast du mir erzählt, was passiert ist, und dann musste ich halt noch eine Nachtschicht einlegen."

Sie schwiegen beide. Wie hungrige Löwen waren sie die ganze Zeit um die tote Hyäne herumgekreist. Niemand wollte den ersten Schritt machen. Lisa war zum Heulen zumute, aber sie war sich darüber im Klaren, wie lächerlich das gewesen wäre. Skimaske war ihr gleichgültig. Ja, sie war froh, dass er tot war. Er war eine sinnlose Existenz, voller Negativität, nur dazu da, anderen Menschen Böses anzutun. Sie hätte ihn gerne selbst getötet, aber Sven hatte Recht, dazu fehlte ihr der Mut. Freilich fehlte ihr auch die psychische Krankheit, die Sven als „Stärke" ansah.

Was ihr ebenfalls fehlte, war die Selbstverleugnung, Sven von seinem letzten Mord abzuhalten. Sie hatte es ursprünglich vorgehabt, redete sie sich ein, aber es dann nicht gekonnt. So sah sie es.

„Mach dir keine Vorwürfe", sagte Sven unvermittelt und sah ihr tief in die Augen. „Ich hab doch gewusst, dass du mir eine Falle stellst. Denkst du, ich bin blöd? Da legst du mir das Vernehmungsprotokoll von dem Mann unter die Nase, in dem auch Name und Adresse stehen. Als ich vor dem Haus angekommen war, hab ich dich gesehen, in deinem Wagen. Als ich die Tür aufgekriegt habe, hab ich kurz gewartet, ob du jetzt kommst, aber dann hab ich gehört, wie du den Motor angelassen hast. Da wusste ich, du wirst mich nicht aufhalten. Du hast in diesem Moment das gleiche gefühlt wie ich."

Etwas Schlimmeres hätte er nicht sagen können, obwohl er es wohl für einfühlsam hielt. Lisa wurde klar, dass Sven überhaupt nicht der Mann war, für den ihn alle hielten. Er war geisteskrank, so viel war klar. Aber er war auch ein Mistkerl. Er war nicht der nette, rücksichtsvolle Linksalternative, der Mann mit den Idealen und der Prinzipientreue. Er war ein Egomane. Er suchte Bestätigung, wollte immer, dass ihm alle recht gaben. So war er schon immer gewesen, aber erst jetzt wurde ihr bewusst, wie selbstverliebt dieser Mann war. Ob sein Verhalten richtig oder auch nur logisch war, das war ihm egal.

„Du bist ein Arschloch", sagte Lisa kühl, und Svens Lächeln erstarb. „Ich habe es nicht geschafft, dich aufzuhalten, richtig. Ich war zu schwach und zu feige, das Richtige zu tun. Ich bin ein Mensch, und ich werde für den Rest meines Lebens Schuldgefühle haben, auch wenn der Mann Dreck war und kein Angehöriger oder Freund auf der Welt um ihn trauert. Ich habe einen Fehler gemacht. Aber mir tut es wenigstens leid. Du bist aber stolz darauf, auf deine vier Morde. Du findest das so richtig klasse, und du wünschst dir, dass andere deinem Beispiel folgen, nur damit du dir als neuer Messias der linken Guerilla vorkommen kannst. Als Heilsbringer einer neuen Weltordnung, in der die Bösen bestraft werden. Aber kannst du mir mal erklären, was du damit wirklich erreichen willst? Was ist denn dein Ziel? Eine Welt, in der niemand mehr etwas Charakterloses tut, aus Angst, sonst dafür getötet zu werden?"

Sven fingerte an seiner Tasse herum und sah sie nicht an. „Wäre doch nicht das Schlechteste, oder?"

„Scheiße wäre das!" Lisas Verachtung war beinahe physisch greifbar. „Weil das Töten selber charakterlos ist! Weißt du, es gab schon immer diese Logikfehler in deinem Denken, dieses weltanschaulich verbrämte Rumeiern. Wie du zum Beispiel mit der RAF sympathisierst, die mehrere Morde begangen hat, und gleichzeitig gegen die Amerikaner stänkerst, weil sie die Todesstrafe haben. Aber weißt du was? Noch der gewissenloseste texanische Gouverneur, der extra Todesurteile unterzeichnet, um wiedergewählt zu werden, hat mehr Anstand im Leib als einer, der sagt: ‚Menschen töten ist falsch, es sei denn, es trifft die Richtigen'. Mir sind Leute immer noch lieber, die wirklich das leben, was sie sagen, und sich nicht als Moralapostel aufspielen und zeitgleich kaltlächelnd völkermordende Unrechtsregime nur deshalb verharmlosen, weil der Diktator zufällig Kommunist ist – und damit ja wohl im Herzen ein guter Mensch. So ein guter Mensch wie du. Hey hey, schaut mich an, ich klage die Bösewichte an, ich reiße ihnen die Maske vom Gesicht. Hey hey, schaut mal, ich arbeite ehrenamtlich in Suppenküchen und helfe Kranken. Hey hey, schaut mal, ich bringe Leute um, die das meiner Ansicht nach verdient haben. Jetzt aber mal Applaus!"

Lisa klatschte frenetisch in die Hände. Sie hatte jede Angst verloren. Es war lächerlich, sich vor diesem erbärmlichen Menschen zu fürchten. Ohne sein Schwert, das nun blutverkrustet außerhalb seiner Reichweite war, stellte er keine Bedrohung dar. Aber auch mit seiner Waffe hätte Lisa ihn nur ausgelacht. Jetzt saß er da, die leere Kaffeetasse in der Hand, und wippte mit den Füßen auf und ab, während er zwanghaft auf den ausgeschalteten Fernseher starrte. Lisa hörte auf zu applaudieren und trank ihren Kaffee aus.

„Du bist doch nur 'ne Polizistin", zischte Sven. „Eine rechte Spießerin. Hab ich irgendwie nie wahrhaben wollen, weil ich so auf dich abgefahren bin, mit deiner fröhlichen Art und deinen dicken Titten."

Lisa wurde beinahe schlecht. Er sank tiefer als Walscheiße, und das in Rekordtempo. Sie hatte keine Lust mehr, etwas zu erwidern.

„Soll man denn alles durchgehen lassen?" Sven redete mehr mit sich selbst als mit ihr. „Die reichen Bonzen, die sich einen Spaß daraus machen, hungernde Kinder in der elften Welt für sich kaputt schuften zu lassen, nur um noch eine Million mehr pro Jahr auf Luxemburger Konten verschwinden zu lassen, auf die dann nicht einmal Steuern gezahlt werden? Die Hetzer in den Medien, die so tun, als wollten sie aufklären, in Wirklichkeit aber nur ihre Auflagen und Einschaltquoten im Sinn haben und dabei Wahrheit und Menschenwürde mit Füßen treten? Die rechten Politikerschweine, die Rassismus wieder hoffähig machen, damit sie gewählt werden, um ihre überzogenen Diäten und Renten abzukassieren? Oder all diese kleinen, miesen Schweine, die ohne Gedanken an ihre Mitmenschen durchs Leben gehen und nie jemandem helfen außer sich selbst? Bist du mit solchen Leuten einverstanden?"

Jetzt sah er sie wieder an, mit roten verschwitzten Augen. Und Lisa antwortete ohne zu zögern. „Nein, ich hasse diese Leute. Und ich versuche, gegen sie vorzugehen. Das ist einer der Gründe, warum ich diesen Job mache. Ich kämpfe auch für das Gute. Auf meine Art."

„Und ich eben auf meine Art!"

„Nein, falsch", sagte Lisa. „Du kämpfst für das Böse, du Idiot. Haufenweise Menschen in dieser Stadt können nicht mehr schlafen, weil sie Angst haben, umgebracht zu werden, darunter zumeist Menschen, die niemandem etwas getan haben. Die Boulevardschmierfinken leben ungeniert weiter ihren Frust darüber aus, dass sie es nicht bei 'ner richtigen Zeitung geschafft haben. Jetzt kommen die sich auch noch toll vor, und Charlie Sander hat einen Märtyrerstatus erhalten. Ich hab gehört, die wollen jetzt einen Medienpreis nach ihm benennen. Und Fechners Partei ist auf dem Weg, das Rote Rathaus zu erobern. Genau wie in Holland, als dieser Fortuyn umgelegt wurde. Den Penner haben sie posthum zur bedeutendsten Persönlichkeit des Landes gewählt. Das ist nicht gerade eine Traumbilanz, die du da vorlegst."

Sven wollte sich nicht geschlagen geben. „Was im Rathaus passiert, ist doch schnuppe. Politiker sind alle gleich. Was van der Graaf getan hat, war mutig, er hat mich bestärkt. Er ist allerdings nicht gerade der ideale Märtyrer. Wie der vor Gericht aufgetreten ist mit seinem ‚Ich weiß nicht, was ich dazu sagen soll' oder diesem ‚Ich bin mir nicht sicher' auf die Frage, ob der Mord ein Fehler gewesen sei. Schade, dass er nicht so gut wegkam in den Medien."

„Glaubst du denn, du kommst besser weg?"

Lisas Frage sorgte für Stille in der Wohnung. Man hörte nur noch das leise Rauschen der Bäume im Innenhof, und Lisa konnte auch hören, wie Katze draußen kreischte. Offenbar kämpfte er mit einem anderen Kater, um klarzustellen, dass das hier jetzt sein Revier war. Da Sven noch mit sich selbst beschäftigt war und vor sich hin brütete, trat Lisa wieder auf den Balkon und sah nach unten, ob es Katze gut ging. Sie konnte erkennen, wie er auf einem Mauervorsprung saß und sich mit demonstrativer Gelassenheit mit einer Pfote das Gesicht wusch, während ein riesengroßer, grau getigerter Kater humpelnd von dannen schlich. Lisa konnte sich ein Grinsen nicht verkneifen. Sie verspürte tatsächlich Stolz, wenn ihr Kater einen so viel größeren Brocken in die Flucht schlug.

Plötzlich stand Sven hinter ihr.

Sie erschrak und fuhr herum. Mit einem einzigen Stoß hätte er sie über das schmale Geländer befördern können. Es war hoch genug, um keine Überlebenschancen zu haben. Ein Unfall, Herr Kommissar, wir waren nur ein wenig am Plaudern, und dann ist sie ausgerutscht. Sven sah sie an, seine Augen unendlich traurig, sein Gesicht zu einer entmenschten Fratze des Leids verzogen.

„Lisa, ich..."

Sie wich zurück und stützte sich an dem kleinen Tisch ab, der auf dem Balkon stand. Sven runzelte verständnislos die Stirn über ihre Reaktion, und sie flüchtete mit einem Satz hinter die Tür. Er wandte sich zu ihr um.

„Ich glaub, du hast recht", sagte er leise.

„Was?"

„Ist nicht gut, wenn sie mich lebend kriegen", meinte er und ergriff das Geländer. „Ich würde unserer Sache nur schaden. Ich tauge nicht zum Helden. Ich bin ein ziemlich armseliger Wicht, oder?"

Er schwang seine Beine über das Geländer und stand mit dem Gesicht zu Lisa auf der Außenkante, wobei er sich mit beiden Händen festhielt. Lisa sah ihn entsetzt an.

„Sven, jetzt komm, das kann nicht dein Ernst sein..."

„Ich dachte erst, ich ersteche mich mit dem Schwert, aber dazu hab ich auch nicht den Mumm." Sven sah kurz nach unten und lächelte Lisa an. „Deshalb hab ich das auch so und nicht anders gemacht mit den vieren. Ich hätte nicht den Mut für eine richtige Konfrontation gehabt, oder für einen Kampf. Ich will kein Risiko eingehen. Aber ich schätze, fünf Stockwerke sind hoch genug, oder?"

Lisa ging einen Schritt nach vorn. Sie streckte die Hand aus, um Sven am rechten Handgelenk zu packen. Er zog die Hand weg.

„Lass sein, Liebling", sagte er lächelnd und hielt sich nur noch mit der linken Hand fest. „Ich liebe dich, das weißt du."

Lisa sah ihm in die Augen, die immer noch von seiner Nickelbrille umfasst waren. Er sah auf einmal wieder wie ein netter Junge von nebenan aus, liebenswert und aufopferungsvoll. Lisa hielt seinem um Vergebung bettelnden Blick stand und sagte schlicht: „Ich dich nicht."

Sven starrte sie an, dann seine Hand, die das Geländer umklammerte. Dann sah er, wie sich seine Hand löste. Er spürte die Schwerkraft, die ihn herabzog. Er fiel.

Und das einzige, was Lisa in diesem Moment dachte, war: *Hoffentlich fällt er nicht auf Katze.*

Dreiunddreißig

Lisa lag dösend in Fabians linken Armbeuge, blinzelte in den Fernseher, in dem gerade wieder neue Details über den neuesten Koalitionskrach bekannt wurden, und hörte Fabian dabei zu, wie er Käsecracker knabberte. Unter der dünnen Seidendecke, die sie für besondere Anlässe wie diesen reserviert hatte, waren sie nackt. Zum Glück war es ein wirklich warmer Sommer, und das helle Sonnenlicht, das in ihr Schlafzimmer schien, störte sie ausnahmsweise überhaupt nicht. Die Begeisterung, mit der Fabian ihren nackten Körper bewundert hatte, war für sie der Hauptauslöser für das grandioseste Sexfest ihres Lebens gewesen, und sie war sicher, dass Fabian sich ganz schön ausgewrungen fühlte. Aus Neugier fühlte Lisa mal kurz nach.

„Fingers wech", murrte Fabian. „Ich bin aus Fleisch und Blut und kein Sex-Cyborg."

„Na schön, Süßer. Aber bloß dreimal hintereinander, das wird's ja wohl nicht gewesen sein für heute, oder?"

„Jetzt gib mir halt mal 'ne Stunde."

„Von mir aus auch zwei."

„Und dann darfst du mal nach oben. Das mit dem ‚Oh je, du hältst doch mein Gewicht nicht aus' ist bloß eine faule Ausrede. Ich bin doch kein kleiner Junge mehr wie bei meiner Entjungferung durch unsere dicke Nachbarin."

„Ach daher kommt deine Vorliebe für uns üppige Vollweiber?"

„Das war ein Scherz, Frau Becker."

War es das? Lisa wollte es lieber nicht wissen.

Schläfrig kuschelte sie sich wieder an ihn. Sie hatten beide frei bekommen, nachdem der Fall gestern offiziell abgeschlossen worden war. Juhnke wollte sie aus der Schusslinie haben, wie er meinte. Oder er wollte den Ruhm ernten, wie Fabian meinte. Beiden war es egal, sie hatten sich sofort in ihr Liebesnest zurückgezogen, Fabians Handy ausgeschaltet und den Stecker des Telefonkabels rausgezogen. Die anschließenden achtzehn Stunden waren angefüllt mit jugendgefährdenden Szenen und dem hemmungslosem Missbrauch von frisch gelieferter Pizza und alkoholhaltigen Erfrischungsgetränken. Lisa war sich nicht sicher, ob sie die vielen Kalorien durch den Sex wieder verbrannt hatte, aber zum ersten Mal in ihrem Leben scherte es sie nicht. Und nach den Geräuschen zu urteilen, die Fabian gemacht hatte, während er seinen Kopf in ihren Bauch vergraben hatte, kratzte es ihn noch weniger.

Lisas Gedanken kreisten wieder um den Mann, dessen Leben vor zwei Nächten ein Ende gefunden hatte, kurz nachdem er das Leben eines anderen, vierten Opfers, beendet hatte. Sven Konrads Name war der Presse noch nicht mitgeteilt worden. Dass der Täter gefunden worden war, das war Fakt. Dass die Oberkommissarin Becker seine Identität ermittelt hatte, ebenfalls. Ebenso wie die klare Ankündigung des Polizeipräsidenten und Innensenators, sie zur Hauptkommissarin zu befördern.

Lisa hatte mit ihrem Gewissen zu kämpfen, aber es sah so aus, als würden sie sich auf ein gerechtes Remis einigen. Die Frage, wie Sven an die Adresse seines letzten Opfers gekommen war, ging im allgemeinen Trubel unter. Lisa deutete an, dass Sven den Mann möglicherweise vorher schon gekannt hatte oder ihn –

und das war wahrscheinlicher – nach seiner Entlassung aus der U-Haft nach Hause verfolgt hatte. Wie sich herausgestellt hatte, war der Mann mit der BVG nach Hause gefahren (seinen Führerschein hatte er wegen Trunkenheit am Steuer verloren), so dass diese Theorie akzeptiert wurde.

Svens Tod hatte viele Fragen vereinfacht. So wurden das Schwert als Tatwaffe und seine Stimme auf dem Tonband als unwiderlegbare Beweise akzeptiert. Es gab Kritiker, die bemängelten, dass Lisa den Täter alleine gestellt hatte und ihm Gelegenheit gegeben hatte, sich per Selbstmord der Verhandlung zu entziehen, aber letzten Endes war man im LKA viel zu begeistert davon, dass eine von ihnen besser gewesen war als die Leute vom BKA. Ullrich und seine Komplizen hatten schon am nächsten Morgen das Büro geräumt und die Stadt verlassen.

„Waah!" schrie Fabian plötzlich auf, etwas übertrieben, wie Lisa fand. Schließlich war es bloß Katze, der sich etwas vernachlässigt fühlte, deshalb vom Fensterbrett aus auf Fabians Schulter gesprungen war und ihm nun herausfordernd mitten ins Gesicht starrte. Fabian ließ sich aber auf keine Diskussion ein, hob den Kater hoch und warf ihn in Richtung Tür. Das Tier schüttelte nur den Kopf und trottete in Richtung Futternapf.

„War ich froh, dass dem nichts passiert ist", murmelte Lisa.

„Vielleicht besser so für alle Beteiligten", sagte Fabian unbekümmert. „Der Kater hätte vielleicht Svens Sturz abgefedert, der hätte es schwer verletzt überlebt, wäre dann aber von einer wildgewordenen Raubkatze verhackstückt worden. Uncooler Tod."

„Du bist ein ganz schön unsensibler Fiesling, Zonk." Lisa wollte sich schuldig fühlen, aber es gelang ihr kaum. Sven hatte seine Entscheidungen getroffen, und Lisa war für keine einzige verantwortlich. Der Tod von Skimaske lastete auf ihrer Seele, aber das hatte sich gestern schon merklich gemildert, als Christiane ihr noch einige Fotos seiner früheren Opfer gezeigt hatte. Entstellte Gesichter, verstümmelte Gliedmaßen. Das wäre ihr auch passiert, das wusste sie. Und jetzt würden viele Frauen und Mädchen in Berlin davon verschont werden. Sie hätte es lieber gesehen, wenn er im Knast gelandet wäre, aber das Leben war kein Wunschkonzert.

Lisa spähte hinaus ins Gesicht des neuen Mannes in ihrem Leben und fragte sich, was aus dieser Sache wohl werden würde. Er war nicht der Typ für lange Bindungen, so viel hatte er deutlich werden lassen. Lisa konnte sich absolut nicht vorstellen, ihn zu heiraten oder eine Familie mit ihm zu gründen. Der Gedanke war vollkommen lächerlich, genauso gut konnte sie dem Krümelmonster aus der Sesamstraße einen Antrag machen. Aber für den Moment war Fabian aufregend, lustig und äußerst wohltuend, was ihre körperlichen Bedürfnisse anging. Vielleicht musste das reichen. Frauen erwarteten von Männern möglicherweise das Falsche. Vielleicht war in einer Beziehung alles am besten, wenn jeder genau das tat, was er wollte. Sie würde jedenfalls nicht versuchen, aus Fabian einen zuverlässigen, treuen und verantwortungsbewussten Lebenspartner zu machen. Der Versuch war zum Scheitern verurteilt, und außerdem wäre er im Erfolgsfall für sie nicht mehr so attraktiv wie jetzt.

Warum verlieben sich Frauen immer in einen Mann, um ihn dann in einen anderen Mann zu verwandeln, den sie nicht mehr so sehr lieben?

Eine wichtige Frage, die sie unbedingt mit Rosie und Christiane diskutieren musste. Aber nicht mehr heute. Und nach der Art zu schließen, mit der Fabians Handrücken sanft die Rundungen ihrer Hüften entlang in Richtung ihres Busens glitt, wahrscheinlich auch morgen nicht.

Sie werden sagen, dass man keinen Mord begeht, um einen ideologischen Standpunkt zu entkräften – noch viel weniger, um für einen solchen zu demonstrieren. Morde werden aus Angst oder Habgier begangen oder aus irgendeiner Spielart sexueller Leidenschaft. Aber vielleicht sieht diese Auffassung unsere Zeit nicht so, wie sie wirklich ist. Die moderne Welt ist voller Heerscharen von Märtyrern und Inquisitoren, die nur Schaden anrichten.

Michael Innes, „Hamlets Rache"

Schöne Leichen

Ein Lisa Becker Krimi

Nach dem Erfolgs-Debüt „Halbe Leichen" der zweite BESTSELLER mit Lisa Becker

Die schwergewichtige Berliner Hauptkommissarin Lisa Becker und ihr Partner für alle Lebenslagen, Fabian Zonk, ermitteln wieder. Diesmal werden junge Männer in ihren Betten gefunden - tot, nackt und zum Anbeißen schön...

Die Spur führt ins Fandango, ein Künstlerhaus ähnlich wie das berühmte Tacheles. Es ist bevölkert von Exzentrikern, einer durchgeknaller als der nächste. Wie findet man unter einem Haufen von Narzissten, Sexoholics und Weltverbesserern einen wahnsinnigen Mörder?

Lisa und Fabian sind nebenbei ernsthaft dabei, ein Paar zu werden – aber ist der unbeständige Fabian auch bereit dazu?

Der Vampir von Berlin

Ein Lisa Becker Krimi

Der dritte Fall mit Lisa Becker und Fabian Zonk ist der bislang schrägste: Die junge Roxana von Kalln wird ermordet in ihrer Familiengruft aufgefunden – sie trägt künstliche Vampirzähne, hat zwei Bisspuren am Hals und kein Blut mehr in ihrem Körper.

Die Spur führt in das Familienschloss am Berliner Stadtrand, zu einem gruseligen Pärchen im Neuköllner Rollbergviertel und zum Vampir-Club „Carpe Jugulum". Und Roxana wird nicht die einzige blutleere Leiche mit Vampirzähnen bleiben.

Die Beziehung zwischen Lisa und Fabian muss derweil erste Belastungsproben überstehen. Die Kommissarin ist sich nicht mehr so sicher, ob ihr Kollege wirklich der Richtige für sie ist. Plötzlich erscheint da ein anderer Mann auf der Bildfläche...

Ein Koffer voll Blut

Ein Philip Eckstein Thriller

Philip Eckstein ist Privatdetektiv in Berlin. Nicht die übliche Sorte. Das merkt man schnell.

Eines Abends steht diese Blondine in seiner Tür, Amanda. Sie sucht ihren Bruder, sagt sie. Ein harmloser Job, der in eine leichengepflasterte Hetzjagd ausartet – der Jagd nach einem Koffer voll Blut.
Philip muss eine Menge einstecken und weiß nie, ob er der blonden Sirene trauen kann – aber er kann nicht anders, er muss ihr helfen. Gegen jeden seiner Instinkte – und gegen den Rat seiner Freundin, Hauptkommissarin Lisa Becker – nimmt er es mit brutalen Gangstern auf, die vor nichts zurückschrecken. Nicht einmal vor der blutigen Zweckentfremdung von Rasenmähern...

"Ein Berliner Privatermittler, eine hübsche Blondine und viele Tote. Das kann spannend werden. Was den Leser dann tatsächlich erwartet, auf knapp 150 Seiten, ist eine Hetzjagd durch Berlin, die Suche nach der Wahrheit und in der Tat nicht zu wenige Leichen, blutig und grausam zurück gelassen. Nichts für schwache Nerven, gut und unterhaltsam geschrieben. Eine klare Kaufempfehlung von mir."
Dr. med. Kathrin Hamann, ratschlag24.com

LESEPROBE AUS *EIN KOFFER VOLL BLUT*

„Könnte ich Hauptkommissarin Becker sprechen?"

Lisa Becker war ein Shooting Star in der Mordkommission, allein in diesem Jahr hatte sie maßgeblich zur Aufklärung zweier Serienmörder beigetragen, zusammen mit ihrem viel zu gut aussehenden Partner. Der glückliche Bastard pflügte auch regelmäßig Bettlaken mit ihr um. Lisa war ziemlich dick, hatte aber von daher auch Kurven, die jede Talfahrt in der Toskana in den Schatten stellten. Abgesehen davon war sie clever, witzig und keine verkrampfte Bürostute.

„Phil, was liegt an?"

„Ich bin gerade neben einer Leiche aufgewacht."

„Toll!" jubelte sie verhalten. „Das wolltest du ja schon immer, ich gratuliere!"

Verstehen Sie, was ich meine?

„Ernsthaft, Lisa."

„Oh. Wo bist du?"

„Kennst du das alte KFW-Gebäude?"

Ich beschrieb ihr den Weg, so gut es ging, und erklärte ihr kurz die Situation. In spätestens einer halben Stunde würde hier die Truppe aufmarschieren, mit Spurensicherung, Gerichtsmedizin und dem ganzen Programm. Ich hielt es für unwahrscheinlich, dass man irgendwas finden würde, abgesehen natürlich von meinen Fingerabdrücken. Die muss man abgeben, wenn man eine Waffe führen will.

Ich konnte mich jetzt selbst noch etwas umsehen, auch wenn ich keine große Lust dazu verspürte. Mein Auftrag war erledigt, ich hatte Peter Brecht gefunden. Die Suche nach seinem Mörder war nicht meine Aufgabe.

Jetzt werden Sie einwenden: „Aber das Buch ist doch noch gar nicht zu Ende!"

Scharf beobachtet.

„Du kannst uns also gar nichts sagen?"

Lisa Becker zog einen Flunsch. Sie war echt süß, machte manchmal gerne auf trotziges kleines Mädchen, um zu verbergen, was in ihr vorging. Wir redeten draußen auf dem überwucherten Parkplatz der KFW. Aus ihrer Sicht war es eher ein Verhör, aber das ließ sie sich nicht anmerken. Nur weil wir uns ein bisschen kannten – und ich hoffe doch, mochten – würde sie sich von mir nicht verarschen lassen.

„Ich weiß nicht, wer ihn abgeknallt hat", bekräftigte ich. „Ich weiß nicht, wer mir das Aua verpasst hat, ich weiß nicht, ob das dieselbe Person war. Ich weiß nichts über die Hintergründe, genauso wenig wie meine Klientin. Ich weiß nicht, was Brecht hier gemacht hat."

„Du bist ein toller Detektiv."

„Hey, ich hab ihn gefunden, nach knapp drei Stunden Arbeit. Das ist nicht so übel."

„Wer ist deine Klientin?"

„Seine Schwester, Amanda."

„Die würde ich gerne sprechen."

Ich gab ihr die Handynummer meiner Klientin.

„Möchtest du ihr die Nachricht überbringen?" fragte Lisa.

Ich stöhnte innerlich auf. Und äußerlich.

„Komm schon", murrte Lisa, „dafür hat sie dich schließlich bezahlt. Und ich kann mir was Schöneres vorstellen."

„Meinst du, ich nicht?"

„Schon, aber du bist ein emotional verkrüppelter Haufen Scheiße", erklärte Lisa, „mich hat der Job noch nicht so abgestumpft."

„Ein Grund mehr..."

„Feigling, Feigling..."

„Okay!" gab ich nach.

Zufrieden begleitete mich Lisa mich noch ein Stück.

„Das war ja neulich ein dicker Hund", sagte sie unvermittelt.

„Was?" Das Stichwort „Hund" löste bei mir neuerdings leichte Panik aus, keine Ahnung wieso.

„Na, dieser perverse Unternehmer", flötete sie unschuldig, „mit den Fotos im *Kurier*."

„Was habe ich damit zu tun?" Himmel. Ich fall auch auf alles rein. Brüste haben eine viel zu starke Wirkung auf mich, und Lisa hatte ihre Bluse äußerst zuschauerfreundlich zurechtgerückt.

Sie grinste mich triumphierend an.

„Uns liegt eine Anzeige vor gegen den Besitzer des Hotels, in dem der Typ seine Ferkeleien verübt hat. Hat mir eine Kollegin erzählt. Aus irgendeinem Grund will der Typ keine Rache an dem Fotografen, aber an dem Hotel. Verletzung der Privatsphäre und so. Führt natürlich zu nichts, aber meine Kollegin ist sich sicher, dass sich jemand Zugang zu dem bewussten Zimmer verschafft hat, der nicht zum Hotel gehört. Irgend so ein kleiner Privatschnüffler, so ein schmieriger Wicht, der aus der Sucht, Leuten beim Sex zuzusehen, einen Beruf gemacht hat. Diese Sorte."

„Oh ja, die sind das Letzte", pflichtete ich bei. „Wie kommst du denn auf mich?"

„Die Kamera war natürlich nicht mehr da, aber ein

Zimmermädchen hat meiner Kollegin erzählt, dass da dieser Klimaanlagen-Mechaniker war, und der hätte auf dem Balkon irgendein fürchterliches Kraut geraucht, aus einer komischen grünen Zigarettenschachtel."

„Ist ja interessant."

„Ja, nicht wahr? Hast du eine Idee, warum der Typ nicht den Schnüffler anzeigt, womit er sehr viel größere Chancen auf Erfolg hätte? Ich meine, das fragt man sich doch, oder?"

„Vielleicht weiß er nur einfach nicht, wer das war."

„Seine zukünftige Ex-Gattin mag es ihm gesagt haben", spekulierte Lisa.

Ich warf all' meine jahrelange Erfahrung in punkto Menschenkenntnis und Gesichterlesen ins Rennen, um aus Lisas Ausdruck herauszulesen, ob sie irgendetwas über den „Strafzettel" wusste. Es schien unwahrscheinlich, aber sicher hatten die Ermittlungen ihrer Kollegin nicht erst heute stattgefunden, also bevor ich den Fettsack zur Schnecke gemacht hatte. Aber nein, er hatte es sicher für sich behalten, um sich nicht selbst zu belasten, denn er hatte ja vorgehabt, mich in einen Blut-und-Knochen-Eintopf zu verwandeln. Ich war sicher.

Lesen Sie mehr in *Ein Koffer voll Blut* von Falko Rademacher

Der Ami im Leichensack

Ein Philip Eckstein Thriller

„Ein Mann muss für seine Ideale einstehen. Deshalb hab ich mir erst gar keine Ideale zugelegt."
Philip Eckstein

Sein neuestes Abenteuer entführt den durchtriebenen Berliner Privatdetektiv Philip Eckstein in die Welt der Spione und Whistleblower.

Der junge Amerikaner Sam bittet Phil um Schutz, denn er hat Angst vor dem amerikanischen Geheimdienst. Phil glaubt ihm zuerst nicht, muss aber schnell lernen, dass Sam kein Spinner ist, sondern tatsächlich von der NSA verfolgt wird. Schnell bricht Chaos aus. Der Detektiv liefert sich wilde Schießereien, kuriose Verfolgungsjagden und elegante Wortgefechte mit den finstersten und rücksichtslosesten Gestalten, die man sich vorstellen kann: Amerikanische Geheimagenten.

Bald zeigt sich, dass es mehr als nur eine an Sam interessierte Partei gibt. Phil weiß nicht, wem er vertrauen kann. Selbst die aufregende NSA-Agentin Catrina spielt mindestens ein dreifaches Spiel mit ihm. Leider keins der Spiele, die er mit ihr spielen will.

Ein neuer Philip-Eckstein-Thriller, der auch als Kommentar zum Geschehen um den NSA-Skandal und Whistleblower Edward Snowden zu verstehen ist.

*Im Handel erhältliche Bücher von
Falko Rademacher:*

„Das Buch für Berlinhasser" (be.bra 2010)

„Populäre Rheinland-Irrtümer" (be.bra 2009 / Aufbau 2011)

„Köln für Imis" (Version 4.0, Emons 2008)

„Warum Männer beim Kölschtrinken nicht zuhören und Frauen das ziemlich egal ist" (Emons 2003)

Printed in Great Britain
by Amazon.co.uk, Ltd.,
Marston Gate.